Knaur

Gisela Westerboj
Januar 2006

Über die Autorin:

Francine Lewis ist das Pseudonym einer in ihrer Heimat erfolgreichen australischen Autorin. Sie hat zahlreiche Romane geschrieben und ist für ihre Recherchen auch in die entlegensten Winkel des Kontinents gereist.

Francine Lewis

# *Wohin dein Traum dich führt*

Roman

Aus dem Englischen von
Ursula Bischoff

Knaur

Bitte besuchen Sie uns im Internet:
www.droemer-knaur.de

Deutsche Erstausgabe 2004
Copyright © 2002 by Merice Briffa
Copyright © 2004 der deutschsprachigen Ausgabe bei
Droemersche Verlagsanstalt Th. Knaur Nachf., München
Alle Rechte vorbehalten. Das Werk darf – auch teilweise –
nur mit Genehmigung des Verlags wiedergegeben werden.
Redaktion: Sandra Koch
Umschlaggestaltung: ZERO Werbeagentur, München
Umschlagabbildung: Masterfile + FinePic
Satz: Ventura Publisher im Verlag
Druck und Bindung: Nørhaven Paperback A/S
Printed in Denmark
ISBN 3-426-62473-7

2 4 5 3 1

# Prolog

*I*ch soll weggeschickt werden, nach Australien!«
Die Stimme wurde schrill, Entrüstung und Ungläubigkeit steigerten sich beim letzten Wort zur Hysterie. Jessica hatte geahnt, dass es so kommen musste. Seufzend wandte sie ihre Aufmerksamkeit von der beschaulichen Herbstlandschaft ab, die sich vor dem Fenster ihres Zimmers darbot. Ein flüchtiger Blick reichte, um die geröteten Wangen und fieberhaft glänzenden blauen Augen der jungen Frau zur Kenntnis zu nehmen, die nun wutschnaubend dastand, die Handflächen gegen die Tür gepresst, durch die sie gerade gestürmt war. Der sonst so volle Schmollmund war nun trotzig zusammengekniffen. Jessica unterdrückte zum zweiten Mal einen Seufzer. Sie hatte nicht erwartet, dass Amelia die Entscheidung ihrer Eltern hinnahm, ohne leidenschaftlich aufzubegehren.
»Ich weiß.« Sie nahm den Ausbruch ihrer Cousine gelassen hin. »Ich soll dich begleiten.«
»Oh, das ist infam!« Mit einem Schluchzen, das zwischen Aufruhr und Aufstand angesiedelt war, lief Amelia zum Bett und ließ sich bäuchlings darauf fallen, um die Kopfkissen mit ihrer kleinen zusammengeballten Faust zu malträtieren. »Ich fahre nicht. Ich will nicht! Nein, nein und nochmals nein!«
Jessica machte keine Anstalten, sie zu trösten. Im Laufe der letzten zehn Monate waren Amelias Wut-

anfälle so häufig vorgekommen, dass sie sich inzwischen daran gewöhnt hatte. Da sie immer dann auftraten, wenn sie ihren Willen nicht durchzusetzen vermochte, konnte Jessica sich keinerlei Mitgefühl abringen.

Schon als Kind verwöhnt und verhätschelt, war Amelia zu einer ebenso halsstarrigen wie eigensüchtigen jungen Frau herangewachsen. Die großen blauen Augen und die blonden Ringellocken verliehen ihr die zerbrechliche Schönheit einer Porzellanpuppe. Eine Schönheit, der nur wenige Männer widerstehen konnten. Bedauerlicherweise war Amelia nicht fähig, den Männern zu widerstehen, die ihr bewundernd zu Füßen lagen, und genau das war der Grund für ihre Verbannung nach Australien. Die letzte romantische Eskapade der jungen Frau war der Tropfen, der das Fass zum Überlaufen gebracht und die leidgeprüften Eltern gezwungen hatte, dem schamlosen Treiben einen Riegel vorzuschieben, um einen Skandal zu vermeiden.

Ihre Verzweiflung war so groß und die Enttäuschung über ihr Kind, das ihnen früher als Inbegriff der Vollkommenheit erschienen war, so bitter, dass sie die aus ihrer Sicht einzig mögliche Entscheidung getroffen hatten, um von dem eigenen guten Ruf und dem ihrer flatterhaften Tochter zu retten, was zu retten war.

»Dir macht das offenbar nichts aus!«, jammerte die eigenwillige Schöne. »Du hast keine Ahnung, wie das ist, wenn man sich verliebt. Du bist reizlos, langweilig, ohne Fehl und Tadel. Ich habe es satt, mir ständig anhören zu müssen, dass ich mir ein Beispiel an dir nehmen soll!«

Nachdem sie ihrer Wut mit diesen gehässigen Worten Luft gemacht hatte, sprang Amelia auf und rannte hinaus. Vermutlich in ihr eigenes Zimmer, dachte Jessica, wo sie nach Herzenslust in theatralischem Selbstmitleid schwelgen konnte. Jessica war gegen die Stiche gewappnet, die ihr Amelias Worte versetzen sollten, denn in Wirklichkeit gab sie wenig auf ihr Aussehen. Wenn sie doch hin und wieder einen flüchtigen Gedanken daran verschwendete, fand sie sich keineswegs reizlos mit ihren ausgeprägten Gesichtszügen, den hohen Wangenknochen, den braunen Augen und den dichten schwarzen Haaren.

Ihr war auch nicht bewusst, dass diese äußeren Merkmale lediglich ihre Charakterstärke betonten, die sie keineswegs überheblich machte, aber in vollkommenem Gegensatz zur täuschend zerbrechlichen Schönheit ihrer Cousine stand. Nur wenige Menschen in Jessicas Umkreis kannten die leidenschaftliche Natur, die sich hinter der ruhigen, selbstbeherrschten Fassade verbarg.

Ihre eigenen Gefühle und Gedanken waren zwiespältig, seit sie erfahren hatte, dass sie Amelia nach Australien begleiten sollte. Die anfängliche Bestürzung hatte sich alsbald in Hochstimmung verwandelt, die wiederum von Zweifel und Unsicherheit abgelöst wurden. Inzwischen wurde sie nur noch von einem einzigen Gedanken beherrscht, der ihr Herz schneller schlagen ließ.

Richard war in Australien.
Richard, der sie vor zwei Jahren leidenschaftlich geküsst hatte, als er Abschied nahm, mit dem Versprechen, ihr zu schreiben. Aber in all den Monaten, die ihr wie eine Ewigkeit erschienen, war nur ein einziger kurzer Brief eingetroffen.
Sie waren miteinander aufgewachsen, die Tochter des Schullehrers und der Sohn des Vikars. Dennoch konnte sich Jessica bisweilen nicht des Eindrucks erwehren, Richard habe sich die falschen Eltern ausgesucht. Er war ruhelos, ehrgeizig, manchmal sogar ein wenig rücksichtslos. Als sie siebzehn war und er ein Jahr älter, hatte er ein Schiff bestiegen, um sein Glück in der Ferne zu suchen. Sie hatte nur diese eine kurze Nachricht erhalten, unmittelbar nach seiner Ankunft in Sydney verfasst – und danach nie wieder von ihm gehört. Selbst seine Eltern kannten weder seinen Aufenthaltsort noch wussten sie, ob er tot war oder unter den Lebenden weilte.
Als Onkel Arthur ihr mitgeteilt hatte, dass sie Amelia nach Australien begleiten sollte, hatte sie eine unbändige Freude bei dem Gedanken empfunden, Richard zu finden. Doch inzwischen hatte ihr nüchterner Verstand die Höhenflüge ihres Herzens als Wunschdenken entlarvt. Australien war ein unendlich weites Land. Richard war mit dem Schiff nach Sydney gefahren. Sie selbst würden in Brisbane von Bord gehen, sechshundert Meilen nördlich.
Abgesehen von den Gedanken an Richard, fand Jessica die Aussicht auf eine Reise an das andere Ende der Welt insgeheim sehr verlockend. Sie war den

Davenports ebenso dankbar, dass sie ihr eine solche Gelegenheit boten, wie sie sich ihnen verpflichtet fühlte, denn sie hatten ihr ein Zuhause gegeben, als ihre Eltern bei einem tragischen Unfall mit der Kutsche ums Leben gekommen waren.

Dabei waren sie nur entfernt miteinander verwandt. Elizabeth Davenport war eine Cousine von Jessicas Mutter; Jessica nannte das ältliche Ehepaar aus reiner Höflichkeit Onkel und Tante. Es war Arthur Davenports ältere Schwester, zu der die beiden jungen Mädchen geschickt werden sollten. Als rechte Hand von Gouverneur Musgrave bekleidete Joshua, Mary Greens Ehemann, eine wichtige Stellung in der Kolonie. Die Davenports vertrauten darauf, dass es ihm gelingen würde, eine standesgemäße Ehe für ihre starrköpfige Tochter zu arrangieren. Als sie ihre aufrichtige Hoffnung äußerten, Jessica möge dort, in einem Land, in dem die Männer weit in der Überzahl waren, ebenfalls einen annehmbaren Ehemann finden, klopfte ihr Herz schneller.

Richard war in Australien.

# 1. Kapitel

Tom Bannerman holte die Tabakspfeife aus seiner Rocktasche hervor und klopfte den Pfeifenkopf gegen die glatte Rinde des Baumstammes, der als Stütze für seinen Rücken diente; dann fuhr er mit bedächtigen Bewegungen fort, sie zu stopfen. Erst als sie angezündet war und zu seiner Zufriedenheit zog, nahm er den Passagierdampfer mit den Einwanderern wieder in Augenschein.

Er beobachtete ihn bereits seit geraumer Zeit, von dem Augenblick an, als er um die Biegung des Flusses stampfte und in seinen Blickwinkel gelangte. Während sich das Schiff langsam seinem Anlegeplatz am Kai näherte, konnte er deutlich die Männer, Frauen und Kinder erkennen, die sich auf den verschiedenen Decks drängten, offenkundig erleichtert, dass die acht Wochen dauernde Ozeanreise endlich vorüber war.

Es fiel ihm nicht schwer, die Neuankömmlinge von den Reisenden zu unterscheiden, die nach einem Besuch Englands in die Kolonie, ihre neue Heimat, zurückkehrten. Letztere betrachteten den breiten Fluss und die wohlhabende Stadt, die sich an beiden Ufern erstreckte, mit offensichtlicher Zufriedenheit und Freude. Die anderen blickten mit einer Miene um sich, die eine Mischung aus freudiger Erregung und Beklommenheit erkennen ließ.

Da er keine Eile hatte, rauchte Tom Bannerman gemächlich seine Pfeife und suchte sich eine für den Rücken bequemere Stelle am Baumstamm. Obwohl ihn die Ankunft eines Einwandererschiffes nicht sonderlich interessierte, gab es wenig andere Dinge am Fluss, die in der Lage gewesen wären, seine Aufmerksamkeit zu fesseln. Sein Blick schweifte flüchtig über die Passagiere an der Reling, bis er auf eine hochgewachsene junge Frau in einem schlichten braunen Kleid fiel. Sie musterte das Panorama mit lebhaftem Interesse und unterdrückter Erregung, was ihren Gesichtszügen noch größere Anziehungskraft verlieh.

Tom verspürte mit einem Mal eine kaum merkliche Spannung, die ihn von Kopf bis Fuß gefangen nahm. Die Augen gedankenvoll zusammengekniffen, beobachtete er sie mit einer Eindringlichkeit, die sein oberflächliches Interesse Lügen strafte. Wenn er sich nicht täuschte, war sie eine Frau, die innere Stärke besaß. Eine Frau, die ihrem Mann in harten, gefahrvollen Zeiten zur Seite stand. Wohl wissend, wohin seine Gedanken führten, begann Tom zu überlegen, wie er am besten den Namen dieser Frau, ihren Familienstand und etwas über ihre Lebensumstände in Erfahrung bringen könnte.

Jessica, darauf bedacht, so viel wie möglich von dem Land zu sehen, das ihr neues Zuhause werden sollte, war eine der Ersten auf Deck gewesen, als die *Ladybird* in die Flussmündung einbog und die langsame, letzte Etappe der Reise zu der stromaufwärts gelegenen Stadt begann. Aufgeregt angesichts der Aussicht auf neue Erfahrungen, war sie fasziniert von der fremdartigen Vegetation und dem flüchtigen Blick, den sie von der ansehnlichen, auf Hügeln erbauten Ortschaft und den hübschen kleinen Cottages zu erhaschen vermochte, die sich zwischen die Bäume schmiegten. Brisbane selbst dehnte sich zu beiden Ufern des Flusses weitläufig aus und war viel größer, als sie erwartet hatte.

Sie konnte kaum glauben, dass es weniger als ein halbes Jahrhundert her war, seit Weiße zum ersten Mal das Ufer betreten hatten. Während sie nun, im Jahre 1888, die Stadt mit ihren vielen imposanten Gebäuden aus grob behauenen Quadersteinen betrachtete, konnte sie sich nicht vorstellen, wie es hier ausgesehen haben mochte, als verurteilte Schwerverbrecher an diesen Küstenstrichen landeten, um eine neue Sträflingskolonie zu gründen.

Die *Ladybird* bahnte sich ihren Weg um die letzte Biegung des Flusses, bevor Amelia sich zu Jessica an die Reling gesellte. Aus dem Blitzen der porzellanblauen Augen und der Röte der alabasterfarbenen Wangen zog Jessica die zutreffende Schlussfolgerung, dass ihre Cousine soeben gefühlvoll Abschied von einem ihrer Verehrer genommen hatte. Während Jessica die Reise überwiegend damit verbracht hatte, sich mit den heimkehrenden Bewohnern der Kolonie zu unterhalten, um mehr über Land und Leute zu erfahren, hatte sich Amelias Interesse ausschließlich auf die respektablen männlichen Passagiere beschränkt. Am Ende der ersten Woche war es ihr bereits gelungen, eine kleine Anzahl glühender Verehrer um sich zu scharen, was ihre Selbstgefälligkeit befriedigte. Da ihre Vorwürfe an Amelias »Ach Jessica, was ist schon gegen ein kleines, harmloses Geplänkel einzuwenden?« abprallten, gestand sich Jessica ein, dass sie erleichtert war, ihre leichtfertige Cousine der Obhut ihrer Tante und ihres Onkels übergeben zu können.

Als Amelia schließlich neben Jessica stand, beäugte sie die Stadt kurz, wenn auch mit einigem Erstaunen. Sie interessierte sich weit mehr für die Menschen, die gekommen waren, um das Anlegen des Schiffes zu beobachten. Der Kummer, an das andere Ende der Welt verbannt zu werden, war bereits durch die Koketterien und amourösen Begegnungen gelindert, die sie während der Reise in vollen Zügen genossen hatte, und dazu kam das Wissen, dass der gut aussehende Erste Offizier inzwischen unsterblich verliebt in sie war. So verliebt, dass er, als er ein paar Augenblicke zuvor ihr Gesicht mit glühenden Küssen bedeckt hatte, erklärte, er werde eher sein Offizierspatent zurückgeben, als von seiner Herzallerliebsten getrennt zu werden.

Aber in Amelias hübschem, goldblonden Köpfchen verbarg sich ein unerbittlicher, berechnender Verstand. Onkel Joshua hatte die Anweisung, eine standesgemäße Ehe für sie zu arrangieren, und angesichts der Frauenknappheit in der Kolonie wusste Amelia, dass sie als ausgesprochene Schönheit wählerisch sein konnte. Sie hatte eine genaue Vorstellung, über welche Eigenschaften ihr künftiger Ehemann verfügen sollte. Ein äußeres Erscheinungsbild, das ihren eigenen Liebreiz vorteilhaft ergänzte, gesellschaftli-

ches Ansehen und wenn auch nicht gerade Reichtum, so doch ausreichende Mittel, um ihr ein angenehmes Leben zu bieten.
»Ich heirate nur einen Mann meiner eigenen Wahl«, eröffnete sie Jessica. »Ich lasse mich nicht zur Ehe mit jemandem zwingen, den ich nicht kenne, und dass er um meine Hand anhält, wäre für mich auch kein Grund, einzuwilligen.«
»Bist du entschlossen, aus Liebe zu heiraten?«, erkundigte sich Jessica mit einem leichten Lächeln. Sie wusste, dass Amelias Augenmerk immer als Erstes ihrer eigenen Person galt.
»Er wird mich lieben, so viel ist sicher.« Diese Verlautbarung erfolgte in einem Ton, der darauf hindeutete, dass ein solcher Zustand eine ausgemachte Sache sei, und Jessica fühlte sich bewogen, mit einem milden Tadel zu antworten.
»Findest du nicht, dass es besser wäre, wenn auch du ein gewisses Maß an Zuneigung für den Bräutigam deiner Wahl aufbringen könntest?«
»Natürlich. Genau das habe ich gemeint, als ich sagte, dass die Wahl allein bei mir liegt. Könntest du jemanden heiraten, für den du nichts empfindest oder den du nicht kennst?«
»Nein«, pflichtete Jessica ihr bei, die tief in ihrem Inneren der festen Überzeugung war, dass sie Richard finden würde. »Ich kann mir auch nicht vorstellen, dass mir ein solches Arrangement gefallen würde.«
Folglich musterte Amelia alle Männer, die ihren Weg kreuzten, mit abschätzendem Blick. Zu ihrer großen Enttäuschung waren die wenigen jungen Männer

schlecht gekleidet und ungehobelt. Zweifellos waren sie einfache Arbeiter und nicht standesgemäß. Die Mehrzahl der Männer, die ein ansehnliches Erscheinungsbild boten, entstammten der Generation ihres Vaters, behäbig, mit schütterem Haar oder wuchernden Backenbärten. Einige waren ziemlich raue Gesellen, die ihr Furcht einflößten. Wie der hochgewachsene Mann, der an einem Baum lehnte; er hätte leicht einer der Buschräuber sein können, über die sie Geschichten gehört hatten, die einem das Blut in den Adern gefrieren ließen. Mit einigem Unbehagen bemerkte sie, dass er zu ihnen hinübersah, und sie stieß ihre Cousine mit dem Ellenbogen an.

»Hast du den Mann gesehen? Es sieht ganz so aus, als würde er uns beobachten.«

»Welchen Mann?« Jessica hatte unter der Menschenmenge auf dem Kai nach einem Paar Ausschau gehalten, das Arthur Davenports Beschreibung von seiner Schwester und seinem Schwager entsprach.

»Da drüben, er lehnt an dem Baum. Er sieht ziemlich furchterregend aus, und ich mag es nicht, wie er uns anstarrt. Ich würde ihm nicht über den Weg trauen.«

Jessica drehte den Kopf in die angegebene Richtung und war geneigt, Amelias Urteil beizupflichten. Der Mann war gut über sechs Fuß groß und muskulös; ein dunkler, buschiger Bart bedeckte beinahe vollständig sein Gesicht. Seine Haltung wirkte ungezwungen, die langen Beine waren an den Knöcheln gekreuzt, der eine Arm umfasste seine Taille, während die Hand des anderen Armes die Tabakspfeife in seinem Mund umschloss. Trotz dieser scheinbar entspannten Pose spürte sie eine rücksichtslose Stärke in ihm und wusste instinktiv, dass es besser war, diesen Mann nicht herauszufordern.

Diese Einzelheiten nahm sie in den wenigen Sekunden auf, bevor sie gewahrte, dass er damit beschäftigt war, sie selbst unverfroren zu mustern. Ihre Blicke trafen sich einen Augenblick lang, bevor er die Pfeife aus dem Mund nahm und sie mit einer knappen, kühlen Verbeugung grüßte. Mit hoheitsvoll erhobenem Kinn drehte sich Jessica abrupt um und war sich der Röte, die ihre Wangen überzog, wohl bewusst.

»Da sind Onkel Joshua und Tante Mary, sie unterhalten sich mit einem jungen Mann!«, rief Amelia, die soeben ihre Tante und ihren Onkel entdeckt hatte. Ihr Blick hatte etwas Lauerndes, wie bei einer Raubkatze, und ihre Stimme klang wie ein Schnurren. »Ich wüsste gerne, wer er ist.«

Jessicas Blick folgte der Richtung des ausgestreckten Armes, dann fühlte sie, wie die Röte, die so plötzlich ihre Wangen übergossen hatte, noch schneller wich und sie erbleichte. Die Gebäude und die Menschen auf dem Kai verschwammen vor ihren Augen, wurden zu einer gestaltlosen Masse, aus der ein Kopf klar hervorstach, ein Mann, blond und gut aussehend. Instinktiv griffen ihre Hände nach der massiven Reling und ihre Finger umklammerten sie haltsuchend.

Das Getöse und der Lärm, die mit dem Andocken des Schiffes einhergingen, verblassten, verglichen mit ihrem wild klopfenden Herzen. Richard stand am

Kai, blickte sie ungläubig an; bildete sie es sich nur ein, oder wirkte er bestürzt? Dann lächelte er plötzlich und hob die Hand zum Gruß. Allmählich aus ihrer Erstarrung erwachend, winkte Jessica zurück, obwohl sie nicht wusste, ob sie lachen oder weinen sollte.
»Jessica!« Amelia, überrascht und sogar leicht beunruhigt ob der seltsamen Reaktion ihrer Cousine, der es normalerweise nicht an Selbstbeherrschung mangelte, verlangte Aufklärung. Jessicas Gesicht glühte, und ihre Augen glänzten freudig. »Du kennst ihn?«
»Ja.« Jessicas Lächeln wurde immer strahlender. »Wir sind miteinander aufgewachsen. Er ist der Sohn des Vikars.«
»Aha!« Amelias Interesse war geweckt. Sie erinnerte sich vage an einen Jungen, der sie bei ihrem einzigen Besuch in Jessicas Elternhaus gnadenlos gehänselt hatte. Es blieb indes keine Zeit, das Thema zu vertiefen, da die Greens an Bord kamen, um ihre Schützlinge in Empfang zu nehmen, wobei Richard dem Paar vorauseilte und Jessica in die Arme schloss.
»O Jess, Jess. Wie schön, dich wiederzusehen.«
»Richard? Bist du es wirklich?« Ungeachtet der Schicklichkeit oder der Zuschauer hob Jessica ihre behandschuhte Hand und berührte seine Wange.
»Ich bin es, wirklich und wahrhaftig, liebe Jess, aber ich kann kaum glauben, dass du hier bist. Ich dachte einen Moment lang, ich sei einem Hirngespinst zum Opfer gefallen. Dich habe ich am allerwenigsten erwartet.«

»Du bist also gar nicht gekommen, um mich abzuholen? Ich – Ich dachte, du wüsstest, dass ich auf diesem Schiff sein würde.«

Ein Hauch von Unruhe huschte über sein Gesicht, bevor er den Kopf schüttelte. »Ich hatte keine Ahnung.« Und dann fügte er hinzu, so leise, dass Jessica ihn kaum verstand: »Ich wollte, ich hätte es früher erfahren.«

Er löste sich von ihr und wandte sich mit seinem einnehmendsten Lächeln an die andere junge Frau. »Und Sie müssen Amelia sein. Sie sind noch schöner, als man mir weismachen wollte.«

Amelia errötete auf das Berückendste angesichts dieser Schmeichelei, eine Kunst, in der sie es mit entsprechender Übung zu wahrer Meisterschaft gebracht hatte. Dann hatten Joshua und Mary Green die kleine Gruppe erreicht, und in der allgemeinen Aufregung bemerkte niemand, dass Tom Bannerman das kleine Tableau mit unverblümtem Interesse beobachtete.

Die nächsten zwei Stunden vergingen für die beiden jungen Frauen in einem heillosen Durcheinander, während sie von Bord gingen und alles taten, was Neueinwanderern abverlangt wurde, um die strikten Auflagen der Regierung zu erfüllen – eine Aufgabe, die ihnen durch Joshua Greens Stellung als rechte Hand des Gouverneurs erleichtert wurde –, um dann in eine Kutsche verfrachtet zu werden, die sie zu dem hochherrschaftlichen Anwesen ihres Onkels auf einem Hügel mit Blick über den Fluss brachte.

Richard hatte sich widerstrebend vor dem Immigration Building, dem Sitz der Einwanderungsbehörde, verabschiedet. In ihr eigenes Glücksgefühl versunken, weil er ihre Hand ergriffen und einen innigen Kuss auf ihre Finger gehaucht hatte, sah Jessica weder die ärgerlich zusammengepressten Lippen noch den harten, berechnenden Ausdruck in den Augen ihrer Cousine. Als sich Richard Amelia zuwandte, um Lebewohl zu sagen, hatte diese ihm ihr bezauberndstes Lächeln geschenkt und dafür gesorgt, dass er abermals von ihrer zarten Schönheit hingerissen war.

Das Anwesen der Greens wirkte imposanter, als die beiden jungen Frauen geahnt hatten. Von Buschland umgeben, war die lange kiesbestreute Auffahrt von Feigenbäumen mit herunterhängendem Geäst und Büschen mit Blüten in leuchtenden Farben gesäumt. Weitläufige gepflegte Rasenflächen und kunstvoll angelegte Gärten umgaben das zweistöckige Herrenhaus aus Backstein mit Schieferdach. Mit schmiedeeisernen Gittern versehene Balkone schmückten es an drei Seiten, während die Glastüren im Erdgeschoss auf breite Veranden hinausführten.

Im Inneren des Hauses setzte sich die Pracht mit edlen Hölzern, Kaminen mit Marmorgesims und einer Treppe mit schmiedeeisernem Geländer fort. Von einer prunkvollen Eingangshalle geteilt, umfasste das Erdgeschoss ein zweiflügeliges Gesellschaftszimmer mit eleganten Falttüren in der Mitte. Speisezimmer und Bibliothek lagen auf der gegenüberliegenden Seite. Oben gab es acht Schlafräume und einen Salon. In einem Flügel an der Rückseite des Hauses befanden sich die Quartiere der Dienstboten,

Küche und Frühstückszimmer und dahinter die großen, gemauerten Stallungen und die Remise.

Während Jessica das Anwesen der Greens vorbehaltlos bewunderte, war Amelia aus einem selbstsüchtigen Grund entzückt. Brisbane schien, ihren Befürchtungen zum Trotz, nicht ganz das Schlusslicht der Zivilisation zu bilden. Es gab zahlreiche große Geschäfte, die sich über mehrere Stockwerke erstreckten, Theater, eine Eisbahn, Parks und die angenehmsten Zerstreuungen, die man sich nur vorstellen konnte. Bei dem Ansehen der Greens in der guten Gesellschaft versprachen die Nächte und Tage vielfältige Lustbarkeiten. Und es gab wenigstens einen jungen Mann, der ihre Aufmerksamkeit verdiente. Der Freund ihrer Cousine aus Kindertagen interessierte sie nicht wenig. Umso mehr im Licht der offensichtlichen Zuneigung, die beide füreinander hegten. Sie würde nicht zulassen, das Jessica als Erste im Hafen der Ehe landete.

Obwohl todmüde, fiel es Jessica schwer, an ihrem ersten Abend in der neuen Heimat Schlaf zu finden. Ihre Gedanken waren zu aufgewühlt, um zur Ruhe zu kommen. Von dem Augenblick an, als sie erfahren hatte, dass sie Amelia nach Australien begleiten sollte, hatte sie gehofft und davon geträumt, Richard eines Tages zu finden. Sie hatte nie damit gerechnet, dass er auf sie warten, dass sie wieder spüren würde, wie seine Arme sie umfingen, noch bevor sie einen Fuß auf den Boden ihrer neuen Heimat gesetzt hatte.

»Liebster Richard, ich liebe dich«, flüsterte sie in der

Dunkelheit. »Aber liebst du mich noch?« Wie angestrengt sie sich auch bemühte, sie konnte den offenkundigen Unmut, der seine Miene überschattet hatte, als er sie an der Reling erspähte, nicht aus ihrem Gedächtnis verbannen.

෴

Die beiden junge Frauen standen am nächsten Morgen erst spät auf. Jessica, weil sie bis in die frühen Morgenstunden wach gelegen hatte, und Amelia, weil sie von Natur aus eine Langschläferin war. Da Tante Mary darauf bestand, hielten sie außerdem einen Nachmittagsschlaf, damit sie frisch und strahlend bei dem abendlichen Bankett aussahen, mit dem sie in die Brisbaner Gesellschaft eingeführt werden sollten.

Während sich Jessica für das festliche Ereignis ankleidete, hatte sie vor Aufregung ein flaues Gefühl im Magen, und ihre Hände, die das dichte braune Haar zu einem kunstvollen Chignon drehten, waren alles andere als ruhig. Sie hatte Richard nicht mehr gesehen, seit sie sich am Immigration Building getrennt hatten. Mit einer vielversprechenden Zukunft auf dem diplomatischen Parkett, so Onkel Joshuas Erklärung, gingen Aufgaben und Pflichten im Dienste des Vizekönigs einher, die zu vernachlässigen er sich nicht leisten könne. Richard hatte sich nicht geändert. Der brennende Ehrgeiz, der ihn bewogen hatte, sein Elternhaus zu verlassen, war noch immer die größte Triebkraft in seinem Leben. Jessica wünschte sich um seinetwillen, dass er seine Ziele erreichen möge. Falls er beschließen sollte, sie in sein Leben einzubeziehen, würde sie als die Frau an seiner Seite alles tun, was in ihrer Macht stand, um ihn dabei zu unterstützen.

Während sie eine Bernstein-Halskette anlegte, prüfte sie ihr Spiegelbild mit ungewohnter Strenge. Zum ersten Mal in ihrem Leben, und ohne zu wissen warum, wünschte sie sich, sie wäre hübscher. Wie töricht, schalt sie sich. Richard hat dich in den denkbar schlimmsten Situationen gesehen, mit Schlamm bedeckt, von Dornen zerkratzt, mit roten, juckenden Pusteln übersät, als sie an Windpocken erkrankt war, und sterbenselend, nachdem sie die unreifen Äpfel stibitzt und gegessen hatten. Aber damals waren wir Kinder, überlegte sie. Heute sind wir erwachsen, Mann und Frau.

Tief durchatmend, um ihre Gelassenheit wiederzugewinnen, nahm Jessica Handschuhe und Abendtäschchen und ging in das Gesellschaftszimmer hinunter, wo Joshua und Mary Green bereit standen, um ihre Gäste zu begrüßen.

»Du siehst bezaubernd aus, meine Liebe.« Onkel Joshua ergriff ihre Hände und hauchte ihr gleichzeitig einen Kuss auf die Wange. Es war ein aufrichtig gemeintes Kompliment, doch Jessica merkte, wie sich seine Züge aufhellten und er vor Freude strahlte, als Amelia gleich darauf den Raum betrat.

Nie zuvor hatte ihre Cousine so hübsch ausgesehen. Ihr Abendkleid aus cremefarbener Spitze war mit Bändern in dem gleichen Blau wie ihre Augen besetzt. Die blonden Locken waren nach der neuesten Mode frisiert, und obwohl der knospende Rosenmund und die matt schimmernden Wangen ein Meisterwerk menschlicher Kunstfertigkeit waren, würde niemand vermuten, dass der zarte Farbhauch etwas anderes als natürlich war.

Die beiden jungen Frauen, die eine dunkel, die andere blond, hätten nicht gegensätzlicher sein können, und Joshua stellte sie mit erheblichem Stolz den ersten Gästen vor, die nun eintrafen. Während sie lächelte und ihren Gruß erwiderte, bemerkte Jessica mit trockenem Humor, wie Amelias Schönheit auf die Neuankömmlinge wirkte: Das gewohnte anfängliche Erstaunen wurde von Bewunderung, Missgunst oder Neid abgelöst, je nach Alter und Geschlecht des Betrachters. Und wie immer gelang es Amelia mit ihrer zuckersüßen Stimme und ihren untadeligen Manieren, in allen den Eindruck zu erwecken, sich einem Musterbeispiel weiblicher Vollkommenheit gegenüber zu sehen.

Nur Tom Bannerman schien von so viel Liebreiz unberührt zu bleiben. Jessica erkannte ihn auf Anhieb, als er das Haus betrat, und spürte, wie ein Schauer über ihren Rücken lief. Selbst in seiner augenblicklichen Aufmachung, in tadelloser Abendkleidung, konnte sie sich des Eindrucks nicht erwehren, dass er ein mächtiger, möglicherweise sogar gefährlicher Mann war. Er überragte die anderen männlichen Gäste um Haupteslänge, und seine muskulösen Schultern drohten den Rock zu sprengen, den er trug. Die Hand, die er ihr zur Begrüßung reichte, fühlte sich rau und schwielig an, als verrichte er harte körperliche Arbeit, und seine undurchdringlichen, obsidianfarbenen Augen erwiderten kurz ihren kühlen, stolzen Blick, bevor er sich abwandte, um Amelia vorgestellt zu werden.

Ein Glas Sherry von einem Diener entgegennehmend, mischte sich Tom Bannerman unter die Gäste, wobei er Jessica unauffällig musterte. Amelia hatte er binnen Sekunden geprüft und für zu leicht befunden. Alles an ihr wirkte hohl und unecht. Sie mochte schön sein, aber er bedauerte jeden Mann, der sich an ein derart kapriziöses Frauenzimmer band.

Die Cousine war dagegen eine Überlegung wert. Die blassgrüne Abendrobe, die sie trug, passte von der Farbe und Machart perfekt zu ihr, und die bernsteinfarbene Halskette betonte den cremefarbenen Schimmer ihrer Haut. Der Mund ließ eine verborgene Sinnlichkeit ahnen, und wenn er sich nicht täuschte, verfügte sie nicht nur über Stolz, sondern auch über einen kühlen Kopf mit einem wachen Verstand. Jessica Williams interessierte ihn inzwischen noch mehr als zu dem Zeitpunkt, als er sie zum ersten Mal auf dem Schiff entdeckt hatte. Bevor der Abend zu Ende war, beschloss er herauszufinden, wie Richard Brennan in das Bild passte. Er kannte Brennan nur oberflächlich, hatte aber einen Eindruck von ihm gewonnen, der keinerlei Verlangen in ihm weckte, Freundschaft mit ihm zu schließen. Jessica begrüßte ihn gerade mit einem Ausdruck überschwänglicher Freude auf ihrem Gesicht und auch er schien gleichermaßen entzückt zu sein, sie zu sehen. Tom beobachtete mit einem gewissen Zynismus, dass Brennan offenbar nichts davon abhielt, zugleich Amelia sein liebenswürdigstes Lächeln zu schenken.

Ein ältlicher Arzt führte Jessica zu Tisch, wo sie sich zu ihrem Missfallen auf einem Platz direkt gegenüber Tom Bannerman wiederfand, während Richard am anderen Ende der Tafel neben Amelia saß. Einen flüchtigen Moment lang wunderte sie sich, wie die Tischordnung zustande gekommen sein mochte, doch dann stellte ihr jemand eine Frage über England, so dass während der ersten beiden Gänge die alte Heimat und die Schiffsreise nach Australien im Mittelpunkt der Unterhaltung stand.

»Und welchen Eindruck haben Sie von unserer Kolonie gewonnen, Miss Williams?«, erkundigte sich der Doktor. Mit einem leichten Lächeln wandte sie sich ihrem Tischnachbarn zu.

»Ich habe bisher zu wenig gesehen, um mir wirklich eine Meinung bilden zu können, aber ich freue mich, Land und Leute kennen zu lernen. Ich bin sicher, dass es viel Interessantes zu entdecken gibt.«

»Wie mir scheint, sind Sie wissbegierig, Miss Williams.«

Jessica bedachte den Sprecher mit einem kühlen Blick. Seine Stimme passt zu seinen Gesichtszügen, dachte sie, dunkel und irgendwie bedrohlich. Sie achtete darauf, dass ihre eigene Stimme so kühl war wie ihre Miene. »Gott hat mir einen Verstand gegeben, und deshalb empfinde ich es nicht als Schande, ihn zu benutzen, Mr. Bannerman.«

Jessica hatte noch nie jemanden auf eine Weise behandelt, die derart an Unhöflichkeit grenzte, aber sie wurde das Gefühl des Unbehagens nicht los, das er ihr einflößte, obwohl sie seinem Blick ohne mit der Wimper zu zucken standhielt. Dann lenkte ein glockenhelles Lachen die Aufmerksamkeit aller Gäste auf Amelia.

»Jessica ist wie ihr Vater, sie will auch immer alles ganz genau wissen.« Amelia beugte sich vor, um Jessica ein bezauberndes Lächeln zu schenken, wobei der neckende Tonfall den Anflug von Boshaftigkeit kaschierte, der sie zu der Bemerkung veranlasste. »Du wärst eine ideale Lehrersfrau, nicht wahr, meine Liebe?«

Oder Diplomatenfrau, dachte Jessica, und verspürte ein ihr sonst fremdes Bedürfnis, den Hieb zu parieren. Einfach deshalb, weil Amelia Richards Aufmerksamkeit für sich beanspruchen durfte, während sie Tom Bannerman ertragen musste.

»Es gibt Männer, die Intelligenz bei einer Ehefrau zu schätzen wissen, Miss Davenport«, erwiderte Tom Bannerman, wobei er aber nicht die liebreizende Amelia, sondern Jessica über die Tafel hinweg ansah. Dieses Mal gelang es ihr nicht, seinem Blick standzuhalten.

»Ihr Vater ist also Schullehrer, Miss Williams.« Die Worte stammten von dem Vikar, und Jessica ging mit Erleichterung auf die Feststellung ein, in der ein fragender Unterton mitschwang. Sie nahm mit

Würde das zum Ausdruck gebrachte Mitgefühl ihrer Tischnachbarn zur Kenntnis, als sie vom tragischen Tod ihrer Eltern erfuhren, und spürte Richards erschrockene Reaktion, auch wenn sie sein Gesicht nicht sehen konnte.
»Das ist nun mehr als ein Jahr her, und obwohl ich meine Eltern sehr vermisse, bin ich stolz darauf, ihre Tochter zu sein. Sie waren die besten Eltern, die man sich nur vorstellen kann.«
»Wohl wahr, meine Liebe, wohl wahr.« Onkel Joshua streckte den Arm aus, um ihre Hand zu tätscheln, und Jessica warf ihm ein trauriges Lächeln zu.
Das Thema der Unterhaltung wechselte abermals, als sich der Doktor an Tom Bannerman wandte.
»Mein lieber Tom, wir würden gerne etwas über den Stand der Bohrung in Barcaldine erfahren. Waren Sie bereits vor Ort? Glauben Sie, das könnte der Beginn einer neuen wirtschaftlichen Blüte im Outback sein?«
»Meine Antwort auf beide Fragen lautet Ja. Ich bin sicher, dass sich an dieser Stelle ein unerschöpfliches Wasserreservoir unter der Erde befindet. Das Wasser würde für die weitere Entwicklung des ganzen Landes von ungeheurer Bedeutung sein. Falls es uns gelingt, diesen artesischen Brunnen zu erschließen, können wir die Dürreperioden besser überstehen, selbst so schlimme, wie wir sie erst unlängst erlebt haben.«
»Sie sagten ›falls‹, Mr. Bannerman. Gibt es Schwierigkeiten?« Trotz ihrer Zurückhaltung gegenüber diesem Mann konnte Jessica ihre natürliche Neugierde

nicht unterdrücken. Die dunklen Augen blitzten anerkennend auf, als er sie über den Tisch hinweg ansah.

»Niemand kann sicher sein, in welcher Tiefe man auf Wasser stößt. Das scheint von Ort zu Ort verschieden zu sein, und es wurden bereits einige erfolglose Probebohrungen durchgeführt. Wenn man die richtige Stelle trifft, steigt das Wasser unter großem Druck an die Oberfläche. Die Barcaldine-Bohrung ist sechshundertneunzig Fuß tief, und Tests haben ergeben, dass mit einer Förderleistung von mehr als 175.000 Gallonen am Tag zu rechnen ist.

»Unglaublich.«

»Aber wahr.«

»Ich habe gehört, dass Menschen in dem Tümpel baden, der dort entstanden ist, weil das Wasser angeblich heilende Eigenschaften besitzt.« Die Bemerkung, die von Joshua stammte, enthob Jessica der Notwendigkeit, dem anmaßenden Mr. Bannerman auf den Zahn zu fühlen. »Halten Sie solche Behauptungen für glaubwürdig?«, fragte sie stattdessen den Doktor.

»Nun, gewiss ist das Wasser reich an Mineralien, so dass sie zumindest ein Körnchen Wahrheit enthalten. Aber sind Sie wirklich überzeugt, dass diese Wasserader so weitläufig ist, Tom?« Er wandte sich wieder dem Schafzüchter zu. »Blackall hatte bisher kein Glück mit der Suche.«

»Seit Barcaldines Erfolg wurden die Anstrengungen verdoppelt. Dort gibt es Wasser, dessen bin ich mir

sicher. Ich habe bereits gleich nach meiner Rückkehr auf Eden Downs eine Probebohrung geplant.«
»Wo befindet sich Ihr Anwesen, Mr. Bannerman?« Jessica fühlte sich abermals von ihrer Neugier gepackt.
»Etwa auf halbem Weg zwischen Blackall und Barcaldine, aber ungefähr achtzig Meilen weiter westlich.«
»Ich fürchte, ich habe keine Ahnung, wo das ist, und ich weiß auch nicht, wo sich die von Ihnen erwähnten Ortschaften befinden. Meine geographischen Kenntnisse von Queensland sind äußerst beschränkt.«
»Sie befinden sich direkt auf dem Western Plateau, am Rande des vegetationsarmen Ödlandes, sechshundert Meilen oder mehr von der Küste entfernt.«
»Sechshundert Meilen!«, rief Amelia aus, die sich kaum an der Unterhaltung beteiligt, sondern lieber mit ihrem Tischnachbarn geplänkelt hatte. »Ist Queensland denn so groß?«
»Sechshundert Meilen sind eine kurze Entfernung in der Weite Australiens, Miss Davenport. Es ist ein festgefügter Landstrich, überwiegend harsch und ungezähmt, schön und grausam.«
»Wie kann ein Land alle diese Eigenschaften gleichzeitig verkörpern?« Jessicas Fantasie versuchte die Bilder zu fassen, die seine Worte hervorriefen und ihr keine Ruhe ließen. »Ich dachte immer, harsch und schön sind unvereinbare Gegensätze.«
»Das sind sie, und dennoch kennzeichnen gerade solche Gegensätze das ureigene Wesen des Outback,

wie wir das Landesinnere nennen. Selbst wenn es durch die Dürre verwüstet ist, kann ihm ein Sonnenuntergang eine einzigartige grausame Schönheit verleihen. Man kann es nicht mit Worten beschreiben. Man muss es selbst erlebt haben.«

Der ruhige Blick seiner dunklen Augen schien eine verborgene Herausforderung zu enthalten. Jessicas Herz schlug schneller, beunruhigt durch die Art, wie er sie ansah, und den seltsam gefühlvollen Klang seiner Stimme, als er von Queensland sprach. Tom Bannerman war offenbar vielschichtiger, als sie angenommen hatte. Er war keineswegs der ungehobelte Kerl, für den sie ihn anfangs gehalten hatte. Er war Schafzüchter, allem Anschein nach wohlhabend, mit Verbindungen zu höchsten gesellschaftlichen Kreisen und einem beachtlichen Maß an Intelligenz. Es war ihm außerdem gelungen, die Unterhaltung auf eine persönliche Ebene zu lenken. Jessica bemühte sich, den kühlen Tonfall beizubehalten, als sie antwortete.

»Ich fürchte, ich muss mich mit Ihrer Beteuerung zufrieden geben, denn ich kann mir nicht vorstellen, jemals eine so weite Reise zu unternehmen. Gewiss sind Sie mehrere Wochen unterwegs.«

»Im Gegenteil, sie dauert weniger als eine Woche. Die Bahnlinie geht inzwischen bis Charleville, und man reist sogar einigermaßen bequem.«

Wieder nahm die Unterhaltung eine neue Richtung, denn nun wurde die Rolle der Eisenbahn bei der Erschließung der Kolonie erörtert; dann war das Mahl zu Ende, und die Gäste begaben sich in den anderen

Flügel des Gesellschaftszimmers, wo Richard einen Platz auf dem Sofa neben Jessica ergatterte.

»Endlich«, stöhnte er. »Ich konnte dich bei Tisch nicht einmal richtig sehen, und dabei gibt es so viele Dinge, über die wir reden müssen.«

»Zwei Jahre, Richard.« Ihre sanfte Stimme enthielt einen leisen Vorwurf. »Warum hast du nie geschrieben, nicht einmal deinen Eltern?«

Er besaß den Anstand, eine schuldbewusste Miene aufzusetzen und sogar ein wenig besorgt zu wirken. »Geht es ihnen gut? Ich habe mit Entsetzen gehört, dass du deine Eltern auf so tragische Weise verloren hast.«

Jessica versicherte ihm stockend, dass sich seine Eltern bester Gesundheit erfreuten. Über ihren eigenen Verlust konnte sie nicht reden. *Damals hätte ich dich gebraucht*, hätte sie am liebsten gesagt, doch nun schluckte sie ihren Kummer herunter, wie so oft in den vergangenen zwei Jahren.

Richard bemächtigte sich ihrer Hand, ohne darauf zu achten, ob man sie beobachtete. »Ich bin bedauerlicherweise sehr schreibfaul, Jess. Ich nehme mir jedes Mal fest vor, meine Korrespondenz gleich ›morgen‹ zu erledigen, aber irgendwie gehen darüber Tage und Monate ins Land. Verzeih mir, Jess. Nun, da wir uns wiedergefunden haben, könnte ich es nicht ertragen, wenn du wütend auf mich wärst.«

In den zwei Jahren hatte er sich keinen Deut verändert. Sein Lächeln besaß immer noch die Macht, ihren Herzschlag zu beschleunigen, und als er vorschlug, sie am folgenden Nachmittag zu einer Spazierfahrt mit der Kutsche abzuholen, willigte sie ein. Es gab viel zu bereden, die Geschehnisse in den beiden Jahre, die sie getrennt voneinander verbracht hatten, und die Zukunft, die vor ihnen lag.

Am darauffolgenden Nachmittag, als Richard mit dem leichten vierrädrigen Buggy auf einem Hügel anhielt, der einen herrlichen Ausblick auf den Fluss und die Stadt bot, konnte sich Jessica des Eindrucks nicht erwehren, dass ihn etwas beunruhigte. Obwohl sie ihn früher unverblümt darauf angesprochen hätte, bewirkten die beiden verlorenen Jahre, dass sie nun zögerte.

Sie liebte ihn und war überzeugt, dass er ihre Gefühle erwiderte, denn er hielt sie in den Armen und küsste sie. Seine Küsse besaßen jedoch die verzweifelte Dringlichkeit eines Ertrinkenden, genau wie die Worte, die er an ihrem Haar murmelte. »Ach Jess, Jess, wenn ich nur gewusst hätte, dass du kommst.« Sie gelangte zu dem Schluss, dass er sich ihr schon noch anvertrauen würde, wenn der Zeitpunkt gekommen war.

Die beiden hatten in den nächsten Wochen nur selten Gelegenheit, allein zu sein. Wenn die Greens keine Gäste empfingen, nahmen sie an anderen Abendeinladungen im privaten Kreis oder gesellschaftlichen Ereignissen teil. Amelia stand wie immer im Mittelpunkt der Aufmerksamkeit, und Jessica konnte nicht umhin zu bemerken, dass jeder ihrer eigenen Tischherren insgeheim den Wunsch hegte, sich mit ihrer liebreizenden Cousine schmücken

zu können. Fast immer war es Richard, der Amelia begleitete. Während sie Richards Erklärung hinnehmen konnte, das sei nicht mehr als eine Gefälligkeit, die er Joshua erweise, fiel es ihr schwer, mit Gleichmut die gehässigen, triumphierenden Blicke zu ertragen, die Amelia ihr zuwarf. Sie wollte nicht glauben, dass ihre Cousine es darauf angelegt hatte, ihr Richard abspenstig zu machen. So viel Boshaftigkeit traute sie nicht einmal Amelia zu.
Gleichermaßen beunruhigend war Tom Bannermans Anwesenheit bei fast jedem gesellschaftlichen Ereignis. Er suchte unweigerlich Jessicas Nähe, und obwohl es ihr nicht gelang, sich in seinem Beisein völlig ungezwungen zu fühlen, musste sie sich ehrlicherweise eingestehen, dass er ein hervorragender Gesprächspartner war, klug und bewandert in den verschiedensten Themenkreisen. Vermutlich war es ihre Fähigkeit, ihm ebenso scharfsinnig zu antworten, die ihn an ihre Seite zog. Wenn er nur nicht die beunruhigende Gewohnheit gehabt hätte, sie mit zusammengekniffenen Augen zu beobachten, als versuchte er, ihre Gedanken zu erraten.

»Tom Bannerman ist auf Brautschau.« Amelias kühne Behauptung an einem geruhsamen Nachmittag hatte zur Folge, dass Jessica ihr Augenmerk von der Stickarbeit abrupt ihrer Cousine zuwandte, die in nachlässiger Pose auf dem Kanapee saß und achtlos die Seiten von *Harpers Bazaar* umblätterte.
»Warum erzählst du mir das?«
»Weil es stimmt. Jeder weiß, dass er nicht zuletzt des-

halb nach Brisbane gekommen ist, weil er eine Frau sucht, die er auf seine Farm mitnehmen kann.«
»Ich wäre nie auf die Idee gekommen, dass dich solche Gerüchte interessieren«, erwiderte Jessica lächelnd. »Du ziehst ihn doch gewiss nicht als Ehemann in Betracht, oder?«
Amelia brach in schallendes Gelächter aus. »Also wirklich, Jessica! Als ich sagte, ich würde mir meinen Ehemann selbst aussuchen, meinte ich jemanden, den ich um den kleinen Finger wickeln kann. Und nicht einen Grobian, der mich zu Tode ängstigt.«
Jessica runzelte nachdenklich die Stirn. »Du hast Recht, ich glaube auch nicht, dass sich Tom Bannerman um den kleinen Finger wickeln ließe. Er ist genauso, wie man es den Bewohnern der Kolonie nachsagt: hart, ein Einzelgänger und, wie ich glaube, ziemlich rücksichtslos. Selbst wenn er sich kultiviert gibt, kann man nicht umhin, die Ecken und Kanten zu bemerken, die sich hinter dem gesellschaftlichen Schliff verbergen. Ich kann verstehen, dass er dir Angst macht.«
»Fürchtest du dich nicht vor ihm?«
»Vielleicht ein wenig. Er ist völlig anders als alle Menschen, die ich kenne. In Gesellschaft benimmt er sich formvollendet, besticht durch sein außergewöhnliches Wissen, aber hinter der glatten Fassade spürt man einen Anflug von Härte, der bewirkt, dass man auf der Hut ist.«
»Nun, er fühlt sich offensichtlich zu dir hingezogen, er sucht ja ständig deine Gesellschaft. Wahrscheinlich überprüft er deine Tauglichkeit als Ehegespons.«

Jessica spürte, wie ihr die Röte in die Wangen schoss. »Das ist lächerlich!«, konterte sie, aber sie konnte sich nicht erklären, warum ihr Herz dabei so seltsam klopfte.
Amelia legte die Zeitschrift beiseite, erhob sich träge vom Kanapee und schlenderte zur Tür. »Ich finde es nicht lächerlich; du solltest dich mit dem Gedanken vertraut machen, nach einem Ehemann Ausschau zu halten. Ich habe meine Wahl bereits getroffen.«
Sie war verschwunden, bevor Jessica ihr weitere Fragen stellen konnte, doch diese letzte aufschlussreiche Bemerkung war bald vergessen angesichts der beunruhigenden Erinnerung an Amelias vorherige Behauptungen.
Obwohl sie glaubte, Amelias Worte als Unfug abtun zu können, war Jessica erleichtert, dass sie an jenem Abend beschaulich ›en famille‹ aßen und ihr die Begegnung mit Tom Bannerman erspart blieb. Deshalb war es ein Schock, als er ein paar Tage später am späten Vormittag im Haus der Greens vorstellig wurde. Sie sprang erschrocken auf, als das Dienstmädchen ihn in das Empfangszimmer führte, wo sie mit ihrer Stickerei gesessen hatte.
»Es tut mir Leid, aber meine Tante und mein Onkel sind nicht zu Hause«, teilte sie ihm mit, in der Hoffnung, dass ihr kühler Tonfall nichts über ihre innere Aufruhr verriet. Sie war noch nie mit ihm allein gewesen. Er kam ihr noch größer, düsterer und einschüchternder vor als sonst. »Vielleicht möchten Sie es später noch einmal versuchen.«
»Ich bin Ihretwegen hier, Miss Williams. Wenn Sie

so freundlich wären, mir ein paar Minuten Ihrer Zeit zu opfern.«

»Oh.« Ihre Stimme klang seltsam hohl, obwohl Alarmglocken in ihrem Kopf schrillten und ihr das Herz bis zum Halse schlug. Wie konnte sie ein Gespräch ablehnen, ohne gegen das Gebot der Höflichkeit zu verstoßen? »Jetzt gleich, Mr. Bannerman?«, fragte sie zweifelnd.

»Bitte.« Ein einfaches Wort, mit einer Demut geäußert, die seine angespannte Körperhaltung Lügen strafte.

Jessicas Gewissheit über den Zweck seines Besuches wuchs zunehmend. Was sollte sie ihm antworten? »Darf ich Ihnen eine Erfrischung anbieten?«, fragte sie, um ihre Verwirrung zu verbergen.

»Nein, danke. Ich möchte gleich auf den Zweck meines Besuches zu sprechen kommen; aber bitte, setzen Sie sich doch wieder.«

Jessica kehrte zu ihrem Sessel zurück, und ihr wurde klar, dass sie sich ihm unterlegen fühlte, wenn er stand und hoch über ihr aufragte; also bat sie ihn, ebenfalls Platz zu nehmen. Er kam der Aufforderung nach und wählte einen Sessel ihr gegenüber, wo er sich auf die Kante setzte, die Handflächen auf den Knien. Man könnte meinen, dass er sich genauso unwohl in seiner Haut fühlt wie ich, dachte Jessica. Seine dunklen Augen waren unverwandt auf ihr Gesicht gerichtet, während sie ihren Blick gesenkt hatte und ihre Hände betrachtete, die sie nervös in ihrem Schoß gefaltet hielt.

»Ich verlasse Brisbane am Samstag, um nach Eden

Downs zurückzukehren.« Jessicas Unruhe begann zu verebben, nur um sich wieder erneut einzustellen, als er im selben tiefen, beiläufigen Tonfall fortfuhr: »In den wenigen Wochen unserer Bekanntschaft habe ich Ihre Intelligenz und Ihre Charakterfestigkeit zu schätzen gelernt. Miss Williams, ich bitte Sie, mir die Ehre zu erweisen, meine Frau zu werden und mich nach Eden Downs zu begleiten.«

»Nein! Ich kann nicht!« Jessica sprang auf und wandte sich ab, die Hände gegen die Wangen gepresst, um ihre Bestürzung zu verbergen. Sich der Schroffheit ihrer Antwort bewusst, erstaunte es sie nicht, als sich Tom Bannerman ebenfalls erhob. Einen Augenblick lang, der ihr wie eine Ewigkeit vorkam, schien das Pochen ihres Herzens das einzige Geräusch zu sein, das zu hören war. Genauso deutlich nahm sie die Spannung wahr, die den Raum zwischen ihnen ausfüllte, bis sie geradezu greifbar war.

»Es tut mir Leid, wenn ich Sie erschreckt habe, Miss Williams. Ich konnte nicht ahnen, dass mein Antrag so viel Abscheu hervorrufen würde.«

Der dunkle Klang seiner Stimme peinigte ihre Sinne, und sie fuhr herum, um ihm ins Gesicht zu sehen, die zitternden Hände vor ihrem Kleid verschränkt.

»Ich muss mich entschuldigen. Ich war völlig überrascht, das ist alles. Ich wusste nicht, dass Sie mich in einem solchen Licht betrachtet haben.« Sie konnte ihm nicht in die Augen sehen; ein kurzer Blick auf seine harsche Miene reichte aus, um sie von seinem Missfallen in Kenntnis zu setzen, auch ohne die sardonische Bemerkung, die folgte.

»Vielleicht wäre es Ihnen lieber gewesen, wenn ich Ihnen den Hof gemacht hätte, wie es sich geziemt, aber schmeichelhafte Worte und Händchenhalten sind meiner Wesensart fremd. Außerdem habe ich keine Zeit für solche Dinge. Steht Ihre Antwort fest, Miss Williams, oder darf ich Sie nach einer angemessenen Bedenkzeit noch einmal bitten, meine Frau zu werden?«

Jessica unterdrückte den Wunsch, in hysterisches Gelächter auszubrechen. Sie konnte sich niemanden vorstellen, der weniger dem Bild eines Mannes glich, der auf Freiersfüßen wandelte. Er trug ihr die Ehe an wie eine geschäftliche Übereinkunft, was vermutlich seiner Vorstellung näher kam. Eine Verbindung, die für beide Seiten von Nutzen war.

Es gelang ihr, ihre Fassung wiederzugewinnen und mit der üblichen Kühle zu antworten. »Ich fühle mich geehrt, Mr. Bannerman. Aber an meiner Antwort wird sich nichts ändern.«

Dann hob sie ihr Kinn und sah ihm trotzig in die Augen. Einen Moment lang erwiderte er ihren Blick, dann verbeugte er sich, die Lippen zornig zusammengepresst.

»Nun gut. Wenn Sie mich entschuldigen wollen, Ma'am. Guten Morgen.«

Als er gegangen war, ließ sich Jessica in den Sessel fallen und stieß einen tiefen Seufzer aus. Vermutlich sollte sie sich durch den Antrag des Mannes geschmeichelt fühlen, aber er hatte sie seltsamerweise völlig aus dem Lot gebracht. Das Unbehagen hielt den ganzen Tag an und ließ auch dann nur leicht nach, als es Richard am Abend einfiel, sie in den Garten zu entführen, wo sie ungestört sein konnten. Im Schatten des großen Moreton-Bay-Feigenbaumes schloss er sie stürmisch in die Arme und presste sie an sich.

»O Jess, Jess« murmelte er, während er ihre Stirn mit Küssen bedeckte. »Ich liebe dich.«

Sein Mund bewegte sich zielstrebig abwärts und verschloss ihre Lippen mit einem Kuss, der genauso leidenschaftlich war wie der Abschiedskuss, dessen Erinnerung sie in den letzten beiden Jahren der Einsamkeit begleitet hatte. Es war ein Kuss, der sie schwach machte vor Verlangen, und sie klammerte sich an ihn, ohne sich der Gefühle zu schämen, die sich ihrer bemächtigten. Das ungezügelte Feuer des Begehrens, das ihren Körper entflammte, war ein natürlicher Ausdruck der Liebe, die sie füreinander empfanden. Sie zitterte unter dem Ansturm ihrer Gefühle, als seine Lippen sie endlich frei gaben, und wusste, dass er das Gleiche empfand. »Nichts kann uns trennen«, murmelte er, und seine Worte enthielten einen beinahe verzweifelten Nachdruck.

»Ich liebe dich«, flüsterte sie. »Ich habe dich immer geliebt.« Bald, sehr bald wird Richard mich bitten, seine Frau zu werden, jubilierte ihr Herz.

Wie leicht sie sich von ihrem Herzen täuschen ließ, sollte sie bald erfahren.

Sie ruhte sich an diesem Mittwochnachmittag in ihrem Zimmer aus, denn sie sollten abends einen Ball im Government House, der Residenz des Vizekönigs, besuchen, und war halb eingenickt. Ihre Gedanken waren bei Richard und der Leidenschaft, die sie in seinen Armen verspürte, als Amelia den Raum mit einem selbstgefälligen Lächeln betrat.

»Du scheinst ja sehr zufrieden zu sein.« Jessica stützte sich auf die Ellenbogen, um ihre Cousine zu beobachten, die nun vor dem Spiegel stand und sich herrichtete. Die Blicke der beiden jungen Frauen trafen sich in dem silbrigen Glas. In den hübschen blauen Augen war ein Glitzern, das dem selbstzufriedenen Lächeln einen Hauch Boshaftigkeit verlieh.

»Ich habe mich verlobt.«

Diese Bemerkung erzielte die gewünschte Wirkung. Jessica setzte sich mit einem Ruck auf und starrte das Spiegelbild ihrer Cousine an. »Hat Onkel Joshua bereits eine Wahl getroffen?«

Der Rosenmund verzog sich schmollend, während sich Amelia näher zum Spiegel beugte, um einen vermeintlichen Makel auf ihrer Wange in Augenschein zu nehmen. »Ich sagte ja schon, dass ich mir meinen Mann selbst aussuche, und genau das habe ich getan. Zum Glück stimmten meine Vorstellungen haargenau mit Onkel Joshuas überein.«

Ein leichtes Unbehagen regte sich in Jessicas Brust. Amelias Augen glitzerten noch immer. »Ich wusste gar nicht, dass Onkel Joshua jemand Bestimmten ins Auge gefasst hatte oder dass es einen jungen Mann gab, der dir besser gefiel als alle anderen.«

Amelia lachte glockenhell auf. »Dann musst du blind sein – oder einfältig. Sonst hättest du etwas bemerkt, wo wir doch so oft beisammen waren.«

»Von wem redest du?«
Amelia drehte sich um und blickte Jessica an; ihre hämische Miene entstellte die vollkommenen Gesichtszüge.
»Von Richard natürlich.«

## 2. Kapitel

Der Schmerz war wie ein Messer, das sich in ihr Herz bohrte. Sie versuchte sich einzureden, dass Amelia log, obwohl sie tief in ihrem Inneren wusste, dass dem nicht so war. Viele Dinge, die ihr vorher Rätsel aufgeben hatten, machten plötzlich Sinn. Die an Verzweiflung grenzende Qual in Richards Stimme, als er ihr seine Liebe erklärte, und der unverkennbare Ausdruck des Unbehagens auf seinem Gesicht, als er sie an Deck der *Ladybird* erkannte. Aber was war mit der Behauptung vorgestern Abend, dass es nichts gab, was sie jemals wieder trennen könnte? Zu dem Zeitpunkt musste er bereits den Entschluss gefasst haben, um Amelias Hand anzuhalten. Jessicas Kummer war beinahe genauso groß wie an dem Tag, als sie vom Tod ihrer Eltern erfahren hatte. Damals war es Vikar Brennan gewesen, Richards Vater, der ihr Trost zugesprochen hatte. Nun gab es niemanden mehr.

Seit Amelia triumphierend ihr Zimmer verlassen hatte, war Jessica unentwegt auf dem Teppich hin und her gelaufen, in Strümpfen, ein ehemals makelloses Spitzentaschentuch zerknüllt in der Hand. Die Freude, mit der sie dem Abend in der Residenz des Vizekönigs entgegen gesehen hatte, war verflogen. Sie fragte sich bang, ob sie überhaupt an dem Ball teilnehmen sollte. Sie konnte den Gedanken an den Schmerz nicht ertragen, das Paar beisammen zu sehen. Obwohl ihre Verlobung noch nicht offiziell bekannt gegeben war, würde Amelia schon dafür sorgen, dass alle von ihrem Erfolg erfuhren, sich einen der begehrtesten Junggesellen geangelt zu haben. Jessica wusste nicht, ob sie es aushalten würde, die Glückwünsche ihrer gemeinsamen Bekannten zu hören; sie hasste die Vorstellung, ihre Freunde könnten sie mitleidig betrachten und denken: »Die Ärmste, aber gegen Amelias Schönheit hatte sie nicht die geringste Chance.«

Jessica unterbrach ihre rastlose Wanderung und presste die Handflächen gegen die pochenden Schläfen. Nein! Sie würde niemandem einen Grund geben, sie zu bedauern! Sie würde mit hocherhobenem Kopf den Ball besuchen, da niemand wissen konnte, dass Richard mehr war als ein Freund aus Kindertagen, oder dass sie etwas anderes als entzückt war über seine Verlobung mit Amelia. Und sie würde der verwöhnten, launischen Amelia mit ihrer hübschen Larve nicht die Befriedigung gönnen, zu sehen, wie tief sie ihre Cousine mit ihren Machenschaften getroffen hatte. Denn trotz des Kummers regte sich in ihr ein Verdacht, den sie bisher unterdrückt hatte: Amelia war vom ersten Tag an, seit ihrer Ankunft in Australien, fest entschlossen gewesen, ihr Richard auszuspannen.

Dass Jessicas Erscheinungsbild Ruhe und Gelassenheit ausstrahlte, war einzig auf ihre Charakterstärke und ihren eisernen Willen zurückzuführen. Ihre Wangen waren ein wenig blasser als sonst und ihre Augen nicht ganz so lebendig, aber das waren auch die einzigen äußeren Anzeichen, die auf ihre innere Zerrissenheit hindeuteten. Es gelang ihr sogar, als Joshua Green sie jovial fragte, ob sie die gute Nachricht bereits vernommen habe, ihre Freude für das Paar zum Ausdruck zu bringen, mit einer Stimme, die kaum mehr als den Anflug eines verräterischen Zitterns enthielt. Erst als sie am Government House eintrafen und Richard auf die Greens zustrebte, um sie zu begrüßen, geriet ihre mühsam aufrechterhaltene Fassade der Selbstbeherrschung ernsthaft ins Wanken.

In seinem maßgeschneiderten schwarzen Abendanzug mit schneeweißem Halstuch und Handschuhen sah er umwerfender aus als je zuvor. Mit weit ausholenden Schritten überquerte er die Auffahrt, an deren Ende die Kutsche hielt, ergriff Amelias Hand, um ihr beim Aussteigen behilflich zu sein, und war danach, ganz Kavalier, Jessica zu Diensten. Obwohl beide Handschuhe trugen, brachte seine Berührung ihr Blut in Wallung und durchbohrte ihr Herz wie ein Messerstich.

Sie hatte den Blick gesenkt. Nun hob sie ihn und stellte fest, dass seine graublauen Augen durch einen Aufruhr der Gefühle verdunkelt waren, eine qualvolle Mischung aus Gewissensbissen und Sehnsucht. In diesem kurzen Augenblick, als sie nur Augen füreinander hatten, war Jessica überzeugt, dass er sie noch liebte. Dann wandte er sich ab und bot Amelia seinen Arm.

Das prachtvolle Interieur des Government House, der Ballsaal mit seinen funkelnden Spiegeln und

Kandelabern und die erlesen gekleideten Gäste trugen dazu bei, Jessica von ihrer inneren Qual abzulenken. Wie immer waren die jüngeren Damen als Tanzpartnerinnen heiß begehrt. Jessicas Tanzkarte war bald voll. Dafür war sie dankbar. Beim Tanzen konnte sie das Bild von Amelia aus ihrem Kopf verbannen, wie sie lachend zu Richard aufsah, als er sie durch den Ballsaal wirbelte. Sie beobachtete, wie ihre Cousine unverblümt mit ihren Tanzpartnern kokettierte, die Verlobung schien ihr Verlangen nach männlicher Schmeichelei nicht gemindert zu haben, und Jessica wurde von einer Welle der Bitterkeit überflutet, die ihrem Wesen eigentlich fremd war. Sie war überzeugt, dass Amelia Richard nicht liebte. Und sie wusste tief in ihrem Herzen, dass Richard eine Frau wie Amelia nicht lieben konnte. Versunken in eine schmerzliche Innenschau, erschrak sie, als sie während einer Tanzpause eine Hand am Ellenbogen spürte und beim Umdrehen den Mann neben sich entdeckte, dem ihre kummervollen Gedanken galten.

»Jess, wir müssen miteinander reden.« In seinen Worten spiegelte sich eine verzweifelte Bitte und in seinen Augen ein quälendes Verlangen wider. Sein Wunsch entsprach ihrem Bedürfnis, die Wahrheit aus seinem eigenen Mund zu hören, und zwang sie, ihr Einverständnis mit einem Kopfnicken anzudeuten und ihm zu gestatten, sie unbemerkt aus dem Ballsaal hinaus in den weitläufigen Park zu führen. Beide blieben stumm, bis sie ein abgelegenes, von Bäumen beschattetes Plätzchen erreichten, in ge-

raumer Entfernung von den Lichtern und der Musik. Dann brach Jessica das Schweigen mit einem einzigen Wort, das ihre Seelenqualen offenbarte.
»Warum?«
Richard, mit bleichem Gesicht und einem zuckenden Nerv am Mundwinkel, hob hilflos die Hände. »Es tut mir Leid, Liebste. Ich wünschte, es wäre anders gekommen.«
Jessica antwortete nicht. Ihre Kehle war wie zugeschnürt, sie brachte kein Wort über die Lippen. Ungeweinte Tränen brannten in ihren Augen, ließen ihre Sicht verschwimmen. Schweigend beharrte sie auf einer Erklärung.
Seufzend wandte Richard seinen Blick ab, um den Schmerz in ihren Augen nicht länger ertragen zu müssen, da er nur allzu gut wusste, wer dafür verantwortlich war. »Es war alles arrangiert, noch vor eurer Abreise aus England. Joshua erzählte mir, seine Nichte werde nach Australien kommen, eine gute Partie, und deutete an, dass ein verheirateter Mann im diplomatischen Dienst wesentlich bessere Aufstiegsmöglichkeiten habe. Das Arrangement schien für alle Beteiligten von Vorteil zu sein, also willigte ich ein. Wie konnte ich auch ahnen, dass die ›Cousine‹, die sie begleitete, meine geliebte Jess war!«
»›Deine geliebte Jess‹«, wiederholte sie bitter. »Wie kannst du von Liebe reden, wenn doch auf der Hand liegt, wie wenig ich dir bedeute?«
»Das ist nicht wahr!« Brüsk wandte er sich ihr wieder zu und wies ihre Anschuldigung in einem leidenschaftlichen Ausbruch zurück.

»Du wagst es, zu behaupten, das sei nicht wahr? Du hast zwei Jahre lang keinen einzigen Gedanken an mich verschwendet!«
»Du irrst! Ich habe fortwährend an dich gedacht. Ich hätte alles darum gegeben, dich bei mir zu haben, Jess, aber ich sah keinen Weg. Ich hatte mir geschworen, nicht nach England zurückzukehren, bevor ich es beruflich zu etwas gebracht hätte, und ich war mir sicher, dass deine Eltern dir nie erlaubt hätten, alleine ans andere Ende der Welt zu reisen. Ich wusste, wie eng verbunden ihr drei euch wart. Wenn ich Kenntnis vom Tod deiner Eltern gehabt hätte, hätte ich dich umgehend hierher gebracht und geheiratet.« Er hielt inne, um ihre Hände zu ergreifen und sie an sich zu ziehen. Der tiefe, gefühlvolle Klang seiner Stimme zerrte am kläglichen Rest ihrer Selbstbeherrschung. »Ich liebe dich, Jess.«
»Und trotzdem hast du um Amelias Hand angehalten!«
»Eine reine Vernunftehe, die nie etwas an meinen Gefühlen für dich ändern wird. O Jess, Jess, wir müssen einen Weg finden, beisammen zu bleiben, denn ich würde es nicht ertragen, dich zu verlieren.«
Er riss sie an sich und küsste sie voller Leidenschaft. Getrieben von dem Verlangen, an seine Liebe zu glauben, zitterte Jessica in seiner Umarmung, erwiderte seinen Kuss mit der gleichen Glut. Nie zuvor hatte Richard sie so geküsst, noch hatte sie das sinnliche Begehren gespürt, das sie nun von Kopf bis Fuß erbeben ließ. Ihr Mund öffnete sich unter seinen drängenden Lippen, und sie klammerte sich an ihn,

gestattete seinen Händen, ihren Körper auf beschämende, besitzergreifende Weise an sich zu pressen.
In diesem Augenblick wäre sie bereit gewesen, Richard jeden Wunsch zu erfüllen. Das Geräusch eines Streichholzes, das angezündet wurde, und die Flamme, die jäh die Dunkelheit erhellte, versetzten Jessica mit einem Schlag in die Wirklichkeit zurück. Sie entzog sich der feurigen Umarmung, und ihre zitternde Stimme klang selbst in ihren eigenen Ohren fremd. »Wir müssen wieder hinein.«
Bevor er einen Einwand erheben konnte, drehte sie sich um und eilte zwischen den Bäumen hindurch auf den hell erleuchteten Teil des Parks zu, der an die rückwärtige Fassade des Gebäudes grenzte. Als Richard sie einholte, ging sie ohne ihn anzusehen rasch weiter, denn sie fürchtete, einem Zusammenbruch gefährlich nahe zu sein. Durch seinen Verrat bereits tief verletzt, fühlte sie sich durch den Ansturm seiner Leidenschaft und ihre eigene, beschämend hemmungslose Reaktion endgültig am Boden zerstört.
In dem Raum, der den Damen zur Verfügung stand, um sich frisch zu machen, und den sie zum Glück verwaist vorfand, ließ sie kaltes Wasser über ihre Handgelenke laufen und drückte ein angefeuchtetes Taschentuch gegen ihre pochenden Schläfen. Es gelang ihr irgendwie, ihre Fassung so weit wiederzugewinnen, dass sie fähig war, in den Ballsaal zurückzukehren und den Rest des Abends ohne ein äußeres Anzeichen des Aufruhrs, der in ihrem Innern tobte, über sich ergehen zu lassen. Keiner ihrer Tanzpart-

ner ahnte etwas von der ungeheuren Willenskraft, die sie aufbieten musste, um zu lächeln und sich auf eine scheinbar unbeschwerte Unterhaltung einzulassen.

Richard wahrte Abstand. Zu ihrer ungeheuren Erleichterung galt das auch für Tom Bannerman, den sie erstmals nach ihrer Rückkehr in den Ballsaal entdeckte. Es war schlimm genug, von Zeit zu Zeit Richards bekümmerten Blick aufzufangen, auch ohne sich genötigt zu fühlen, der unerwünschten Aufmerksamkeit des anderen Mannes mit Höflichkeit zu begegnen. Abgesehen von einer knappen Verbeugung, mit der er ihre Anwesenheit zur Kenntnis nahm, schien er keinerlei Interesse an ihr zu haben. Auch den anderen weiblichen Gästen schenkte er keine Beachtung. Er tanzte nicht ein einziges Mal, was Jessica zu der Frage veranlasste, warum er überhaupt an dem Ball teilnahm.

Am nächsten Tag stand sie erst gegen Mittag auf, aber dennoch machte sich der Schlafmangel bemerkbar, als sie ihre angespannten Gesichtszüge im Spiegel betrachtete. Sie hatte sich nie für eine Schönheit gehalten. Nun fand sie, dass sie mit ihren farblosen Lippen und den bleichen Wangen, welche die dunklen Schatten unter ihren Augen noch hervorhoben, vergrämt aussah. Sie hatten den Ball erst nach Mitternacht verlassen, und der Morgen dämmerte bereits herauf, als die Tränen versiegten und ihr vor Erschöpfung die Augen zufielen; doch der Schlaf war keine Erlösung gewesen, sondern von Albträumen heimgesucht. Als sie nun vor der Frisierkommode saß und den Tee trank, den ihr das Dienstmädchen gebracht hatte, versuchte sie, Ordnung in ihre wirren Gedanken zu bringen und ihre Situation mit kühlem Kopf zu betrachten.

Auf seine ihm eigene, selbstsüchtige Weise liebte Richard sie, und trotz aller Bemühungen, sich selbst einzureden, dass er ihrer Liebe nicht länger würdig sei, konnte sie ihre Gefühle nicht über Nacht ändern; dazu hatte sie ihn viel zu lange geliebt. Das grenzenlose Begehren, das sie in seinen Armen verspürt hatte, ängstigte sie, denn sie hatte gedacht, so viel Sinnlichkeit sei ihrer Wesensart fremd. Ihre Aufrichtigkeit zwang sie, sich einzugestehen, dass Richard bei einer günstigeren Gelegenheit mehr verlangt hätte als einen Kuss. Und in diesem Augenblick war sie bereit gewesen, ihm alles zu geben. Sie konnte auch seine glühende Erklärung nicht vergessen, er wolle sie nie wieder verlieren. Jessica wusste, dass er alles daransetzen würde, sie zu seiner Mätresse zu machen. Voller Scham befürchtete sie, dass es ihr nicht ewig gelingen würde, ihm zu widerstehen oder der eigenen Versuchung. Es gab nur eine Möglichkeit, ihren Stolz zu bewahren – sie musste sich ein für alle Mal von ihm trennen und Brisbane verlassen. Und der einzige Weg, der ihr einfiel, um das zu bewerkstelligen, war, Tom Bannerman zu sagen, dass sie seine Frau werden würde.

Am Nachmittag eilte sie die Queen Street entlang und blieb unschlüssig vor dem York Hotel stehen. Hier verließ sie der Mut, und sie ging rasch weiter. Doch dann zwang sie sich, die Alternative zu bedenken, kehrte entschlossen um und betrat das Foyer des Hotels. Dort erkundigte sie sich mit gelassener, gebieterischer Stimme nach der Zimmernummer von Mr. Bannerman, und falls der Hotelportier eine solche Frage höchst ungewöhnlich fand, zuckte er mit keiner Wimper, als er ihr mit geübter, ausdrucksloser Miene die gewünschte Auskunft erteilte.

Ihre Beine drohten zu versagen, als sie über die mit einem Läufer versehene Treppe in den ersten Stock und durch den langen Flur zu der genannten Zimmernummer ging; ihre Hand zitterte, so dass sie kaum anzuklopfen vermochte. Ein Paar tauchte aus einer der Türen am Ende des Ganges auf, ging mit einem kurzen Nicken und kaum verhohlener Neugierde an ihr vorüber. Sich ihrer vor Verlegenheit hochroten Wangen bewusst, hob Jessica die Hand, um abermals zu klopfen, als die Tür plötzlich geöffnet wurde.

Der Schreck fuhr Jessica in die Glieder, die Nerven waren ohnehin zum Zerreißen gespannt. Sie wich einen Schritt zurück. Falls Tom Bannerman erstaunt war, sie zu sehen, wusste er es gut zu verbergen, denn seine Miene spiegelte lediglich eine achtlose Höflichkeit wider, und die hochgezogene Braue deutete an, dass ihm der Grund ihres Kommens unklar war. Es schien ihn nicht zu stören, dass er in Hemdsärmeln vor ihr stand und seine Tabakspfeife in der

Hand hielt. Zum zweiten Mal spürte Jessica, wie der Mut sie zu verlassen drohte.
»Ich – ich würde gerne etwas mit Ihnen besprechen, Mr. Bannerman.«
Wortlos trat er beiseite und forderte sie mit einer weit ausholenden Armbewegung auf, einzutreten. Sie blieb unschlüssig stehen, als sie die Schwelle überschritten hatte, und ging erst weiter, als sie hörte, wie die Tür mit einem Klicken ins Schloss fiel. Einen Moment lang erschien ihr dieses Geräusch so unheilvoll, als würde sich das Tor eines Gefängnisses hinter ihr schließen.
»Nehmen Sie Platz, Miss Williams.«
»N-nein danke. Ich ziehe es vor, zu stehen.«
Er zuckte die Schultern, als interessiere ihn das eine so wenig wie das andere, und ging zum Kamin, wo er sich an den Sims lehnte und seine Pfeife stopfte, eine Tätigkeit, bei der er durch ihre Ankunft allem Anschein nach unterbrochen worden war. Plötzlich flammte Wut in Jessica auf, ihre Angst war wie weggeblasen. Er hatte keine Manieren und sich offenbar vorgenommen, sie mit Verachtung zu strafen. Sie würde keine Sekunde länger bleiben, um sich beleidigen zu lassen. Sie drehte sich um und machte einen Schritt in Richtung der Tür.
»Ich dachte, Sie wollten mir etwas sagen.« Der geringschätzige Klang seiner Stimme ließ sie innehalten. Er hielt es nicht einmal für nötig, sie auch nur eines Blickes zu würdigen. Er schien damit beschäftigt zu sein, den Tabak in seiner Pfeife herunter zu drücken, ungeachtet ihrer Fassungslosigkeit.

Das stehe ich nicht durch, dachte sie verzweifelt, aber ich kann auch nicht zulassen, dass Richard mich zu seiner Mätresse macht. Sie holte tief Luft. »Ich bin gekommen, um Ihnen mitzuteilen, dass ich Ihren Antrag annehme.«
Abrupt hob er den Kopf und starrte sie an, musterte sie mit seinen schwarzen Augen, die hart und forschend waren, während er den Pfeifenstil zwischen die Zähne klemmte und mit gewollter Langsamkeit ein Streichholz anzündete. Erst als er die Flamme an den Pfeifenkopf hielt, senkte er seinen herausfordernden Blick.
Ein Welle der Übelkeit ergriff Jessica. Sie spürte, wie sie erbleichte, wie auch der letzte Rest Farbe aus ihrem Gesicht wich. Worte hätten ihr nicht deutlicher zu verstehen geben können, dass Tom Bannerman die Person im Garten gewesen war, die gesehen hatte, wie sie in Richards leidenschaftlicher Umarmung dahingeschmolzen war. Allein die Tatsache, dass er in ihrer Gegenwart die Unverfrorenheit besaß, zu rauchen, ließ erkennen, was er von ihr hielt und wie tief sie nun in seiner Achtung gesunken war.
Als die Pfeife zu seiner Zufriedenheit zog, richtete er sich zur vollen Größe auf, und sein düsterer Blick streifte sie mit einer Gleichgültigkeit, die sowohl erniedrigend als auch beleidigend war. »Sie haben es sich also anders überlegt. Soll ich mich jetzt geehrt fühlen?«
Der sarkastische Tonfall, in dem er die Frage stellte, war unerträglich. Jessica schnappte nach Luft bei

dieser Demütigung, und dieses Mal ging sie entschlossen zur Tür.
»Laufen Sie schon wieder davon?« Die harschen Worte bewirkten, dass sie auf dem Absatz kehrtmachte und ihm ins Gesicht sah, mit einem an Hass grenzenden flammenden Zorn. Sein harter, herausfordernder Blick nagelte sie erbarmungslos auf der Stelle fest. »Sollte ich mich getäuscht haben? Sie laufen doch davon, oder?«
Ohne auf die schmachvolle Frage einzugehen, nahm sie Zuflucht zum letzten Rest Würde, den sie aufbieten konnte.
»Sie hatten mich gebeten, Ihre Frau zu werden. Ich nehme Ihr Angebot an, das ist alles.«
»Was soll die Lüge?« Dass er die Stimme nicht erhob, verlieh seinen sorgfältig gewählten Worten noch größere Bedeutung. Er legte seine Pfeife in einem Aschenbecher ab. »Der einzige Grund, dass Sie mich plötzlich annehmbar finden, ist der, dass sich Brennan für Ihre hübsche Cousine entschieden hat und Sie in der Ehe mit mir ein Mittel sehen, Ihren Stolz zu bewahren. Habe ich Recht?«, sagte er herausfordernd.
Unter seinem forschenden Blick konnte Jessica nur unglücklich nicken; sie verstand inzwischen voll und ganz, warum Amelia diesen Mann so unheimlich gefunden hatte. Doch nun war es zu spät, und sie wünschte sich, sie hätte weniger übereilt gehandelt. Nicht zum ersten Mal wurde ihr bewusst, dass dieser Mann gnadenlos und unversöhnlich war, und sie konnte nur hoffen, dass sein eigener Stolz ihn veranlassen würde, sie wegzuschicken.

»Wenigstens wird es eine Ehe sein, in der jeder weiß, woran er ist. Was mich angeht, so brauche ich eine Frau, die mir Söhne schenkt.«

Es dauerte einen Moment, bis sie die Bedeutung seiner Worte erfasste. »Sie wollen mich trotzdem heiraten?«

Er nickte. »Ich hatte Sie bereits ins Auge gefasst und Ihnen einen Antrag gemacht. Mir schien, dass Sie alle Eigenschaften mitbringen, die ich bei einer Frau für notwendig erachte. Da ich nicht davon ausging, dass romantische Gefühle bei der Wahl meiner Ehefrau eine Rolle spielen würden, nehme ich Ihren Sinneswandel mit Genugtuung zur Kenntnis. Aber …« Seine Stimme wurde dunkler und seine ebenholzfarbenen Augen durchbohrten sie mit unerbittlicher Entschlossenheit. »… Sie werden sich jeden Gedanken an Richard Brennan aus dem Kopf schlagen!«

Jessica hob stolz das Kinn. »Ich wäre nicht hier, wenn das nicht meiner Absicht entspräche.«

Er sah sie einen Moment lang eindringlich an, dann nickte er. »Gut, dann sind wir uns einig. Sie wissen, dass ich am Samstag abreisen wollte. Daran hat sich nichts geändert. Sie werden mich als meine Verlobte begleiten. Wir werden uns in Blackall trauen lassen, bevor wir die letzte Etappe der Reise nach Eden Downs antreten.« Er hielt inne, um ihr Gesicht abermals mit seinem düsteren, eindringlichen Blick zu mustern, der an ihren Nerven zerrte. »Weiß Joshua Green von Ihrer Entscheidung oder Ihrem Besuch?«

»Nein. Ich habe niemandem in mein Vorhaben eingeweiht.«
»Werden Sie ihn um seine Zustimmung bitten?«
Wieder ein Kopfschütteln. »Nein. Joshua Green ist nicht zu meinem Vormund bestellt. Wir sind nur entfernt miteinander verwandt, durch Einheirat. Ich kann tun, was mir beliebt.«
»Dennoch bin ich der Meinung, ich sollte bei Joshua Green vorstellig werden, damit alles seine Ordnung hat. Wenn Sie mich jetzt bitte entschuldigen wollen, Miss Williams, ich habe noch einiges zu erledigen.«
Das war alles. Sie war auf Herz und Nieren geprüft, für tauglich befunden und bis auf weiteres entlassen worden. Um ein Haar hätte sie dem Bedürfnis nachgegeben, hysterisch zu lachen. Wenn sie sich für die Stellung einer Haushälterin beworben hätte, wäre sein Mangel an persönlichem Interesse kaum offenkundiger gewesen.
Für den Rest des Nachmittags hatte sie das Gefühl, in einem bösen Traum gefangen zu sein, geplagt von Zweifeln an der Klugheit ihrer Entscheidung. Dieser Zustand besserte sich auch dann nicht, als die Greens der Wahl ihres Ehemannes von ganzem Herzen zustimmten. Jessica glaubte, eine Spur von Erleichterung in Joshuas Miene zu entdecken. Sie hörte aufmerksam zu, welche Vorbereitungen getroffen worden waren, um Samstagmorgen zum Bahnhof zu gelangen, wo sie Tom Bannerman treffen sollte; dann zog sie sich in ihr Zimmer zurück, dankbar, alleine zu sein, und entschlossen, Amelia für den Rest ihres Aufenthalts in diesem Haus aus dem Weg

zu gehen. Das war natürlich ein aussichtsloses Unterfangen. Schon am nächsten Morgen betrat die junge Frau unaufgefordert ihr Zimmer, um sich zu erkundigen, ob es wahr sei, dass sie die Greens verlassen wolle.

»Du bist mir ja eine ganz Durchtriebene!«, rief sie. »Ich dachte, du hättest es auf Richard abgesehen, und dabei hattest du die ganze Zeit ein Auge auf unseren furchterregenden Schafzüchter geworfen. Sei froh, dass ich ihn nicht haben wollte, denn dann hättest du keine Chance bei ihm gehabt.«

Als Jessica schwieg – sie konnte nicht antworten, denn sie musste ihre ganze Selbstbeherrschung aufbieten, um nicht gegen diesen Teufel in Engelsgestalt handgreiflich zu werden –, lachte Amelia glockenhell auf, überprüfte ihr vollkommenes Erscheinungsbild im Spiegel und rauschte mit der Ankündigung hinaus, Richard werde sie in Kürze abholen, um die Ringe auszusuchen.

Ich werde nicht weinen, beschloss Jessica, damit ist ein für alle Mal Schluss. Keiner von beiden ist es wert, dass man ihnen auch nur eine Träne nachweint. Sie war immer noch bemüht, sich selbst von diesem Sachverhalt zu überzeugen, als Richard ein paar Stunden später eintraf und sie zu sprechen verlangte. Sie trug dem Dienstmädchen auf, ihn wegzuschicken, doch als diese gleich darauf mit der Botschaft zurückkehrte, wenn Jessica nicht herunter komme, sehe er sich genötigt, sie in ihrem Zimmer aufzusuchen, willigte sie widerstrebend ein. Amelia war offenbar noch nicht zurückgekehrt.

Er lief erregt im Salon auf und ab, trommelte mit der Faust gegen die Innenseite seiner anderen Hand und blieb mit einem Ruck stehen, als sie den Raum betrat. »Ist es wahr? Du heiratest Tom Bannerman?«
»Es ist wahr«, entgegnete sie ruhig.
Er zuckte zusammen, als hätte sie ihn geschlagen, und sein Gesicht wurde bleich. »Warum?« Seine Stimme klang gequält.
»Was soll die Frage? Kannst du dir das nicht denken?«, erwiderte sie bitter.
»O Jess.« Mit zwei Schritten war er bei ihr, umklammerte ihre Schultern mit zitternden Händen und küsste sie besitzergreifend auf die Lippen, die teilnahmslos blieben.
Sie begehrte, liebte und hasste ihn zugleich. »Hör auf damit! Dazu hast du kein Recht!« Sie befreite sich aus seinem Griff.
»Ich habe jedes Recht. Ich liebe dich!«
Die Tränen, die ihr in die Augen traten, waren gleichermaßen Tränen der Wut und des Kummers. »Wenn du mich wirklich liebtest, würdest du Amelia nicht heiraten.«
»Und wenn du mich liebtest, würdest du Tom Bannerman nicht heiraten!«
»Dann haben wir uns nichts mehr zu sagen, außer Lebewohl.«
»Nein! Jess – hör mir zu.« Er fuhr sich zerstreut mit der Hand durch das Haar. »Ich habe dir erklärt, was es mit Amelia auf sich hat. Ich wollte, es wäre anders, aber mir wurde ziemlich deutlich zu verstehen gegeben, dass ich gut daran täte, Joshuas Wünschen zu

entsprechen, wenn ich es in meiner Laufbahn zu etwas bringen will.«
Sie schloss die Augen, um die Verzweiflung in seiner Miene, die zerzausten Locken nicht mehr sehen zu müssen, die ihm das Aussehen eines kleinen Jungen verliehen, dem niemand widerstehen konnte. Als Jessica die Augen wieder öffnete, waren sie genauso kühl und ausdruckslos wie ihre Stimme. »Du warst schon immer ehrgeizig, Richard. Inzwischen gehst du offenbar über Leichen.«
Er streckte die Hände aus, in der Absicht, sie an sich zu ziehen, aber sie wich ihm aus, und seine Arme sanken kraftlos herab. »Du bist verletzt und das tut mir Leid, aber meine Ehe mit Amelia ändert nichts an meinen Gefühlen für dich. Du liebst mich genauso sehr, wie ich dich liebe, und wir werden einen Weg finden, um zusammen zu sein.«
»Willst du etwa, dass ich deine Mätresse werde, Richard?«, schlug sie ihm mit bitterer Verachtung vor.
»Verdammt!« schrie er. »Ich verbiete dir, Bannerman zu heiraten. Du liebst ihn nicht. Du willst es mir nur heimzahlen, weil du gekränkt und wütend bist.«
»Habe ich nicht jedes Recht, gekränkt und wütend zu sein?«
»Tu es nicht, Jess. Du wirst es für den Rest deines Lebens bereuen. Bleib bei mir. Wir werden einen Weg finden.«
Als er abermals versuchte, sie in die Arme zu schließen, entzog sie sich ihm, bevor er sich ihrer Lippen bemächtigen konnte.

»Nein! Du hast deine Entscheidung getroffen und ich meine. Und nun geh bitte, Richard. Ich will dich nie wieder sehen.«

Für einen langen Augenblick starrte er sie ungläubig an, dann stürmte er aus dem Raum und knallte wütend die Tür hinter sich zu. Das Geräusch hallte in der Stille wider, die er hinterließ, fand ein Echo in der Leere ihres Herzens. Das Gesicht in den Händen bergend, sank Jessica in den nächsten Sessel und ließ ihren Tränen freien Lauf, Tränen der Ernüchterung, die alle Träume ihres Lebens davontrugen.

## 3. Kapitel

Die Straßen der Stadt waren in der schneidenden Kälte vor dem Morgengrauen menschenleer und das Klappern der Kutschenräder hallte unnatürlich laut auf dem Pflaster wider. Die beiden Insassen der Kutsche schwiegen. Joshua Green wusste nicht, was er der jungen Frau sagen sollte, die stumm und angespannt neben ihm saß. Er konnte sich des unliebsamen Verdachts nicht erwehren, er habe ihr ein Unrecht zugefügt, als er den jungen Mann, der seine rechte Hand war, zu einer Verbindung mit seiner flatterhaften Nichte ermutigt hatte. Aus der Art, wie Jessica die Hände im Schoß rang, ein Verhalten, das so gar nicht zu der beherrschten, gefestigten Person passte, die er kannte, schloss er, dass sie angesichts des bevorstehenden, wichtigen Schritts in ihrem Leben aufgeregt und verunsichert sein müsse.
Jessica plagten in der Tat ernsthafte Zweifel. Ihre überschatteten Augen nahmen weder die Gebäude wahr, an denen sie vorüberfuhren, noch die wenigen Leute, die schon in aller Herrgottsfrühe zur Arbeit gingen. In Gedanken durchlebte sie noch einmal das grauenvolle Gespräch mit Tom Bannerman, das sich in ihr Gedächtnis eingebrannt hatte, und das Gefühl der Scham, das sie empfunden hatte, weil er genau wusste, warum sie nun bereit war, seine Frau zu werden. Bei den Schlägen einer Uhr, die anzeigten, dass es bereits Viertel nach fünf morgens

war, begann ihr Magen zu flattern. In knapp fünfundzwanzig Minuten würde der Zug vom Bahnhof an der Roma-Street abfahren, und danach gab es kein Zurück mehr.

Dann waren sie am Bahnhof angekommen, und Joshua streckte ihr die Hand entgegen, um ihr aus der Kutsche zu helfen. Just in dem Moment, als sie ihren Fuß auf die Trittleiter stellen wollte, blickte sie hoch und sah, dass sich Tom Bannerman näherte. In dem diesigen, blassen Licht, das seine Größe und mächtige Statur noch hervorhob, ragte er düster und bedrohlich vor ihr auf und machte keine Anstalten, um sie willkommen zu heißen. Jessica verspürte bei seinem Anblick einen Anflug von Panik und hätte sich am liebsten in der Kutsche verkrochen, um Joshua anzuflehen, sie wieder nach Hause zu bringen. Allein ihr Stolz und ihr Zorn auf Richard verliehen ihr die Kraft, auszusteigen.

Mit trotzig erhobenem Kinn erwiderte sie seinen Blick, als er sie mit seinen schwarzen Augen eindringlich musterte. Als er mit den Worten »Gehen wir?« ihren Arm nahm, stimmte sie mit einem angedeuteten Kopfnicken zu und ließ sich von ihm auf den Bahnsteig geleiten. Joshua blieb gerade so lange, bis sie ihren Platz in einem Wagen der ersten Klasse erreicht hatte, bevor er sich verabschiedete – mit beträchtlicher Erleichterung, wie sie vermutete – und ihr und ihrem künftigen Ehemann alles Gute wünschte.

Ihre Plätze befanden sich in einem Schlafwagen, dessen Sitzbänke längsseits angebracht waren, so

dass sie mit dem Rücken zum Fenster saßen. Da sich nur wenige Reisende darin befanden, schlug Tom vor, sie solle sich ans Ende setzen, wo sie mit einer halben Körperdrehung die Landschaft zu beiden Seiten der Geleise betrachten könne. Außerdem überraschte er sie damit, dass er ein Kissen für ihren Rücken hervorholte, damit sie es bequemer hatte. Die rücksichtsvolle Geste rührte sie wider Willen, und sie fühlte sich aufgewühlt durch den Blick, mit dem er sie immer wieder aufmerksam musterte, als sich die schwere Lokomotive mit einer zischenden Dampfwolke und einem gellenden Pfiff langsam in Bewegung setzte und allmählich Fahrt aufnahm, bis sie ratternd und schaukelnd über die eisernen Schienen fuhren, um die Stadt hinter sich zu lassen.
Sie kamen an interessanten Vorstädten und Weilern vorbei, und der Zug bahnte sich pfeifend seinen Weg durch winzige Bahnstationen, die an der Strecke lagen. Dann durchquerten sie weites, offenes Land, dessen Eintönigkeit nur von Hügelkämmen unterbrochen wurde, auf denen Eukalyptusbäume wuchsen, und rumpelten binnen kürzester Zeit über die hohe stählerne Bogenbrücke, die den breiten, von Bäumen gesäumten Brisbane River überspannte. Aus dem Wasser erhob sich ein rotgoldener Schleier, der sich über dem westlichen Ufer auflöste, wo ein toter Arm des Flusses, an dessen Ufer rosafarbene Lilien standen, im Glanz der aufgehenden Sonne wie Diamanten funkelte. Weitläufige Farmen und Dörfer tauchten dann und wann entlang der Bahnlinie auf, bis sie die Siedlungsgebiete rund um die Kohlenberg-

werke erreichten. Eine halbe Stunde später fuhr der Zug keuchend in die Ortschaft Ipswich ein, wo er mit einer zitternd verebbenden Dampfwolke zum Stillstand kam.

»Wir haben hier einen kurzen Aufenthalt«, erklärte Tom. »Es reicht für ein schnelles Frühstück, falls Sie hungrig sind.«

Sie verspürte in der Tat Hunger und war dankbar, den Zug eine Weile verlassen zu können, um sich die Beine zu vertreten. In den Erfrischungsräumen herrschte Lärm und rege Geschäftigkeit, während sich die Kellnerinnen beeilten, den Reisenden Tee, Toast und Spiegeleier vorzusetzen. Dann ertönte die Fagottstimme des Schaffners, der sie mahnte, wieder einzusteigen, und bald darauf fuhren sie erneut in das offene Land hinaus, vorbei an Farmen und menschlichen Ansiedlungen, die noch größer und weiter verstreut waren.

Sie fand das kleine Dorf Rosewood genauso malerisch wie den Namen, den es trug, und als sie den Zug in Grandchester ein paar Minuten verlassen durften, war sie verzaubert von dem durch und durch englischen Gepräge der Ortschaft. Ein Eindruck, der noch durch die große Anzahl englischer Bäume unterstrichen wurde, die hier angepflanzt worden waren. Kurz nachdem sie Grandchester verlassen hatten, kam es ihr vor, als sei das Rattern und Keuchen der unermüdlichen Dampflokomotive langsamer und mühevoller geworden.

»Oh, wir steigen!«, rief Jessica aus. »Fahren wir in die Berge hinauf?«

»Wir überqueren gerade die Liverpool Range, das ist ein Vorgebirge. Wenn wir in etwa einer halben Stunde Helidon erreichen, wird eine weitere Lokomotive angehängt, die den Zug die Main Range hinaufzieht, bis Toowoomba. Danach ist das Land buchstäblich flach, die ganze Strecke bis Charleville.«
»Wann kommen wir in Charleville an?«
»Morgen früh gegen halb sieben; Sie werden also nicht viel von der Landschaft im Westen zu sehen bekommen, durch die wir während der Nacht fahren.«
»Ich habe noch nie in einem Zug geschlafen.«
Die Andeutung eines Lächelns erhellte seine Miene, verlieh den harten onyxfarbenen Augen die Wärme und Weichheit von schwarzem Samt. »Dann wird das eine weitere neue Erfahrung für Sie sein. Ich versichere Ihnen, es ist nicht allzu unbequem.«
»Wie herrlich die Aussicht ist.« Sie sah angestrengt aus dem Fenster, beunruhigt von dem kurzen Blick auf eine sanftere Seite im Wesen dieses merkwürdigen Mannes. Während ihre Augen gebannt über das weitläufige Panorama der Hügel, Gebirgsausläufer, Täler und Flüsse schweiften, dachte sie wieder an den Abend, als sie sich zum ersten Mal begegnet waren und sie bezweifelt hatte, diesen Teil des Landes jemals zu Gesicht zu bekommen.
Der Gedanke beschwor andere, schmerzliche Erinnerungen herauf.
Sie schloss die Augen, um das noch lebhafte Bild von Richards glühendem Gesicht und seinen leidenschaftlichen Küssen auszulöschen. Sie seufzte laut-

los, und ihre Wimpern waren feucht, als sie die Augen wieder öffnete, um seinem durchdringenden, düsteren Blick zu begegnen, den sie inzwischen hinlänglich kannte. Seine Augen waren dunkel und unergründlich, aber sie schienen bis auf den Grund ihrer Seele zu dringen, so dass sie das Gefühl hatte, er könne ihre geheimsten Gedanken lesen.
Jessica hielt seinem Blick tapfer stand und wartete auf eine geringschätzige Bemerkung. Sie unterblieb. Die Spannung zwischen ihnen wuchs, bis sie mit einem Seufzen, das einem Schluchzen nahe kam, ihr Gesicht abrupt abwandte. Kein Wort wurde zwischen ihnen gewechselt. Er vertiefte sich wieder in die Lektüre seiner Zeitung, während Jessica verstohlen den Mann betrachtete, dem sie das Eheversprechen gegeben hatte.
Zum ersten Mal bemerkte sie die Länge und Dichte seiner Wimpern und die kaum sichtbaren Fältchen an seinen Augenwinkeln. Sie fragte sich, wie er wohl glatt rasiert aussehen mochte, bevor sie entschied, dass der Bart ihn kleidete, dass er Macht und eine ungeheure Selbstsicherheit verkörperte, durch die er sich von anderen Männern unterschied. Dass er ihr immer noch fremd war, nahm sie mit der inzwischen vertrauten, leisen Beklemmung zur Kenntnis. Nicht zum ersten Mal überlegte sie, wie erfolgreich ihre Ehe sein würde. Sie war jedenfalls entschlossen, ihre Aufgaben als Ehefrau nach bestem Wissen und Gewissen zu erfüllen, doch befürchtete sie, dass Tom ein Mann war, mit dem es sich nicht leicht unter einem Dach leben ließ.

Der Zug rumpelte durch einen Tunnel und brauste Volldampf voraus in ein mit Farmen gesprenkeltes Tal hinab, das sich bis zu den malerischen Bergen am Horizont erstreckte. In Helidon wurde die zweite Lokomotive angekoppelt, so dass der Zug für den langsamen, mühseligen Anstieg auf die Main Range gerüstet war. Jessica fand die Fahrt bergauf, die eine Strecke von dreißig Meilen umfasste und zwei Stunden dauerte, aufregend und spannend. Die Geleise verliefen beinahe in Serpentinen, und sie kamen trotz der beiden schnaufenden und ächzenden Lokomotiven zeitweilig so langsam voran, dass es sie nicht gewundert hätte, wenn der Zug außer Kontrolle geraten und den Abhang wieder hinunter gerollt wäre.

Dann und wann versperrten Tunnel und Pässe mit hohen Steilwänden den Ausblick auf die atemberaubende Landschaft, bis sie endlich eine Höhe erreichten, die einen ungehinderten Blick über eine riesige Fläche bewaldeter Berg- und Hügelketten bot. Das Spiel von Licht und Schatten am fernen Horizont verlieh den mannigfaltigen Grün-, Grau-, Blau- und Purpurschattierungen einen sanften Schimmer. Um die Wasserbehälter der Lokomotiven aufzufüllen, hielten sie an einer idyllischen Bahnstation, wo ein glitzernder Gebirgsbach neben den Geleisen entlang floss; danach stieg der Zug noch höher hinauf, um den Berggipfel zu erklimmen.

»Wie hoch wir sind!«, rief Jessica begeistert aus. »Man kann meilenweit die Strecke sehen, auf der wir gekommen sind«

»Wir befinden uns jetzt ungefähr in einer Höhe von

zweitausend Fuß. Von hier aus geht es langsam, aber stetig bergab in Richtung Toowoomba.«

In diesem blühenden Ort war ein weiterer Aufenthalt von einer Viertelstunde eingeplant, und so begaben sie sich in den Erfrischungs- und Warteraum. Da es viel zu früh für ein Mittagsmahl war, erstand Tom belegte Brote, die sie später im Zug aßen, als dieser seine Fahrt nach Westen wieder aufnahm.

Wenn Jessica von der dicht besiedelten, reichen Küstenlandschaft fasziniert gewesen war, so konnte sie jetzt nur noch über die sanften Hügel im Flachland staunen, das sich ausdehnte, so weit das Auge reichte.

»Das ist unglaublich! Ich hätte nie gedacht, dass dieser Landstrich so weitläufig und offen ist. Trotzdem gibt es hier nur wenige Siedler. Ist das in ganz Queensland so?«

»Bis auf die Städte, ja«, bestätigte Tom, der mit Interesse ihr wechselndes Mienenspiel beobachtet hatte. »Es ist überall dünn besiedelt, obwohl die Landschaft weiter westlich mehr einer Wüste gleicht.«

»Und hier leben Menschen? Das Anwesen da drüben ist doch sicher meilenweit vom nächsten entfernt!« Sie drehte den Kopf leicht in die Richtung.

Tom folgte ihrem Blick. »Es gibt viele Farmen, die ähnlich entlegen sind. Manchmal ist der nächste Nachbar einen Tagesritt oder mehr entfernt.«

»Das klingt, als führten die Bewohner ein ziemlich abgeschiedenes Leben. Was ist, wenn jemand krank wird oder sich verletzt?«

Jessicas Frage klang bestürzt, und Toms Antwort war

nüchtern und geprägt von einer unerbittlichen Wirklichkeit.

»Die Siedler sind im Allgemeinen ein genügsamer und abgehärteter Menschenschlag. Sie sehen sich zahlreichen Gefahren und Härten gegenüber, wobei die beiden von Ihnen erwähnten noch zu den geringsten zählen. Für viele kam ärztliche Hilfe zu spät.« Er sah sie prüfend an, als sie erbleichte.

»Wie schrecklich. Warum leben die Menschen überhaupt in einer derart unwirtlichen Gegend?«

»Warum? Das ist eine gute Frage. Vor allem liegt es wohl an dem Wunsch, ein eigenes Stück Land zu besitzen. Ein Wunsch, aus dem oft eine leidenschaftliche Verbundenheit mit der heimischen Erde erwächst. Männer – und Frauen – klammern sich an ihr eigenes Stück Land und trotzen Dürre, Unwettern, Buschfeuern und anderen Schicksalsschlägen.«

»Ergeht es Ihnen mit Eden Downs ähnlich?« Es war das erste Mal, dass sie ihm eine persönliche Frage stellte.

Er schwieg einen Moment, wobei seine überschatteten Augen verrieten, dass er an die Vergangenheit dachte. Die Härte in seinen Worten spiegelte die Jahre der unerbittlichen Kämpfe mit den Unwägbarkeiten der Natur wider. »Ich musste mit ansehen, wie sich meine Eltern auf ihrem Pachtland abgerackert und geschuftet haben, schlimmer als Sklaven, um sich mit den armseligen Erträgen, die der karge Boden hergab, über Wasser zu halten. Ich beschloss schon in jungen Jahren, dass ich eines Tages ein anderes Leben führen würde.«

Jessica konnte nichts darauf erwidern, denn er wirkte in sich gekehrt, in schmerzvolle Erinnerungen verstrickt. Dennoch hatte sie das Gefühl, dass sie jetzt zumindest im Ansatz die unversöhnliche Härte verstand, die ihn wie eine unsichtbare Aura umgab und ein Teil seiner selbst war. Die Widrigkeiten, gegen die er sich bei der Verwirklichung seines Traumes behaupten musste, hatten ihn zu dem Mann gemacht, der er heute war.

Sie kamen an einer weiteren entlegenen Farm vorüber, wo drei Kinder auf einem Lattenzaun saßen und aufgeregt winkten. Lächelnd winkte Jessica zurück und fragte sich, was für ein Leben sie führen mochten. »Ist Eden Downs genauso abgeschieden?«

»Beunruhigt Sie der Gedanke?« Er beobachtete sie abermals aufmerksam. Besaß sie Mut, wie er glaubte, oder war sie leicht einzuschüchtern und furchtsam? Er sah, wie sich die zarten gewölbten Brauen zusammenzogen, als sie ihren Empfindungen auf den Grund ging.

»Ich würde mir selbst etwas vormachen, wenn ich behaupten wollte, dass ich mir deshalb nicht die geringsten Sorgen mache«, erwiderte sie langsam und wohl überlegt. »Ich kenne weder das Land noch ein solches Leben. Ich könnte mir vorstellen, dass es für eine Frau sehr einsam sein kann.«

»Für viele mag es so sein, aber auf Eden Downs trifft das nicht zu.«

»Es gibt also Nachbarn in unmittelbarer Nähe!«

»Das nicht. Die Farm ist zwei Tagesritte von Blackall und einen Tagesritt von Barcaldine entfernt, aber mit mehr als hundert Menschen, die auf meinem Anwesen leben und arbeiten, hat es eher die Ausmaße eines kleinen Dorfes.«

»Sie haben hundert Leute in Ihren Diensten?«

Er lächelte über ihre fassungslose Miene. »Eden Downs umfasst ein Areal von mehr als tausend Quadratmeilen, überwiegend urbar gemachtes Land, auf dem ich zweihundertfünfzigtausend Schafe und einige hundert Rinder halte.«

»Wie kann man den Überblick über eine Herde behalten, die so groß und über eine so riesige Fläche verstreut ist?«

»Das Weideland wurde in Koppeln unterteilt, deren Größe unterschiedlich ist und zwischen ein paar hundert und ein paar tausend Acres rangiert. Die Koppeln tragen Namen, was eine große Hilfe bei der Zuweisung der Arbeiten auf dem Anwesen ist, oder um sich ein Bild machen zu können, wo sich bestimmte Tiere zu einem bestimmten Zeitpunkt aufhalten.«

Jessica gab den Versuch auf, sich etwas vorzustellen, was sich unendlich von den zusammengedrängten Gehöften in England unterschied, die sie kannte.

»Ich kann mir nicht einmal annähernd vorstellen, wie groß das alles ist. Es fällt mir schwer, solche Dimensionen überhaupt zu begreifen. Erzählen Sie mir mehr darüber.«

»Viel ist es nicht, was ich Ihnen noch darüber erzählen könnte. Warten Sie, bis Sie Eden Downs sehen. Sie werden feststellen, dass es sich auf der Farm ganz gut leben lässt. Es gibt mehrere kleine Cottages

auf dem Anwesen, und wir haben unseren eigenen Krämerladen und einen Metzger.«
»Sie haben Recht. Ich muss mir selbst ein Bild machen.« Staunend schüttelte Jessica den Kopf.
Ihre Aufmerksamkeit kehrte für einige Zeit zu der vorbeifliegenden Landschaft zurück, und als sich Tom in eine Zeitschrift vertiefte, holte sie ein schmales Buch aus ihrer Reisetasche. Tom, der die Bewegung wahrgenommen hatte, blickte hoch, streckte die Hand aus, drehte es um und las den Titel.
»Die Sonette von Shakespeare. Mögen Sie Shakespeare? Ich wusste gar nicht, dass seine Werke wieder in Mode sind.«
»Mein Vater liebte die Sonette von Shakespeare und kannte fast jedes einzelne auswendig. Er hat mir das Buch zu meinem siebzehnten Geburtstag geschenkt. Wenn ich darin lese, habe ich das Gefühl, dass er mir näher ist.«
Ungeweinte Tränen schimmerten in ihren Augen, und Toms Miene wurde weich. »Dann will ich Sie nicht weiter stören, Jessica; lesen Sie Ihre Gedichte, wir werden noch einige Stunden unterwegs sein.«
Seltsam beunruhigt durch Toms Anteilnahme, schlug Jessica das Buch auf gut Glück auf. Die Worte schienen auf sie gemünzt zu sein.

*O weh, die Liebe trübte mir den Sinn,*
*Das Aug erkannte nicht, was unverhüllt geschehen.*
*Wenn aber doch, wo floh mein Urteil hin,*
*Das fälschlich tadelte, was richtig sie gesehen.*

Wie blind sie in ihrer Liebe zu Richard gewesen war. Der Kummer über seinen Verrat war nicht weniger schmerzlich als die anhaltende Trauer um ihre Eltern. Gegen die Tränen ankämpfend, Tränen, mit denen sie den Verlust der drei Menschen beklagte, die ihr im Leben am meisten bedeutet hatten, starrte Jessica die Buchseite an. Sie musste die nächste Zeile nicht lesen, sie kannte sie auswendig, seit ihr Vater sie ihr das erste Mal vorgelesen hatte.

*Die Sonne selbst sieht erst,*
*wenn klar das Himmelszelt*

Wann würden sich die dunklen Wolken, die über ihr hingen, auflösen? Sie war fest entschlossen, Richard aus ihrem Herzen und aus ihrem Kopf zu verbannen. Aber würde sie jemals fähig sein, diesen Mann zu lieben, dem sie ihre Hand versprochen hatte?
Jessica warf ihm einen verstohlenen Blick zu. In seine Zeitschrift vertieft, war seine Miene finster. Sie versuchte, ihre Gefühle zu erkunden. Irgendetwas an ihm hatte sie von der ersten Begegnung an zutiefst beunruhigt. Daran hatte sich nichts geändert. Bis zu einem gewissen Grad flößte er ihr auch jetzt noch Angst ein. Aber er faszinierte sie gleichermaßen. Und es gelang ihm immer wieder, sie zu überraschen.
Er bewegte sich, vielleicht hatte er ihren prüfenden Blick gespürt. Doch bevor er sie dabei ertappen konnte, wie sie ihn anstarrte, richtete Jessica ihre Augen wieder auf das Buch. Vielleicht würde der

Himmel eines Tages wirklich wieder klar sein. Und dann würde sie sehen, genau wie die Sonne, ob die Liebe Einzug gehalten hatte.

Im Laufe des Nachmittags legten sie in fünf kleinen Städten eine kurze Rast ein, dankbar für die Gelegenheit, sich die Beine auf dem Bahnsteig zu vertreten, die zunehmende Steifheit des Körpers zu vertreiben und die Annehmlichkeiten der Erfrischungsräume in Anspruch zu nehmen. Die Sonne ging im Westen am Horizont unter, vergoss glutrote Farbe über einer Landschaft, die rasch vom Mantel der Nacht umhüllt wurde, noch bevor der Zug der Western Mail die Stadt Yeulba erreichte.
Dort verließen sie den Zug gemeinsam mit den anderen Reisenden und gingen über die Straße zum Hotel, wo ein Abendessen auf sie wartete. Gezwungenermaßen eine hastig eingenommene Mahlzeit, sprach Jessica ihr dennoch herzhaft zu. Nach der vierzehnstündigen Fahrt war sie sowohl hungrig als auch erschöpft.
Während die Reisenden zu Abend aßen, waren die Zugbegleiter damit beschäftigt, die Schlafkojen herzurichten und den Eisenbahnwagen mit einem schweren Vorhang in einen Bereich für die Männer und einen für die Frauen zu unterteilen. Obwohl es noch früh war und Jessica normalerweise nicht auf den Gedanken gekommen wäre, sich so zeitig zur Ruhe zu begeben, war sie froh, sich ihres grauen Reisekleides entledigen und ihre schmerzenden Glieder ausstrecken zu können. Es dauerte eine Wei-

le, bis sie sich an das Schaukeln des Zuges gewöhnt hatte, aber schließlich verwandelte sich das Rattern der Räder in ein monotones Schlaflied, das sie in den Schlaf lullte.

Sie wachte mehrmals auf, wenn der Zug an einer Bahnstation hielt und mit einem Ruck zum Stillstand kam, woraufhin jede Bewegung und jedes Geräusch erstarb. Gegen Morgen ging der Schaffner durch den Wagen und weckte die Fahrgäste, denn sie näherten sich dem Ende der Reise. Es war noch dunkel draußen, eine Lampe beleuchtete den winzigen Waschraum am Ende des Wagens, wo sich Jessica das Gesicht wusch und das Haar sorgfältig hochsteckte.

Einem Impuls folgend, öffnete sie die hintere Tür und stieg auf die schmale, mit einem Handlauf versehene Plattform, die Zugang zum Wagen bot. Ohne auf die schneidende Kälte zu achten, die in der Luft lag, beobachtete sie mit andächtigem Staunen, wie sich die goldenen Finger der Morgenröte über das Land breiteten, als die Sonne aufging. Sie war in die Betrachtung der malerischen Landschaft versunken, als sich Tom ein paar Minuten später zu ihr gesellte.

»Sie sollten sich nicht hier draußen aufhalten!«, ermahnte er sie, sich mit einer Hand an der Zugwand abstützend. »Sie könnten hinunterfallen.«

»Ich halte mich fest.« Sie hatte mit einer Hand den senkrechten Eisenträger und mit der anderen das Geländer umklammert, um sich gegen das Schwanken und Rucken des Wagens zu wappnen. »Der Sonnen-

untergang gestern Abend war so beeindruckend, dass ich den Sonnenaufgang nicht verpassen wollte. Herrlich.«
»Das ist er immer. Trotzdem wird er bald selbstverständlich für Sie sein.«
»O nein, ich würde nie müde werden, dieses wunderbare Schauspiel der Natur zu betrachten.«
Er lächelte nur, offenbar nicht überzeugt. »Haben Sie gut geschlafen?«
»Es ging, sobald ich mich an die Bewegung des Zuges gewöhnt hatte.«
»Gut.« Er nickte. »Wir haben einen weiteren langen Tag vor uns.«
Es lag kaum eine halbe Stunde zwischen der Ankunft des Zuges in der großen und wohlhabenden Ortschaft Charleville und der Abfahrt der Kutsche von *Cobb and Co*. Dreißig Minuten lang herrschte fieberhafte Geschäftigkeit, während ihr Gepäck und das anderer Reisender auf das Dach der Kutsche geschnallt wurde, wo schon ein gefährlich schwankender Stapel Weidenkörbe seinen Platz gefunden hatte. Kurz bevor sie die Stadt verließen, überquerte die Kutsche den Fluss und bog nach rechts ab, um ihren Weg am Ufer in Richtung Norden fortzusetzen.
Verglichen mit dem schwankenden und rumpelnden Gefährt von Cobb und Co, war der Eisenbahnwagen der Western Mail rückblickend der Gipfel der Behaglichkeit und Reinlichkeit. Von einem Fünfergespann gezogen, raste die Postkutsche über die holprigen unbefestigten Straßen, während die Hufe

der großen kastanienbraunen Pferde Staubwolken hochwirbelten. Da es keine Fensterscheiben, sondern nur Segeltuchrouleaus als Schutz gab, drang der feinkörnige Sand in die offene Kutsche und hüllte die Reisenden ein, die jeweils zu viert auf einer Sitzbank, schwitzend und unbehaglich, auf engstem Raum zusammengepfercht waren. An der ersten Poststation waren die bereitstehenden Pferde in kürzester Zeit eingespannt und die Mannschaften mit eingespielter Geschwindigkeit ausgetauscht, da der Kutscher darauf bedacht war, keine Verspätung und damit eine Geldbuße zu riskieren.

Im Laufe der Stunden, als die Temperaturen zusehends stiegen und es in der Kutsche immer stickiger wurde, wurden die Rouleaus hochgezogen, und obwohl die Luft kaum frischer war, gab es nun nichts mehr, was das Eindringen der aufgewirbelten Staubwolken verhindert hätte. Ein Damm über den Fluss brachte sie zur zweiten Station, wo die Frau des Posthalters den dankbaren Reisenden einen köstlichen kleinen Imbiss vorsetzte. Am Nachmittag ging die Fahrt zügig weiter, über eine schnurgerade Straße, durch robustes Mulga-Gebüsch und einige teilweise ausgetrocknete Wasserläufe zu einer kleinen Stadt. Dort veränderte sich die Landschaft: Der karge Boden, auf dem nur Gestrüpp wuchs, machte einer schwarzen, fruchtbaren Erde Platz, und sie hatten einen herrlichen Ausblick auf den Nive River zu ihrer Rechten, über dem die Sonne unterging. Gleich darauf wurden die Lampen der Kutsche angezündet, denn die Dunkelheit war über das Land hereingebro-

chen, bevor sie ratternd in den Hof des Nive-Hotels einfuhren.
Sie wurden in kleine, blitzsaubere Schlafräume geführt, wo Jessica erleichtert die Gelegenheit wahrnahm, sich den Staub der Reise abzuwaschen, bevor sie sich zu Tom und den anderen Gästen in den Speisesaal begab. Dort hatten sich außer den Personen, die mit der Kutsche nach Norden fuhren, noch weitere Reisende eingefunden. Abgesehen von einer Matrone mittleren Alters, die von Natur aus verschlossen wirkte, war Jessica die einzige Frau, wie sie feststellte. Nach Beendigung der Mahlzeit wäre sie daher dankbar gewesen, sich auf ihr Zimmer zurückzuziehen, doch einer ihrer Mitreisenden ging zu dem Piano hinüber, das in einer Ecke des Raumes stand. Er hob den Deckel und ließ die Finger spielerisch über die Tasten gleiten, dann drehte er sich zu Jessica um.
»Es scheint gestimmt zu sein. Spielen Sie, Miss Williams?«
Jessica sah sich genötigt, die Frage zu bejahen.
»Nicht sonderlich gut, aber ich beherrsche ein paar einfache Stücke.«
»Dürften wir Sie bitten, uns damit ein wenig zu unterhalten?«
Jessica sah Tom unsicher an, der beifällig nickte.
»Nur zu, Jessica. Ich habe Sie noch nie spielen hören.«
Sie trug ein paar leichte, unterhaltsame Melodien vor, die großen Beifall fanden, dann schlug sie eine bekannte Weise an und sah erstaunt, dass der Mann,

der sie zu spielen gebeten hatte, in der Nähe des Pianos Aufstellung nahm und mit einer satten, klangvollen Stimme zu singen begann. Sobald die letzte Note verklungen war, verlangten die begeisterten Zuhörer eine Zugabe. Das heitere kleine Stegreif-Konzert hatte alle aufgemuntert. Jessica nahm das überschwängliche Lob zur Kenntnis, und ihr Blick schweifte zu dem Einzigen der Anwesenden, der nichts gesagt, sondern sie schweigend beobachtet hatte. Die Andeutung eines Lächelns umspielte seine Lippen, und ihr wurde plötzlich und mit einer aberwitzigen Freude bewusst, dass er ihren Vortrag ebenfalls genossen hatte.

Am Morgen kehrten sie, an Leib und Seele gestärkt, in die Postkutsche zurück. Abermals wurde die Landschaft von weitläufigen Ebenen beherrscht, wo nichts als Gras wuchs und man meilenweit bis zum Horizont sehen konnte. Es gab nur wenige Landstriche, in denen Bäume standen, die bei der glühenden Hitze Schatten spendeten. Es war noch heißer und die Straßen noch staubiger als am Tag zuvor. Nicht einmal das Interesse an der fremdartigen Landschaft konnte Jessicas zunehmende Erschöpfung mindern, und als sie am späten Abend Tambo erreichten, fragte sie sich, wie sie die Strapaze noch einen weiteren Tag durchstehen sollte.

Sie ertappte sich bei dem Wunsch, ihr künftiger Ehemann möge weniger starre Ansichten haben, was den festen Boden unter seinen Füßen betraf. Sie war überzeugt, dass die Reise mit dem Küstendampfer nach Rockhampton und die anschließende Fahrt mit der Eisenbahn nach Barcaldine weniger beschwerlich gewesen wäre. Als sie eine entsprechende Andeutung machte, erklärte Tom, er habe nicht die Absicht, ein Schiff gleich welcher Art zu betreten, und außerdem sei die andere Reiseroute für seinen Geschmack viel zu lang.

Müde bis auf die Knochen stieg Jessica steifbeinig aus der Kutsche, ohne sich der Aufmerksamkeit bewusst zu sein, mit der Tom sie überschüttete. Noch nie hatte sie sich so ungepflegt und schmutzig gefühlt. Die Waschschüssel in ihrem Zimmer bot kaum eine Erfrischung, aber wenigstens war das Bett bequem. Nachdem sie eine Mahlzeit eingenommen hatten, für die sie nur wenig Interesse aufbrachte, zog sie sich in ihr Zimmer zurück und fiel umgehend in einen tiefen, traumlosen Schlaf.

Der nächste Tag erwies sich als Wiederholung der beiden vorherigen. Diese Etappe der Reise war bei weitem die längste und anstrengendste. Sie verließen Tambo noch vor der Morgendämmerung und trafen erst Stunden nach Einbruch der Dunkelheit in Blackall ein. Dankbar, die Kutsche ein für alle Mal verlassen zu können, beschloss Jessica, dass der zweitägige Ritt, der noch vor ihnen lag, das geringere Übel sein würde.

An diesem Abend war sie zum ersten Mal in der Lage, sich ein richtiges Bad einzulassen, eine Annehmlichkeit, die Schmerzen und Unpässlichkeiten beträchtlich linderte und ihre Lebensgeister weckte. Dass sie tief und fest schlief, trug ebenfalls zu ihrem Wohlbefinden bei, und so kleidete sie sich am darauf folgenden Morgen mit ruhiger Entschlossenheit an.

Das Gewand, das sie für ihre Hochzeit ausgewählt hatte, war ein Straßenkleid aus blassgrauem Kaschmir und mit pfirsichfarbenen Satinbändern besetzt. Der Schnitt unterstrich ihre schlanke Gestalt, schmeichelte ihrem Teint und verlieh ihren Wangen einen zarten Schmelz. Sie steckte die Haare hoch, krönte sie mit einem kleinen, auf die Garderobe abgestimmten Hut in Grau und Pfirsich. Auch wenn ihr ein Hochzeitskleid im strengen Sinne vorenthalten blieb, war sie entschlossen, an diesem Tag so gut wie möglich auszusehen, um ihr Selbstvertrauen zu stärken und sich Mut zu machen. Während sie ihr Spiegelbild kritisch in Augenschein nahm, ertappte sie sich bei dem Wunsch, ihr künftiger Ehemann möge sie mit Stolz und Wohlwollen betrachten.

Diese Hoffnung wurde indes enttäuscht, denn nach einer eindringlichen Musterung, die weder Anerkennung noch Missbilligung erkennen ließ, sagte er lediglich: »Sind Sie bereit?« Dann reichte er ihr den Arm, geleitete sie aus dem Hotel und die Straße entlang zum Magistratsgebäude der Stadt, wo der Friedensrichter bereits darauf wartete, die Trauung zu vollziehen.

Jessica hatte sich immer vorgestellt, einmal in einem Gotteshaus zu heiraten und nicht in dem spartanisch eingerichteten Saal eines Verwaltungs- und Gerichtsgebäudes in einer staubigen Grenzstadt. Der Zeremonie haftete etwas Unwirkliches an, das sie aus dem Lot brachte. Jahrelang hatte sie von einer Hochzeit in der kleinen Dorfkirche geträumt, mit Richard an ihrer Seite, der sie anbetete, und Vikar Brennan, der dem Paar den Segen erteilte. Einen Augenblick lang verdrängte das Bild die Wirklichkeit, die sich vor ihren Augen entfaltete, dann spürte sie, wie ihre Finger fest umschlossen wurden, und sah, wie die kräftige braune Hand den schmalen goldenen Ring über ihren blassen, schlanken Finger streifte.

Der Friedensrichter lächelte freundlich. »Was ist, Tom? Wollen Sie die Braut nicht küssen?«

Jessica hob verdutzt den Blick, als Toms Hände ihre Schultern mit eisernem Griff packten. Ich kenne ihn doch gar nicht, dachte sie erschrocken, als er seinen dunklen Kopf zu ihr beugte, ich bin mit einem Fremden verheiratet. Unwillkürlich zuckte sie zurück, und für den Bruchteil einer Sekunde hielt er inne. Dann gruben sich seine Finger erbarmungslos in ihre Schultern, und sein Mund presste sich auf ihre Lippen in einem Kuss, dem jede Zärtlichkeit fehlte. Gleich darauf traten sie wieder auf die Straße hinaus, und er schlug vor, sie möge sich für den Rest des Vormittags damit beschäftigen, die Läden anzuschauen, da er dringende Geschäfte zu erledigen habe.

Er machte auf dem Absatz kehrt und ließ sie wie ein abgelegtes Gepäckstück vor dem Magistratsgebäude stehen. Wut und Demütigung kämpften in ihrer Brust. Wenn ihr frisch gebackener Ehemann schon am Hochzeitstag so wenig Interesse an ihr bekundete, war das ein schlechtes Zeichen. Waren die kleinen Gesten der Aufmerksamkeit während der Reise lediglich eine Farce gewesen? Zählte sie nichts mehr, seit er ihrer sicher sein konnte? Mit stolz vorgerecktem Kinn und einem wütenden Funkeln in den Augen sah ihm Jessica nach. Also gut, Tom Bannerman, ich werde mir die Läden anschauen, aber solltest du es mir gegenüber jemals wieder an Respekt fehlen lassen, wirst du bald entdecken, dass du kein gefügiges Frauchen geheiratet hast, das zu allem Ja und Amen sagt.

Jessica beobachtete, wie er das Lands Office am westlichen Ende der langen Hauptstraße betrat, wo sich sämtliche Regierungsgebäude befanden, bevor sie langsam durch die Stadt zurückschlenderte. Mehrere Bäume in der Mitte der breiten Durchgangsstraße spendeten willkommenen Schatten. Mit den gepflegten Gehwegen und den adretten kleinen Cottages strahlte die Stadt eine Atmosphäre der Achtbarkeit aus. Jessica zählte mindestens sieben Hotels – zusätzlich zum Royal, in dem sie logierten – und genauso viele Warenhäuser, nebst zahllosen Geschäften und Handwerksbetrieben. Einige der Waren, die in den kleineren Läden feilgeboten wurden, faszinierten sie, da ihr deren Verwendungszweck völlig unbekannt war. Sie scheute sich nicht, die Händler danach zu fragen, und es gelang ihr, trotz des Kummers einen kurzweiligen Vormittag zu verbringen.

Als sie sich dem Hotel näherte, erspähte sie Tom, der kurz vor ihr die Straße überquerte. Er sah sie zur gleichen Zeit kommen und wartete auf sie. Als er sich beiläufig erkundigte, ob sie einen angenehmen Vormittag verbracht habe, spürte Jessica, dass ihr Zorn über die Art und Weise, wie er sie einfach stehen gelassen hatte, erneut aufflammte. Sich mühsam beherrschend, antwortete sie so kurz angebunden wie möglich. Verschwunden war das Wohlbehagen, das sie während der letzten Tage in seiner Gesellschaft empfunden hatte.

Als sie ihm im Speisesaal des Hotels gegenüber saß und lustlos in ihrem Essen herumstocherte, war ihr der veränderte Stand ihrer Beziehung eindringlich bewusst. Sie hatte diesem finsteren, unzugänglichen Mann Treue gelobt, in guten wie in schlechten Zeiten. Und falls der Vormittag darauf schließen ließ, wie er sie in Zukunft zu behandeln gedachte, befürchtete sie, dass es eher schlechte Zeiten sein würden.

Die dunklen Vorahnungen, was der Rest des Abends bringen mochte, erfüllten sie mit Unruhe. Als sie merkte, dass Tom sie beobachtete, mit einem durchdringenden Blick, der sich bis in den geheimsten Winkel ihrer Gedanken zu bohren schien, zwang sie sich zu einem Lächeln.

»Wann brechen wir nach Eden Downs auf?«

»Nicht vor übermorgen, es könnte aber auch länger dauern. Ich habe noch einige geschäftliche Angelegenheiten zu erledigen, und ich denke, nach der fünftägigen Reise wirst du die Ruhepause schätzen. Die letzte Etappe könnte noch anstrengender für dich sein.«

»Ich werde mich nicht beklagen.« Jessica reckte trotzig das Kinn vor.

»Das hatte ich auch nicht erwartet, aber du bist nicht daran gewöhnt, lange im Sattel zu sitzen, und ein

Ritt von zwei Tagen ist kein Zuckerschlecken. Abgesehen davon geht das Gerücht«, fügte er hinzu, »dass die Arbeiter an der Bohrstelle jeden Moment auf Wasser stoßen könnten. Und dann möchte ich dabei sein. In Barcaldine floss das Wasser bereits, als ich hinkam.«

»Oh!« Jessicas Gesicht hellte sich mit einem Schlag auf; sie wusste nicht, wie ihre Augen aufleuchteten, wenn sie sich für etwas interessierte. Und auch nicht, dass Tom sich wünschte, diese Regung häufiger zu entfachen. »Ich habe den Bohrturm heute Morgen gesehen, wagte mich aber nicht zu nahe heran.«

»Möchtest du dir die Bohrarbeiten aus der Nähe anschauen?«

»Ja natürlich!«

Er nahm ihre Begeisterung mit einem angedeuteten Lächeln zur Kenntnis. »Hast du Lust, mich heute Nachmittag dorthin zu begleiten?«

»Und ob!« Jessica war nicht nur erpicht darauf, die Bohrarbeiten mitzuerleben, sondern auch, Frieden zu schließen, denn allem Anschein nach versuchte Tom, Wiedergutmachung für sein Benehmen am Vormittag zu leisten. »Falls es keine Umstände macht«, fügte sie nachträglich hinzu.

»Es macht keine Umstände. Ich wollte ohnehin mit Mr. Loughhead reden.«

Jessicas Freude war mit einem Mal wie weggeblasen. Was für ein Trugschluss, zu glauben, er habe sich zu einer versöhnlichen Geste durchgerungen!

Tom verstand gleichwohl ihren unstillbaren Wissensdurst und machte sie, während sie die Straße

entlang schlenderten, in aller Kürze mit der Geschichte der Fehlgriffe und Widrigkeiten vertraut, die Blackalls Suche nach Wasser erschwert hatten.
»Die Bohrarbeiten an dieser Stelle begannen ursprünglich im Dezember 85 auf Empfehlung von Mr. Jack, einem Geologen im Dienste der Regierung. Sie verwendeten einen so genannten Pennsylvania-Bohrer, ein Bohrgestänge, das gerade erst in Brisbane eingetroffen war. Mit der Leitung wurde ein Amerikaner namens Arnold betraut, der sich mit dem Gerät auskannte, und es wurde am dreizehnten des Monats mit großem Brimborium eingeweiht. Sie stießen innerhalb einer Woche bis auf eine Tiefe von sechzig Fuß vor; dann erfolgte die erste Panne, als ein Bohrschwengel zerschmettert wurde. Von da an jagte ein Missgeschick das andere. Im Oktober hatte das Bohrloch eine Tiefe von neunhundertsiebzig Fuß erreicht, als sie auf eine Blauschieferschicht stießen. Das harte Gestein erschwerte das Herausfräsen des Ringraums, was das Auszementieren und die weiteren Arbeiten mit der nächstkleineren Bohrkrone erheblich verzögerte. Als Arnold seinen Posten aufgab, wurde die Bohrung eingestellt. Erst nach dem Erfolg in Barcaldine, wo man eine erheblich verbesserte Bohrmethode benutzte, wurde empfohlen, die Arbeit an diesem Bohrloch fortzusetzen.«
Jessica bat um weitere Erklärungen, als sie den riesigen hölzernen Bohrturm erreichten, der mehr als siebzig Fuß über dem zwanzig Fuß hohen quadratischen Sockel aufragte.

»Wo ist der Bohrschwengel, und was versteht man unter dem Herausfräsen des Ringraumes?«

Tom deutete auf einen langen abgekanteten, hin- und herschwingenden Balken unweit der ersten Ebene des Bohrturmes. »Das ist der Bohrschwengel. Wenn du eine Weile zuschaust, begreifst du, wie wichtig er für den gesamten Prozess ist.« Dann fuhr er fort, sie auf die verschiedenen Bestandteile der Konstruktion hinzuweisen, ihr die jeweiligen Fachbezeichnungen zu nennen und den Zweck jedes einzelnen Elementes zu beschreiben. Der Ingenieur, der die Bohrarbeiten leitete und sich nun zu ihnen gesellte, nahm Jessicas Interesse beifällig zur Kenntnis.

»Falls Sie noch Fragen haben, Mrs. Bannerman, werde ich sie mit dem größten Vergnügen beantworten.«

Jessica lächelte. »Ich glaube, ich habe die Grundbegriffe in groben Zügen verstanden. Aber sagen Sie, was ist der Unterschied zwischen dieser Bohranlage und dem Bohrverfahren, das ursprünglich angewendet wurde?«

»Der Pennsylvania-Bohrer war ein Schachtkabelsystem. Es ist schwerer, besteht aus Geräten, die komplizierter sind, und es ist außerdem wesentlich teurer im Einsatz als das Drehbohrverfahren, das wir hier benutzen. Beim Schachtkabelsystem ist das Bohrloch oft krumm und schief, so dass wir ziemlich viel herausfräsen oder begradigen müssen, was teuer kommt, bevor wir die so genannten Futterrohre einsetzen, um die Ränder des Bohrlochs zu schützen.«

»Aha – das Herausfräsen des Ringraumes. Das beantwortet meine zweite Frage.«

Sie sahen noch eine Weile zu, und als sie sich gemeinsam auf den Rückweg zum Hotel machten, hatte sich die Stimmung gebessert. Nichtsdestoweniger war Jessica erleichtert, als sie erfuhr, dass sie an diesem Abend in Gesellschaft speisen würden.

Die Grogans waren ein umgängliches Paar mittleren Alters, das ein Anwesen unweit der Stadt besaß. In ihrem Beisein gelang es Jessica, sich zu entspannen und den bangen Gedanken an die Hochzeitsnacht, die ihr bevorstand, zu verbannen. Die mütterliche Art der älteren Frau spürend, nahm sie die Gelegenheit wahr, unbemerkt eine Frage zu stellen, die ihr Kopfzerbrechen bereitete.

»Mrs. Grogan, darf ich Sie etwas fragen? Ich brauche den Rat einer Frau und weiß nicht, an wen ich mich sonst wenden könnte.«

»Natürlich, meine Liebe«, erwiderte Mrs. Grogan beruhigend. Armes Kind, dachte sie, frisch verheiratet und hat Angst vor dem, was sie erwartet.

Jessica wusste genau, was sie erwartete. Ihr Problem war rein praktischer Art. »Mein Mann und ich werden die Reise nach Eden Downs zu Pferde fortsetzen. Ich besitze keine Reitkleidung und habe keine Ahnung, was ich am besten anziehen sollte.«

»Oh.« Mrs. Grogan verschlug es einen Moment lang die Sprache, da sie sich seelisch auf die delikate Aufgabe vorbereitet hatte, das arme Kind über die ehelichen Pflichten aufzuklären. »Oh«, sagte sie abermals, und dann, mit einem Blick auf die elegante grüne Abendrobe der jungen Frau: »Haben Sie ein einfaches Kleid mit einem weit geschnittenen Rock?«

»Ja.«

»Gut. Was Sie sich unbedingt zulegen sollten, ist ein Beinkleid aus Sämischleder, für Männer, das Sie unter dem Kleid tragen.«

Jessicas Augen weiteten sich vor Erstaunen. Gewiss erlaubte sich die Frau einen Scherz. Aber ihre Miene verriet, dass sie es ernst meinte.

»Warum sollte ich eine Männerhose anziehen?«

»Sie sind bestimmt nicht daran gewöhnt, rittlings im Sattel zu sitzen. Ganz abgesehen von der Notwendigkeit, der Schicklichkeit Genüge zu tun, wird die Dicke des Materials verhindern, dass Sie sich die Beine wund scheuern, was höchst unangenehm sein kann. Oje!«, rief sie aus, als sie merkte, dass Jessica sie fassungslos ansah. »Hat Tom Ihnen nicht gesagt, dass Sie im Herrensitz reiten werden?«

»Nein«, erwiderte Jessica schwach.

»Männer!«, verkündete sie ihrer Tischgenossin mit einer Miene, die andeutete, dass es dem gesamten männlichen Geschlecht ihrer Meinung nach sowohl an gesundem Menschenverstand als auch an Einfühlungsvermögen mangelte. »Hier draußen im unwegsamen Outback sitzt man auf diese Weise wesentlich sicherer im Sattel. Sobald Sie daran gewöhnt sind, werden Sie feststellen, dass der Herrensitz außerdem viel bequemer ist. Alle Frauen sind dazu übergegangen.«

Nur allzu bald neigte sich der Abend dem Ende zu.

Als sie sich von ihren Gästen verabschiedet hatten und gemeinsam die Treppe hinaufgingen, hatte Jessica ein flaues Gefühl im Magen. Sie wusste nicht, in welches Zimmer sie sich begeben würden. Oder ob Tom erwartete, dass sie die ganze Nacht das Bett teilten. Jessica hoffte, nicht. Sie hatten immer noch die beiden Zimmer belegt, in denen sie bei ihrer Ankunft Quartier bezogen hatten. Vielleicht würde ihr Mann ja darauf verzichten, die Ehe zu vollziehen, bevor sie Eden Downs erreichten. Sie erinnerte sich gleichwohl lebhaft an seine Forderung, sie müsse ihm Söhne gebären. Und sie zweifelte keine Sekunde an seiner Männlichkeit.

Als sie ihr Zimmer erreichten, nahm Tom ihr den Schlüssel aus der Hand, sperrte auf und trat beiseite, um ihr den Vortritt zu lassen. Dabei wurde kein einziges Wort gewechselt. Als sie ihn ansah, kreuzten sich ihre Blicke; seine Augen waren durchdringend und unergründlich. Während das Kribbeln in ihrem Magen stärker wurde, trat sie hastig über die Schwelle, um nach ein paar Schritten jäh innezuhalten, als sie die Tür hinter sich ins Schloss fallen hörte und merkte, dass Tom nach ihr den Raum betreten hatte. Sie war davon ausgegangen, dass er sie zunächst alleine lassen würde, damit sie sich auskleiden und für die Nacht vorbereiten könne. Dann spürte sie seine Hände auf ihren Schultern und die ganze Länge seines harten Körpers, als er sie rücklings an sich zog. Seine Arme umfingen sie, der eine Arm umschlang ihre Hüften, der andere bewegte sich nach oben, bis seine Hand ihre Brust umwölbte.

Die Art der Umarmung ließ Jessica erstarren. Er küsste sie nicht einmal, noch machte er sich die Mühe, Zuneigung vorzutäuschen, sondern nahm ihren Körper mit seinen Händen in Besitz, als könne er mit ihm nach Belieben verfahren, ohne Rücksicht auf ihre Gefühle. Die Erinnerung an die leidenschaftliche Hingabe, mit der sie Richards Küsse erwidert hatte, flammte mit einem Mal in Jessica auf, brachte ihre Wangen zum Erglühen. Mit einem unterdrückten Aufschrei riss sie sich los, fuhr herum, blickte ihm ins Gesicht und wich dabei einen Schritt zurück.

»Nein, bitte.« Tränen traten in ihre Augen, sie begann am ganzen Körper zu zittern. Die Augen ihres Mannes verengten sich, er hatte die Lippen zusammengepresst.

»Wirst du jetzt schon wortbrüchig?« In seiner Frage schwang Verachtung mit.

»Nein! Es ist nur – bitte, ich ...« Sie holte Luft. »Würdest du mir bitte erlauben, mich allein für die Nacht vorzubereiten?«

Er zog die Braue hoch. »Warum musst du dazu alleine sein?«

Langsam wurde Jessicas Anspannung von Wut überlagert. Falls Tom es bewusst darauf angelegt hatte, sie zu demütigen, hätte er nicht erfolgreicher sein können. Ihre Worte klangen ungläubig, und ihre Augen weiteten sich angesichts der Beleidigung. »Erwartest du etwa, dass ich mich vor dir entkleide?«

»Du bist meine Frau. Ich habe das Recht, jede Handbreit deines Körpers zu sehen.«

Hart und unversöhnlich stand er vor ihr, starrte sie in stummer Erwartung an, während in der Tiefe seiner durchdringenden schwarzen Augen ein Feuer glomm. Jessica erkannte, dass er jedes Wort meinte, das er sagte, aber sie konnte – und würde — sich nicht vor ihm ausziehen. Doch bevor sie antworten konnte, war er näher getreten und öffnete mit brüsken Bewegungen die Knöpfe ihres Mieders.

Die Schamröte stieg in Jessicas Wangen, und sie handelte aus einem Instinkt heraus, ohne an die Folgen zu denken. Ihre Hände schnellten nach oben, schlugen seine Finger beiseite. Sie erschrak zu Tode, als sie sah, wie blanke Wut in seinen Augen aufloderte. Die Spannung zwischen ihnen war knisternd und bedrohlich, beinahe greifbar, drohte in einem Aufruhr der Gefühle zu explodieren. Doch als Tom das Wort ergriff, war seine Stimme so kalt wie Stahl und so tödlich wie ein Messer mit doppelseitiger Klinge.

»Ganz wie du willst. Ich werde mit meiner Frau nicht um meine ehelichen Rechte kämpfen. Aber«, fügte er mit unterdrückter Schärfe hinzu, »schlage mich nie wieder, sonst könnte ich in Versuchung geraten, Gleiches mit Gleichem zu vergelten. Gute Nacht, Madame!«

Er verließ den Raum, ohne sie eines weiteren Blickes zu würdigen. Nachdem Jessica zur Tür gelaufen war, um abzusperren, ließ sie ihren Tränen freien Lauf, zum zweiten Mal in weniger als einer Woche. Trotz aller Konfusion und Empörung erinnerte sie sich an seine deutlichen Worte: »Gefühle spielen bei der Wahl meiner Ehefrau keine Rolle.« Erwartete sie zu viel, wenn sie sich wünschte, er möge wenigstens so tun, als empfände er einen Anflug von Zuneigung?

## 4. Kapitel

Die Nacht zog sich endlos hin, Stunde um Stunde, ohne dass Jessica Schlaf und Trost im Vergessen fand. Ihre Gedanken kehrten immer wieder zu dem grauenvollen Streit mit ihrem Mann zurück. Vergebens suchte sie nach einer Erklärung, warum sie nach seiner Hand geschlagen hatte, denn sie war die Ehe mit ihm aus freien Stücken eingegangen, ohne sich falsche Vorstellungen zu machen, was dieser Entschluss nach sich ziehen würde. Der Jähzorn, der in ihm aufgeflammt war, verstörte sie. Seine Selbstbeherrschung, mit der er solche Anwandlungen normalerweise im Zaum hielt, war offenbar auf eine harte Probe gestellt worden. Aufgewühlt überlegte sie, wie er sie morgen wohl behandeln würde, was sie ihm sagen sollte.
Ihn um Verzeihung zu bitten, kam nicht in Frage.
Diese sorgenvollen Gedanken gingen ihr immer noch durch den Kopf, als sie am Morgen aufstand. Ihre Augen sahen verquollen und müde aus, deshalb tauchte sie ihr Gesicht immer wieder in kaltes Wasser. Sie hatte sich angekleidet, ihre Haare gebürstet und war gerade dabei, sie hochzustecken, als das Zimmermädchen das Billett brachte.
In wenigen unpersönlichen Worten und ungezügelter Schrift teilte ihr Mann ihr mit, er werde den ganzen Tag beschäftigt sein und rechne nicht damit, vor dem Abend ins Hotel zurückzukehren. Es stehe

Jessica frei, sich die Zeit ganz nach Belieben zu vertreiben.
Die Anspannung löste sich, und wieder flammte Wut in ihr auf, genau wie am Vorabend. Eine Wut, die immer größer wurde, nicht hitziger, sondern vielmehr eiskalt und unversöhnlich, wie eine harte Schale, die ihr Herz umschloss. Jessica war drauf und dran, sich einen Platz in der nächsten Postkutsche zu besorgen, die nach Blackwell fuhr. Sie hätte ihr Vorhaben wahr gemacht, wenn es für sie einen anderen Zufluchtsort als Brisbane gegeben hätte. Und Richards Arme – die eine Gefahr für ihr moralisches Empfinden darstellten. Dass sie sich genau aus diesem Grund in einer kleinen Stadt im Westen des Landes befand, mit einem Mann verheiratet, der sie in Wut versetzte und demütigte, war die einzige Überlegung, die sie davon abhielt, ihre Koffer zu packen und sich schnurstracks zum Cobbs Depot zu begeben.
Nachdem sie allein gefrühstückt hatte, folgte Jessica dem Rat ihrer Tischgenossin und wagte sich in verschiedene Läden, um Beinkleider aus Sämischleder zu erstehen. Ein wenig verlegen, als sie nach der Größe gefragt wurde und zugeben musste, dass diese für sie selbst waren, wurde sie umgehend von dem Ladenbesitzer beschwichtigt, der ihr nüchtern und beiläufig versicherte, ihr Ansinnen sei keineswegs ungewöhnlich.
Später, in der Abgeschiedenheit ihres Hotelzimmers, probierte sie das Kleidungsstück an, kämpfte mit den ungewohnten Verschlüssen. Als sie sich im Spiegel

betrachtete, brach sie in unbändiges Gelächter aus. Ganz offensichtlich waren sie falsch geschlossen. Als die Beinkleider nach dem zweiten Versuch und mithilfe ihres Nähzeugs einigermaßen passten, streifte Jessica ihr Kleid über, nur um festzustellen, dass ein solcher Aufzug unpraktisch und höchst unbequem war. Sie nahm gleichwohl an, dass sie bald daran gewöhnt sein würde und Mrs. Grogans Ratschlag vernünftig war.

Ebenso wie beim Frühstück nahm sie auch das Mittagessen allein ein; danach zog sie sich auf ihr Zimmer zurück, um sich auszuruhen. Sie versuchte gerade, ein Buch zu lesen, dessen Thema ihre Fantasie jedoch nicht zu fesseln vermochte, als ihre Aufmerksamkeit vom ohrenbetäubenden Schrillen einer Sirene gefesselt wurde, gefolgt von einer ungewohnten Geschäftigkeit auf der Straße vor ihrem Zimmer. Jessica legte das Buch beiseite und trat rasch auf die Veranda hinaus, um der Ursache des Aufruhrs auf den Grund zu gehen. Leute eilten die Straßen entlang, andere kamen aus Läden und Büros, Wohnhäusern und Hotels, um sich der Menge anzuschließen. Ein Mann, der sie dort oben entdeckte, rief ihr zu: »Schnell, Miss. Beeilen Sie sich.«

»Was bedeutet der Tumult? Was ist passiert?«

»Sie haben Wasser gefunden.«

Jessica begriff auf Anhieb, welche Spannung in der Luft lag. Sie hielt sich nicht lange damit auf, Hut oder Handschuhe anzuziehen, sondern lief die Treppe hinunter und zum Hotel hinaus, um sich dem Strom der Menschen anzuschließen, von denen nun viele rannten. Im unmittelbaren Umkreis der Bohranlage stand die Menge bereits dicht gedrängt und versperrte Jessica den Blick. Der Mann, der sie aufgefordert hatte, sich zu beeilen, bahnte ihr einen Weg durch das Getümmel.

»So, Miss, hier können Sie besser sehen. Das Wasser wird jeden Moment hochsteigen.«

»Woher wissen Sie das?«

»Sie sind heute Morgen auf eine Schicht aus grünem Sandstein gestoßen und haben sie bereits zwölf Fuß tief durchbohrt. Das Wasser befindet sich genau unter dem Sandstein.«

In diesem Augenblick verschwand das Bohrgestänge plötzlich in die Tiefe und Wasser schwappte über die Futterrohre, ergoss sich über den Boden. Mit jedem aufsteigenden Schwall des Bohrschlamms wurden Fels- und Schieferbrocken an die Oberfläche befördert. Nach dem anfänglichen Getöse verfiel die Menge in gespanntes Schweigen; Männer, Frauen und Kinder sahen mit angehaltenem Atem zu, wie das hervorsprudelnde trübe braune Wasser kristallklar wurde.

Der Jubel, der aufbrandete, schreckte die Papageien in den Bäumen auf, die lärmend die Flucht ergriffen. Einige der weniger gehemmten Stadtbewohner schnappten sich diejenigen, die ihnen am nächsten standen, und führten einen Freudentanz auf. Jessica, die sich von der allgemeinen Aufregung anstecken ließ, riss ihren Blick von der sprudelnden Wassersäule los und freute sich, als sie die glücklichen Gesichter ringsum sah. Plötzlich klopfte ihr Herz zum

Zerspringen, und ihr Lächeln erstarb. In weniger als fünfzig Fuß Entfernung stand Tom und blickte sie an, mit finsterer, umwölkter Miene. Als er kein Zeichen des Erkennens von sich gab, flammte ihre kaum verrauchte Wut wieder auf, gepaart mit einem Hauch von Angst.

Sie machte auf dem Absatz kehrt, bahnte sich den Weg durch die Menge und eilte ins Hotel zurück. Kummer und Groll loderten in ihr. Tom hatte gewusst, wie sehr sie sich für die Suche nach Wasser interessierte, und doch hätte sie den historischen Augenblick verpasst, wenn die Neugierde sie nicht auf die Veranda des Hotels hinausgelockt hätte.

Obwohl sie spürte, dass ihr Mann ihr folgte, blickte sie sich nicht um. Es überraschte sie daher nicht, dass die Tür ihres Zimmers aufgerissen wurde, kurz nachdem sie diese geschlossen hatte. Sie funkelte ihn mit hochroten Wangen, kämpferischer Miene und stolz erhobenem Kopf an. Er machte die Tür sorgfältig hinter sich zu, dann lehnte er sich mit dem Rücken dagegen und sah sie an; sein Blick war umwölkt, zornig und fragend zugleich.

Er schien darauf zu warten, dass sie das Wort ergriff, aber Jessica presste die Lippen zusammen, dachte nicht daran, klein beizugeben. Sollte er doch den Anfang machen! Die Spannung zwischen ihnen wuchs, und sie spürte, wie er mit seiner Selbstbeherrschung rang. Ihre eigenen Nerven waren bis zum Zerreißen gespannt. Gerade als sie dachte, dass sie seinen forschenden Blick nicht länger ertragen würde, drehte er sich um und ergriff die Türklinke.

»Wir brechen morgen bei Tagesanbruch auf. Sieh zu, dass du reisefertig bist.«

Dann war er verschwunden, und Jessica ließ sich mit flatternden Nerven zu einem höchst undamenhaften Verhalten hinreißen: Sie hob das Buch auf, das sie vorhin beiseite gelegt hatte, und warf es mit voller Wucht gegen die Tür, die gerade ins Schloss fiel. Es tat einen dumpfen Schlag, dann fiel es mit aufgeschlagenen Seiten zu Boden. Beinahe im selben Augenblick wurde die Tür abermals aufgerissen. Mit wutentbrannter Miene sah Tom zuerst das Buch und dann sie an; sie stand zitternd da, nicht bereit, einzulenken. Mit dem Stiefel trat er die Tür zu, dann machte er zwei weit ausholende Schritte und stand vor ihr. Seine Hände packten ihre Schultern wie Schraubstöcke, sein Mund presste ihre Lippen so hart gegen die Zähne, dass sie Blut schmeckte. Als er sie losließ, jagte ihr seine unheilvolle Miene einen Angstschauer über den Rücken. Sein grimmiges Gesicht ließ keinen Zweifel an seinem Standpunkt offen. Seine harschen Worte hämmerten auf sie ein wie Peitschenhiebe.

»Das ist das zweite Mal, dass du deiner Wut freien Lauf lässt. Wenn ich nicht wichtigere Dinge zu tun hätte, würde ich dir deine Widerspenstigkeit austreiben und dir eine Lektion erteilen, die du nie mehr vergisst.« Er schüttelte sie leicht. »Hast du mich verstanden?«

Jessica bot ihre gesamte Kraft auf, um sich aus seinem eisernen Griff zu befreien. Sie hasste diesen Grobian dafür, wie er mit ihr umsprang. »Ich habe

nur verstanden, dass du nicht der Mann bist, für den ich dich hielt«, erwiderte sie bitter. Sie streckte ihm ihre zitternde Hand entgegen. »Seit du mir den Ring an den Finger gesteckt hast, behandelst du mich, als wären meine Gefühle völlig ohne Belang. Warum hast du mich geheiratet, wenn ich dir so wenig bedeute?«
Seine Lippen waren zusammengepresst, seine Augen hart wie Stein und unversöhnlich. »Ich habe dich geheiratet, weil ich Söhne will – und dazu braucht man eine Frau. Je früher du dich an den Gedanken gewöhnst, desto besser.«
»Ich werde mich nie an den Gedanken gewöhnen, nichts weiter als eine Zuchtstute zu sein! Das würde kein Mensch, der auch nur eine Spur Einfühlsamkeit besitzt, von mir erwarten. Ich habe dich für einen Ehrenmann gehalten. Jetzt sind wir weit entfernt von der Zivilisation mit ihren gesellschaftlichen Regeln, und du hast dein wahres Gesicht gezeigt. Ich habe dir keinen Grund gegeben, mich zu täuschen. Aber ich wurde hinters Licht geführt. Diese Ehe ist eine Farce, die ich nicht länger fortführen werde.«
Nach der langen Rede atmete sie schwer. Ihre geballten Fäuste an den Seiten halfen ihr, ihm die Stirn zu bieten. Mit bitterer Genugtuung sah sie, dass ihre Ankündigung ihm die Sprache verschlagen hatte und er sie überrascht anstarrte, während er die Bedeutung ihrer Worte einsinken ließ. Als er antwortete, schwang keine Wut in seiner Stimme mit. Nur Kälte. Und vielleicht ein gewisses Maß an Resignation, wie ihr schien.

»Von Annullierung kann keine Rede sein, schlag dir das aus dem Kopf. Du bist meine Frau und wirst es bleiben, obwohl ausgerechnet du das Wort Ehre am besten nicht in den Mund nehmen solltest. Wie ich dich behandle, spiegelt nur dein eigenes Verhalten wider. Lass deine Wut noch ein einziges Mal an mir aus, und ich garantiere dir, dass du meine zu spüren bekommst.« Er hielt einen Moment inne, dann fuhr er mit einer Stimme, die sachlich und bar jeder Gefühlsregung war, fort: »Heute Abend werde ich mit Mr. Loughhead speisen, um die Pläne für die Bohrarbeiten auf Eden Downs zu besprechen. Ich möchte, dass du uns Gesellschaft leistest. Er war von deinem Interesse und deinem Scharfsinn beeindruckt.«

Jessicas Wut verebbte. Tom würde sich nicht entschuldigen. Sie auch nicht. Sie hob den Kopf und blickte ihn mit der kühlen Würde an, die er, was sie nicht wusste, von Anfang an so anziehend bei ihr gefunden hatte. »Ich verlange lediglich, dass du mich mit dem Respekt behandelst, der mir gebührt.«

Er nahm ihre Forderung mit einer gleichermaßen kühlen Verbeugung zur Kenntnis. »Dann bis heute Abend.«

Es war, als wären die harschen Worte nie gefallen. Während des Abendessens wurde die Unterhaltung von der Erörterung der Erfolgsaussichten bei der Suche nach Wasser, den noch ungenutzten Möglichkeiten des artesischen Brunnens und dem geplanten Beginn der Bohrung auf Eden Downs beherrscht. Jessicas Fragen waren kundig, die Ansichten, die sie äußerte, vernünftig und gut durchdacht. Mr. Loughhead zollte ihren Worten Respekt, und ihr Mann schien mit ihrem Beitrag zum Gespräch zufrieden zu sein.

Dennoch war ihr den ganzen Abend bewusst, dass die Zeiger der Uhr unerbittlich vorrückten. Bald würden sie sich zur Ruhe begeben, und dieses Mal würde ihr keine andere Wahl bleiben, als die Augen zu schließen und sich ihm hinzugeben, wie es ihre Pflicht als Ehefrau verlangte. Mit jeder Minute, die verging, wuchs ihre Unruhe, bis Tom bemerkte, wie spät es bereits war, und ihr vorschlug, sich zurückzuziehen. Er erinnerte sie daran, dass sie am nächsten Morgen in aller Herrgottsfrühe aufbrechen würden, und es gab noch einige Dinge, die er mit dem Ingenieur besprechen wollte. Jessica, ungeheuer erleichtert, aber bemüht, sich nichts anmerken zu lassen, wünschte den Männern eine gute Nacht. Als sie sich zu Bett legte, wäre es ihr beinahe lieber gewesen, man hätte ihr den Strafaufschub nicht gewährt. Der Vollzug der Ehe kam ihr mehr und mehr wie ein Zahn vor, der gezogen werden muss. Die Angst, die man vorher durchlitt, war größer als die Tortur selbst. Je schneller man es hinter sich brachte, desto besser.

Toms Klopfen an der Tür weckte sie lange vor Tagesanbruch und ließ ihr reichlich Zeit, ihre Morgentoilette zu beenden und reisefertig zu sein, bevor er zurückkehrte, um ihr Gepäck nach unten zu tragen. Seinen Anweisungen folgend, war in der weichen Satteltasche, die von einem mitgeführten Packpferd

befördert werden sollte, nur das Nötigste verstaut. Das restliche Gepäck würde im Güterzug folgen und zwei oder drei Tage später eintreffen.
Im Herrensitz auf einem Pferd zu reiten war zunächst völlig ungewohnt. Sobald sie im Sattel war, befahl ihr Tom, einmal im Schritt rund um den Hof des Hotels zu reiten, während er ihren Sitz überprüfte.
»Alles in Ordnung?«, fragte er, als sie zu ihm zurückkehrte.
»Ich denke schon. Es ist ein seltsames Gefühl, aber ich werde mich schon daran gewöhnen, auf diese Art zu reiten.«
»Du musst mir sagen, wenn du Schwierigkeiten hast oder müde wirst. Wir haben keine Eile. Wir können rasten, sooft du willst.«
Langsam ritten sie zur Stadt hinaus, vorbei an der Bohrstelle, aus der das Wasser sprudelte, danach überquerten sie den Fluss, wobei Tom die beiden Packpferde am Halfter führte. Jessica war froh über die dicke Jacke, die sie angezogen hatte. Der Sonne mangelte es um diese Zeit noch an Kraft, die kühle Morgenluft wettzumachen. Zu so früher Stunde durch eine unbekannte Landschaft zu reiten kam ihr vor wie ein kurzweiliges Abenteuer. Tom hatte, wie schon vorher während der Reise, auch jetzt wieder die Rolle des Fremdenführers übernommen und wies auf verschiedene Dinge hin, von denen er meinte, sie könnten Jessica interessieren, wobei er seine unvergleichlichen Kenntnisse über das Outback preisgab. Tonfall und Klang seiner Stimme ver-

rieten, dass er eine tiefe Liebe zu diesem entlegenen Landstrich empfand.

Sie ertappte sich dabei, wie sie ihn immer wieder heimlich beobachtete. Er schien im Sattel geboren zu sein und mit dem Land zu verschmelzen, wirkte wie ausgewechselt, hatte nichts mehr mit dem Grobian gemein, der sie am Tag zuvor in seinem Zorn zur Rede gestellt hatte. Jessica wurde immer mehr bewusst, dass der Charakter ihres Mannes viele Facetten besaß.

Mit den steigenden Temperaturen nahm auch Jessicas Erschöpfung zu. Obwohl sie während des Vormittags mehrere kurze Ruhepausen einlegt hatten, war sie dankbar, als Tom sie an ein schattiges Wasserloch führte, wo sie während der Gluthitze, die in den Mittagsstunden herrschte, Rast machen konnten.

»Die Pferde brauchen eine längere Pause, und vermutlich hast du auch nichts dagegen.«

Jessica verzog das Gesicht, drückte die Hände auf ihr Gesäß und wölbte den Rücken, um die Steifheit zu vertreiben. »Es ist mir sehr recht, aber ich sagte bereits, dass ich mich nicht beklage.«

Er warf ihr einen schnellen, prüfenden Blick zu, bevor er den Packgurt seines Pferdes lockerte. »Gut, wir bleiben ein paar Stunden hier. Wenn ich eine Decke im Schatten unter dem Baum dort ausbreite, bist du vielleicht in der Lage, nach dem Essen ein wenig zu schlafen.«

Er schöpfte mit einem Blechnapf Wasser und brachte es auf einem kleinen Feuer, das er entzündet hatte, zum Kochen; dann gab er eine Hand voll Teeblätter

hinein. Auf einem gefällten Baumstamm in der Nähe sitzend, beobachtete Jessica seine Verrichtungen mit Interesse. Sie war erpicht darauf, jede neue Erfahrung voll auszukosten, um sie nie wieder zu vergessen. In den Wipfeln der Bäume zankten sich ein Dutzend oder mehr große weiße Vögel mit krächzender Stimme, schwangen sich von Ast zu Ast, wobei zarte rosafarbene Schnäbel aufblitzten.
»Was sind das für Vögel?«
»Corellas, eine Papageienart. Sie sind weit verbreitet im Outback, vor allem in der Nähe von Wasserlöchern.«
»Machen Sie immer so viel Lärm?«
»Immer.« Er gestattete sich die Andeutung eines Lächelns, und Jessica dachte, dass er häufiger lächeln sollte, denn sein Gesicht veränderte sich dabei, er wirkte jünger und weniger bedrohlich.
»Du wirst dich bald an den Lärm gewöhnen, Jessica. Sie strömen in Scharen zum Biberdamm, der nicht weit vom Anwesen entfernt ist.«
»Es gibt so viele Dinge, an die ich mich gewöhnen muss. Alles ist neu für mich, fremdartig und interessant.«
Sie nahm die ungleichmäßig geschnittene, mit Büchsenfleisch belegte dicke Brotscheibe, die er ihr reichte, und trank dazu den starken, aromatischen Tee. Während sie aßen, unterhielten sie sich, oder vielmehr redete Tom und beantwortete die zahlreichen Fragen, die Jessica stellte, um mehr über ihre neue Heimat zu erfahren. Ein tiefer Friede hielt Einzug, der von dem idyllischen Fleckchen Erde ausging

und sie beide umfing. Nervosität und Anspannung fielen von ihnen ab bei diesem geselligen Mahl, und Jessica ertappte sich bei dem Gedanken, dass sie, wenn es immer so wäre, vielleicht sogar eine harmonische Ehe führen könnten. Unverzüglich nahm sie sich vor, ihren Teil dazu beizutragen. Sie würde sich noch mehr anstrengen, ihren Mann nicht zu erzürnen und ihr eigenes hitziges Temperament im Zaum zu halten.

Später schlief sie auf der Decke ein und wachte erst auf, als Tom sie behutsam an der Schulter rüttelte. Sie setzten den Ritt gemächlich fort, die neue Leichtigkeit im Umgang miteinander begleitete sie. Plötzlich, als hätte jemand eine scharfe Grenzlinie gezogen, veränderte sich die Landschaft. Der schwarze, fruchtbare Boden wurde von roter, karger Erde abgelöst; die vereinzelt wachsenden Bäume wurden immer spärlicher.

»Das bezeichnen wir als ›Ödland‹«, klärte Tom sie auf. »Akaziengestrüpp, das für die Tierhaltung kaum von Nutzen ist. In solchen Landstrichen findet man an der Oberfläche nur selten Wasser.«

»Und deshalb ist der artesische Brunnen so wichtig«, schloss Jessica. Sie blickte sich um, spähte zu der Baumreihe in der Ferne hinüber, die, wie Tom erzählte, den Verlauf eines kleinen Flüsschens markierte.

»Obwohl es sich meistens um ausgetrocknete Flussläufe handelt, die kein Wasser führen«, fügte er hinzu.

Am Horizont stieg eine rote Staubwolke spiralförmig zum Himmel empor, bewegte sich rasch über das

Land, wirbelte auf ihrem Weg Zweige und Blätter hoch.

»Ein Wirbelsturm«, erklärte Tom. »Manche sind sehr schlimm, aber nichts im Vergleich zu den Wüstenwinden. Dichte Staubwolken, die alles durchdringen, so dass man das Gefühl hat, zu ersticken. Hoffentlich bleibt dir diese Erfahrung erspart.«

Jessica blickte zur endlosen Weite des Himmels empor und stellte sich vor, wie es aussehen mochte, wenn er von dichten Staubwolken verhüllt war. An diesem Nachmittag war sein Blau lediglich mit rund einem Dutzend brauner kreisender Silhouetten gesprenkelt, ein Stück vor ihnen, zu ihrer Rechten. Toms Interesse richtete sich ebenfalls auf die Vögel. Er runzelte die Stirn, dann versteifte er sich plötzlich, stellte sich halb in den Steigbügeln auf und spähte mit zusammengekniffenen Augen zu einer entfernten Erhebung am Boden hinüber.

»Was ist? Was hast du gesehen?«

»Ich bin mir nicht sicher.« Seine Antwort klang wenig überzeugend. »Da hinten unter dem Baum hast du Schatten. Reite hinüber und warte dort auf mich.«

Er lenkte sein Pferd nach rechts. Jessicas Absicht, Toms Anweisung Folge zu leisten und im Schatten zu warten, wurde von ihrer unstillbaren Neugierde durchkreuzt. Langsam reitend, schlug sie mit ihrem Pferd dieselbe Richtung ein. Unweit eines niedrigen, windzerzausten Gestrüpps sah sie, wie Tom vom Pferd stieg und sich hinabbeugte, um den Gegenstand genauer in Augenschein zu nehmen, der sein Interesse geweckt hatte.

In den Anblick vertieft, hatte er nicht bemerkt, dass sie ihm gefolgt, abgestiegen und hinter ihn getreten war, bis ein erstickter Schrei über ihre Lippen drang. Sie wandte sich rasch ab, ihr Körper wurde von einem trockenen Würgen geschüttelt. Er packte sie bei den Schultern, schirmte sie mit seinem Körper von den Umrissen auf dem Boden ab. »Ich hatte gesagt, du sollst dort drüben auf mich warten.«

Jessica schluckte, um den Schauder des Entsetzens zu unterdrücken, der sie von Kopf bis Fuß durchrann. »Wer ist das?«, flüsterte sie.

»Keine Ahnung. Ein Wanderarbeiter, ohne Zweifel.«

Jessica erschauerte abermals. Der Mann war seit geraumer Zeit tot, und seine sterblichen Überreste, den Elementen und den Raubzügen wilder Tiere ausgesetzt, boten einen grauenvollen Anblick. »Was könnte ihm widerfahren sein?«

Tom zuckte die Achseln. »Verdurstet, Schlangenbiss, wir werden es wohl nie erfahren.« Sein Gesichtsausdruck sagte Jessica, dass er solche Dinge schon oft zu Gesicht bekommen hatte.

»Bist du sicher, dass alles in Ordnung ist?« Seine Stimme klang eindringlich, als er sah, dass ihre Wangen kreidebleich und ihre Augen vor Entsetzen weit aufgerissen waren.

Es gelang ihr, zu nicken. Da sein Körper sie vor dem schrecklichen Fund abschirmte, gewann sie allmählich ihre Fassung zurück.

»Dann komm, ich helfe dir beim Aufsitzen.« Er nahm ihren Arm und begann, sie zu ihrem Pferd zu-

rückzuführen, aber sie widersetzte sich und blickte ihn empört an.
»Du kannst ihn doch nicht einfach dort liegen lassen. Du musst ihn begraben, wie es sich gehört.«
»Ich habe keine Schaufel bei mir, um ein Grab auszuheben«, erwiderte er ruhig. »Mir bleibt keine andere Wahl. Sobald wir auf Eden Downs sind, werde ich ein paar von meinen Männern losschicken, die sich darum kümmern und die Polizei benachrichtigen.«
Tom ahnte, dass Jessica der Schrecken in den Gliedern saß, und wechselte das Thema, um sie abzulenken. Er schätzte, dass er damit auf ganzer Linie erfolglos war, denn als sie die Stelle erreichten, an der er das Nachtlager aufschlagen wollte, blickte sie sich besorgt um.
»Hier gibt es nichts, wovor du dich fürchten müsstest«, beruhigte er sie.
»Ich habe keine Angst. Das ist alles nur so fremd. Wir sind weit entfernt von der nächsten menschlichen Ansiedlung, und ich habe noch nie zuvor eine solche Abgeschiedenheit erlebt.«
»Hier sind wir vollkommen sicher. Im Gegensatz zu anderen Ländern gibt es bei uns keine gefährlichen Raubtiere.«
»Und was ist mit den Ureinwohnern? Als wir in Brisbane an Land gingen, hörten wir die reinsten Schauergeschichten von Siedlern, die von ihnen angegriffen wurden.«
»Und es gab Weiße, deren Verhalten gegenüber den Ureinwohnern geradezu sträflich war«, entgegnete Tom grimmig. »Seit Queensland erstmals besiedelt

wurde, ist die Zahl der Ureinwohner fast um die Hälfte zurückgegangen; viele starben an dem gestreckten Opium, das ihnen die Chinesen verkauften.«

»Wie schrecklich.« Durch die Erziehung ihres Vaters war Jessica aufgeschlossener und vorurteilsfreier gegenüber anderen Kulturen und Rassen als viele ihrer Zeitgenossen. Sie war aufrichtig erschüttert über Toms Bemerkung, aber tief beeindruckt von seiner offensichtlichen Anteilnahme am Schicksal seiner Mitmenschen. Während er das Nachtlager aufschlug, nutzte sie erneut die Gelegenheit, ihn eingehend zu beobachten. Obwohl nicht mehr ganz so fremd wie zu Beginn der Reise, als sie den Zug der Western Mail in Brisbane bestiegen, war ihr die Vielschichtigkeit seiner Persönlichkeit mehr und mehr ein Rätsel.

Er warf ihr einen raschen Blick zu.

»Es besteht kein Grund zur Besorgnis«, sagte er, die Ursache ihrer ernsten Miene falsch deutend. »In der freien Natur zu schlafen, unter dem Sternenzelt, ist ein Erlebnis ganz besonderer Art. Es wird dir gefallen.«

Wie Recht er hatte! Die Fremdartigkeit dieser neuen Erfahrung fesselte Jessicas Fantasie und sprach ihre Abenteuerlust an. Es war herrlich, am Feuer zu sitzen, mit einer heißen Tasse Tee in den Händen, und den eigenartigen nächtlichen Geräuschen zu lauschen.

Als er merkte, dass ihre Lider schwer wurden, breitete Tom die Decken auf dem Boden neben dem Feuer aus.

»In den frühen Morgenstunden wird es sehr kalt. Ich werde mich um die Pferde kümmern, während du dich entkleidest.« Er hielt inne, als er sah, dass sie von seinem Vorschlag wenig begeistert war. »In voller Bekleidung kannst du nicht richtig schlafen. Die Leibwäsche reicht aus. Du solltest deine Reisekleider zusammenfalten und in der Satteltasche verstauen.«

Er drehte sich um und ging; sie konnte seine Stimme hören, sanft und beschwichtigend, als er zu den Pferden sprach, dann zog sie ihre Jacke, den Rock und die ledernen Beinkleider aus. So unbequem sie auch sein mochten, sie schuldete Mrs. Grogan und ihrem guten Rat Dank. Sie hätte sich die zarte Haut an der Innenseite ihrer Schenkel ohne den zusätzlichen Schutz zweifellos wund gerieben.

Sie verstaute die Kleidung in der Packtasche, dann kroch sie unter die Decken, zuckte zusammen, als sie den harten, unebenen Boden unter sich spürte. Wie soll ich hier jemals schlafen, überlegte sie. Auf der anderen Seite des lodernden Feuers sah sie Tom, eine schattige Silhouette, deren Bewegungen sich vor dem dunklen Nachthimmel abzeichneten. Ihre Lider waren bleischwer vor Müdigkeit, und ihr letzter Gedanke war, wann er sich wohl zu ihr legen würde. Vielleicht war es eine Folge der eigentümlichen, aufreibenden Ereignisse, die sich in der vergangenen Woche zugetragen hatten. Jessica, die normalerweise nur selten träumte, wurde im Schlaf von unheimlichen Spukgestalten und Trugbildern heimgesucht. Richard geisterte durch ihre Träume, dann Tom, und auf unerklärliche Weise verschmolzen die zwei miteinander, wurden ein und dieselbe Person, und sie konnte keinen von beiden mehr finden. Auf der Suche nach ihnen irrte sie mit zunehmender Verzweiflung durch eine schauerliche, verödete Landschaft. Ihre Kehle war vertrocknet vor Durst, sie lief zu dem Wasserloch, um zu trinken, doch als sie sich bückte, war dort kein Wasser, sondern nur Sand. Und im Sand lag ein grinsender Totenschädel, an dem Lumpen hingen, die dereinst eine menschliche Gestalt bekleidet hatten.

Sie erwachte zitternd vor Angst von dem Schrei, der über ihre Lippen drang; sie hätte nicht sagen können, ob er Teil des Traumes war oder Wirklichkeit. In der Dunkelheit bargen die geisterhaften Umrisse der Bäume und die wispernden Geräusche der Nacht eine noch größere Bedrohung. Als sie eine Bewegung neben sich spürte, schrie sie erschrocken auf und brach in Schluchzen aus, als Toms Arme sich um sie legten.

»Was ist? Was ist mit dir?«

Sie schüttelte den Kopf, bemüht, das Grauen zu vertreiben. »Nichts. Nur ein Traum.«

»Ein Traum! Wohl eher ein Albtraum. Du zitterst ja immer noch.«

Seine Hände strichen ihr beruhigend über die Schultern, und als er sie an sich zog und ihre Wange gegen seine Schulter presste, leistete sie keinen Widerstand. Die Arme, die sie umfingen, waren stark und tröstlich. Schon bald begann sie, ruhiger zu atmen, ihr Herz schlug wieder normal.

»Geht es dir besser?« Seine Stimme, dunkel und rau, war nicht minder beunruhigend als der Traum.
»Ja, danke.« Sie befreite sich aus seinen Armen, und nachdem er sie mit seinem eindringlichen Blick gemustert hatte, nickte er.
»Ich werde Holz nachlegen, damit das Feuer nicht ausgeht.«
Minuten vergingen, und sie lag auf der Seite, kurz vor dem Einschlafen, als er zurückkam und sich neben ihr auf der Decke ausstreckte. Plötzlich spürte sie seine Hand auf ihrem Körper. Unwillkürlich versteifte sie sich. Er nahm die Veränderung augenblicklich wahr, und die Hand kam auf ihrer Forschungsreise zum Stillstand. Abrupt drehte er sie auf den Rücken, sein Gesicht, düster und entschlossen, befand sich nur eine Handbreit über ihr, während seine Hand ihr Hemd beiseite schob, um eine zarte Brust zu enthüllen.
Jessicas Augen weiteten sich in blankem Entsetzen. Sie konnte nicht glauben, dass er sie auf derart barbarische Weise zu nehmen gedachte, wie eine Dirne. Aber sie hatte Angst, Einspruch zu erheben, sein flammender Zorn war ihr noch allzu lebhaft in Erinnerung. Sie schloss die Augen und drehte den Kopf zur Seite, lag steif und reglos da, als sich seine Hand fordernd nach unten bewegte, über ihren Bauch und zwischen ihre Schenkel glitt.
Plötzlich verließ die schmachvolle Hand ihren Körper, und seine Finger umschlossen mit eisernem Griff ihr Kinn, drehten ihr Gesicht zu sich herum. Seine Stimme war harsch vor Zorn.

»Was ist los mit dir? Du bist doch sonst kein Stockfisch.« Das letzte Wort kam einer Beleidigung gleich. »In den Armen deines Geliebten warst du feuriger.« Dann war er auf ihr, nahm sie mit rücksichtsloser Gewalt. Als ihr unwillkürlich ein Schmerzensschrei entfuhr, hörten die Bewegungen schlagartig auf. Sie öffnete die Augen und sah, wie sein Gesicht reglos über ihr verharrte, aber sie vermochte seinen Blick nicht zu deuten. Dann nahm sie nichts mehr wahr, während seine Lippen sich ihrer bemächtigten, sein Körper sich abermals bewegte und eine lodernde Glut in ihr weckte. Ein Feuer, das sie zu verbrennen drohte, gepaart mit dem unbändigen Verlangen, ihre Arme um ihn zu legen und ihn zu halten, diesen kostbaren Augenblick des Einsseins mit ihm zu teilen.
Aber sie bezwang ihren Wunsch. Die Hände zu Fäusten geballt, zwang sie sich, reglos dazuliegen, zerrissen von Schuldgefühlen. Wie konnte sie Richard geliebt haben, wenn sie jetzt eine derart sinnliche Lust mit einem anderen Mann verspürte?
Sie merkte nicht, dass sie weinte, bis Tom von ihr herunter rollte, auf dem Rücken neben ihr lag und in den verblassenden Nachthimmel starrte. Sie drehte den Kopf zur Seite und ließ ihren Tränen freien Lauf, wusste nicht, warum sie weinte, ob vor Schmerzen oder wegen ihrer trügerischen Gefühle, aus Scham darüber, wie er sie genommen oder weil sie sich so starr gegeben hatte.
»Es tut mir Leid, wenn ich dir wehgetan habe.« Seine Worte waren ausdruckslos und ungerührt. »Wenn

ich gewusst hätte, dass du noch unberührt bist, wäre ich behutsamer gewesen.«

Die Entrüstung ließ Jessicas Tränen mit einem Schlag versiegen; sie drehte sich wieder auf den Rücken, um ihn anzublicken, als er aufstand und seine Kleidung ordnete. »Wieso dachtest du, ich sei es nicht?«

Er warf ihr einen kurzen Blick zu, und in seiner Stimme schwang ein beißender Sarkasmus mit. »Ein verzeihlicher Irrtum, wenn man bedenkt, wie du in Brennans Armen dahingeschmolzen bist. Und jetzt zieh dich an, es wird bald Tag.«

# 5. Kapitel

Jessica fand keine Erklärung, womit sie dieses Mal den Zorn ihres Mannes herausgefordert haben könnte. Die Entdeckung, dass sie noch Jungfrau war, schien der Auslöser gewesen zu sein. Die Erinnerung an die Leidenschaft, mit der sie noch vor kaum mehr als einer Woche Richards Küsse erwidert hatte, und die Lust, die Tom in ihr entfacht hatte, als er sie in Besitz nahm, verwirrten sie in ihrem tiefsten Inneren und riefen Schamgefühle hervor. Die unvermutete Sinnlichkeit ihres Naturells lag im Widerstreit mit den strikten Regeln der Sittsamkeit, nach denen sie erzogen worden war. War sie schlussendlich genauso flatterhaft in ihrem Verhalten wie Amelia? Die Vorstellung war für sie unerträglich, und ihre sorgenvollen Gedanken bewirkten, dass sie den ganzen Morgen still und in sich gekehrt war.

Falls Tom ihre Schweigsamkeit und Geistesabwesenheit auffiel, unterließ er jede Bemerkung; auch er schien keinerlei Wert auf eine Unterhaltung zu legen, wie belanglos auch immer. An diesem Tag, als sie langsam in Richtung Nordwesten ritten, gab es keine interessanten Beobachtungen, um ihr Wissen zu vertiefen, und keine lehrreichen Beschreibungen der Landschaft. Als sie eine kurze Rast einlegten, schienen seine Fragen nach ihrem Befinden eher dem Gebot der Höflichkeit als aufrichtigem Interesse zu entsprechen.

Jessicas Antworten fielen ebenso wortkarg aus, und die Spannung zwischen ihnen wuchs, wurde während der Mittagspause schier unerträglich. Tom breitete auch dieses Mal nach dem Essen eine Decke im Schatten eines Baumes aus und legte Jessica nahe, eine Weile zu ruhen. Mit geschlossenen Augen lag sie da, unfähig, Schlaf zu finden. Sie nahm ihre Umgebung voll wahr. Das Zirpen der Vögel, das Rascheln einer Eidechse, die über den Boden huschte, sogar den beißenden Rauch des Feuers, das Tom entfacht hatte. Sie spürte, obwohl sie es nicht zu erkennen gab, dass Tom sich neben sie auf die Decke legte. Erst als seine Hand auf ihrer Taille ruhte, riss sie die Augen auf.
Der Blick, mit dem er sie betrachtete, war so eindringlich, dass ihr Magen zu flattern begann. Ihre Augen waren von Unruhe überschattet.
»Bitte nicht«, flehte sie mit einem halb erstickten Flüstern. »Nicht jetzt.«
Sie sah, wie er die Stirn runzelte, sah das wütende Funkeln in seinen Augen.
»Ich nehme dich, wann und wo es mir beliebt. Das ist mein gutes Recht.« Nachdrücklich betonte er jedes Wort.
Sie maßen sich mit Blicken, bis Jessica sich in das Unvermeidliche fügte und den Kopf zur Seite wandte. Tränen der Demütigung drohten hinter ihren geschlossenen Lidern hervorzuquellen. Jeden Muskel und Nerv zum Zerreißen gespannt, wartete sie darauf, dass er seine Hand besitzergreifend über ihren Körper gleiten ließ. Doch plötzlich lag die

Hand an ihrer Wange und drehte ihr Gesicht wieder zu sich. Mit dem Daumen wischte er ihr eine Träne von der Wange, und das unverhoffte Zartgefühl, das sich in dieser kleinen Geste verbarg, bewog sie, die Augen zu öffnen und ihn anzusehen. Seine Stimme war weicher, als sie es von ihm kannte; die Worte waren dagegen barsch, als wäre ihm ein solches Gefühl fremd.
»Es hat mich gefreut, dass du noch Jungfrau warst. Ich verspreche dir, dass ich beim nächsten Mal behutsamer sein werde. Aber das ist nicht jetzt. Es ist Zeit, wir müssen weiter.«
Jessica verschlug es vor Überraschung die Sprache. Zartgefühl war ein Charakterzug, den sie ihm nie zugetraut hätte. Nicht zum ersten Mal wurde ihr die Vielschichtigkeit dieses Mannes bewusst, und sie fragte sich aufs Neue, ob sie ihn jemals verstehen würde.
Der kurze Wortwechsel hatte wenig dazu beigetragen, die Befangenheit zu verringern, die zwischen ihnen herrschte, und der Nachmittag verging ähnlich ereignislos wie der Morgen, bis sie an eine Einzäunung gelangten. Hier stieg Tom vom Pferd, um ein Gatter zu öffnen, ebenfalls aus Draht und Holz, und in einer Weise errichtet, dass Jessicas unkundiges Auge sie kaum von den übrigen Latten des Zaunes zu unterscheiden vermochte. Sie ritt durch die Öffnung, dann zügelte sie ihr Pferd, während Tom das Gatter schloss und wieder aufsaß. »Willkommen auf Eden Downs«, sagte er.
»Oh, sind wir schon da?«, rief sie aufgeregt.

»Ich fürchte, noch nicht ganz. Du wirst den Sattel noch ein paar Stunden ertragen müssen.«

»So lange? Wie weit ist das Farmhaus denn entfernt?«

»Wir befinden uns an der Ostgrenze des Anwesens, und von hier aus sind es noch ungefähr fünfzehn Meilen. Der gesamte Besitz erstreckt sich weit über das Farmhaus hinaus nach Norden, Süden und Westen.«

Jessica spähte zum Horizont hinüber und versuchte zu begreifen, dass dieses unendlich weitläufige Terrain, das zu beiden Seiten und vor ihnen lag, ein Teil von Eden Downs war. »Wenn man, so wie ich, an die englischen Farmen gewöhnt ist, kann man sich nur schwer vorstellen, dass ein so riesiges Stück Land einer einzigen Person gehört.«

»Die Größe der Weiden ist unabdingbar, wenn man hier im Outback Erfolg als Viehzüchter haben will. Es ist nicht möglich, so viele Schafe per Acre zu halten wie in England oder, nebenbei bemerkt, in den südlichen Regionen des Landes, die grüner sind.«

Jessicas Blick glitt über die grüne, von sanften Hügeln durchsetzte Ebene, wo die hohen Gräser unter einer sanften Brise wogten. »Der Boden scheint hier aber sehr fruchtbar zu sein.«

»Ja«, räumte er ein. »Doch im letzten Jahr war das anders, und auch in den Jahren davor. Das Weideland war damals völlig verdorrt. Es gibt immer noch einige Bereiche, die wenig Regen abbekommen haben, was den Boden natürlich nicht verbessert hat.«

»Dass es verdorrt war, kann man sich überhaupt nicht vorstellen, wenn man es jetzt sieht.«
Tom schnitt eine Grimasse. »Ich zweifle nicht daran, dass du das ganze Ausmaß des Wassermangels bald miterleben wirst. Allem Anschein nach werden wir in regelmäßigen Abständen davon heimgesucht. Ich hoffe jedoch, dass wir noch vor der nächsten Dürreperiode an mehreren Stellen Bohrungen in Gang haben.«
»Sind das da hinten Schafe?« Jessica deutete nach links, wo sie cremig weiße Flecken im Gras entdeckt hatte, mit bloßem Auge kaum sichtbar.
»Ja. Willst du mitkommen? Ich muss mit dem Schafhirten reden, bevor wir weiterreiten.«
Sie trafen den Mann in seiner Hütte an, die sich in den spärlichen Schatten der wenigen niedrigen, windschiefen Bäume schmiegte. Als sie sich miteinander bekannt gemacht hatten, dankte Jessica ihm für den Willkommensgruß, und sobald sich das Gespräch der Herde zuwandte, betrachtete sie interessiert den Lagerplatz.
Die Hütte, wenn man sie als solche bezeichnen wollte, war nichts weiter als ein armseliger Unterstand mit einem Wellblechdach, gestützt von schiefen und krummen Pfosten aus Buschholz. Im Inneren erspähte sie eine Bettstatt aus Draht mit ein paar groben Decken, aber sonst kaum Einrichtungsgegenstände. Nach den wenigen eisernen Töpfen und Pfannen mit den grob zusammengeschusterten Handgriffen aus Draht zu urteilen, die an einem der Stützpfosten hingen, bereitete der Schafhirte seine Mahl-

zeiten auf der offenen Feuerstelle zu. Es gab nur das Nötigste, was der Mensch zum Leben brauchte, und es fiel Jessica schwer zu glauben, dass jemand angesichts solcher Entbehrungen zufrieden sein konnte.
»Die meisten Schafhirten sind Einzelgänger«, erklärte Tom später auf ihre besorgte Beobachtung in dieser Angelegenheit. »Sie ziehen es vor, alleine zu sein, in Gesellschaft ihrer Schafe, und die meisten sind schon zufrieden, wenn sie überhaupt ein Dach über dem Kopf haben, das sie vor den Unbilden der Witterung schützt.«
»Wie viele Hirten hast du in deinen Diensten?«
»Ungefähr zwanzig. Das hängt von der Anzahl der Schafe auf den abgelegenen Weiden ab.«
»Führen alle ein so bescheidenes Leben?«
»Mehr oder weniger, und das ist auf den meisten großen Farmen die Regel; es gibt nur wenige Unterstände, die besser ausgestattet sind. Ich habe allerdings vor, richtige Hütten für alle meine Männer zu errichten, sobald die Schur vorbei ist.«
»Und wann wird das sein?«
»In etwa einem Monat.« Er warf ihr einen fragenden Blick zu. »Wie mir scheint, machst du dir Gedanken um das Wohl der Männer.«
»Nun, ich stelle mir ihr Leben ziemlich beschwerlich vor.«
Tom zuckte die Achseln. »So schlimm ist es auch wieder nicht.«
»Sprichst du aus eigener Erfahrung?«
»Ja. Als ich nach Eden Downs kam, gab es hier nichts. Wir hatten dreißigtausend Schafe, tausend

Rinder und keine Zäune, um die Herden beisammen zu halten. Meine Männer und ich lebten mehrere Monate unter Planen, die wir über unsere Karren spannten.«
»Oh.« Jessica schwieg, während ihr Verstand diese neue Enthüllung zu fassen und bildhaft zu veranschaulichen suchte. Schließlich, als die Sonne am westlichen Horizont unterging, deutete Tom über die weite Ebene hinweg auf die dunklen, unregelmäßigen Silhouetten von Eden Downs, und ihr Herz klopfte vor Aufregung. Als sie sich näherten und Jessica in der Lage war, die zahlreichen, einzelnen Gebäude zu unterscheiden, konnte sie sich nicht einmal ansatzweise vorstellen, wie es vor zehn Jahren hier ausgesehen haben mochte.
»Nun, was sagst du?«, fragte er, obwohl ihre Miene ihre Gedanken verriet.
Benommen schüttelte sie den Kopf. »Ich traue meinen Augen nicht. Du hattest Recht. Es ist wirklich wie ein kleines Dorf.«
»Morgen werde ich dich herumführen und dir alles zeigen. Aber jetzt werden wir uns als Erstes um unser eigenes Wohlergehen kümmern. Zuerst ein Bad, um uns nach dem langen Ritt zu erfrischen, und danach eine anständige Mahlzeit.«
Plötzlich durchfuhr Jessica ein Gedanke. »Ich nehme an, dass du Dienstboten hast. Gehört eine Köchin dazu?«
»Ich habe eine Wirtschafterin, die mir das Haus führt. Sie wird ein Abendessen für uns zubereiten.«
Er zügelte sein Pferd. »Wir sind da, Jessica.«

Vor ihnen, in einiger Entfernung von den übrigen Gebäuden, befand sich ein langes, niedriges Herrenhaus. Jessica sah ihn verdutzt an. »Ist das dein Farmhaus?«
Viele der Cottages und der anderen Gebäude waren ansehnlich, wie sie bemerkt hatte, aus Zimmerholz errichtet und mit einem Eisendach gedeckt. Auch dieses Haus besaß ein Eisendach, aber die Wände bestanden aus grob behauenem Naturstein. Von außen wirkte es außerordentlich karg, und ihr schwante nichts Gutes, was die Lebensumstände anging, auf die sie sich einstellen musste.
»Richtig«, bestätigte Tom mit unverkennbarem Stolz. »Die Außenmauern sind so geblieben, wie sie früher waren, und das Dach aus Baumrinde gibt es auch noch. Das Eisendach wurde darüber errichtet, mit einer Handbreit Abstand. Die Luft kann in diesem Hohlraum zirkulieren. Auf diese Weise wird das Haus gekühlt, was du in den heißen Sommermonaten gewiss schätzen wirst.«
Er trat beiseite, als sie abstiegen, um einem jungen Stallburschen Anweisungen zu erteilen, der aus einem der nahe liegenden Gebäude gelaufen kam. Während die Pferde weggeführt wurden, nahm er Jessicas Ellenbogen und führte sie zum Haus.
Sie betraten eine breite Holzveranda, die sich an der gesamten Frontseite des Gebäudes entlangzog und sich um beide Ecken herum fortsetzte. Ein paar Stühle aus Segeltuch und kleine Tische standen darauf, und Jessica beschloss mit einem Blick über die Schulter auf das herrliche Abendrot, reichlich Gebrauch

von ihnen zu machen, um dieses Naturschauspiel so oft wie möglich zu genießen. Trotz der spöttischen Bemerkung ihres Mannes war sie immer noch gebannt von den kräftigen, flimmernden Farben der Sonnenauf- und -untergänge im Westen des Landes.
Tom stieß eine schwere Holztür auf; dann verblüffte er Jessica damit, dass er sie auf die Arme hob und über die Schwelle trug. In dem angrenzenden Raum blieb er stehen und blickte unbeirrt in ihre weit aufgerissenen Augen.
»Ich glaube, das ist so Brauch.« Er stellte sie sanft auf die Füße. »Willkommen in deinem neuen Heim, Jessica.«
Jessicas Blick schweifte langsam und verwundert durch den geräumigen Salon, in dem sie sich befanden. »Oh, das ist ja wundervoll!«
Im Gegensatz zu dem Eindruck, den die Außenfassade vermittelte, war das Innere des Farmhauses sowohl erlesen als auch anheimelnd. Die Wände waren mit edlem Zypressenholz verkleidet, auf den glänzenden Böden lagen reizvolle Teppiche – und die Einrichtungsgegenstände waren samt und sonders von guter Qualität. In einer Ecke stand das Piano, von dem Tom gesprochen hatte. Im Anschluss an das Stegreif-Konzert im Nive Hotel hatte er die Hoffnung zum Ausdruck gebracht, sie möge das Spiel auf dem Instrument genießen, das er unlängst für Eden Downs angeschafft habe. Als Jessica ihn nach der Begutachtung des Raumes anblickte, lächelte er auf eine Weise, die sie sich häufiger wünschte, wie sie feststellte.

»Überrascht?«

»Und ob! O Tom, du hast mit keiner Silbe erwähnt, dass du ein so imposantes Anwesen besitzt.«

»Nein, das muss ich wohl vergessen haben. Aber Hand aufs Herz: Ich gestehe, dass ich mich auf diesen Augenblick gefreut habe und es gar nicht erwarten konnte, deinen Gesichtsausdruck zu sehen. Und das ist nun auch dein Zuhause.« Er erwiderte ihren Blick, bis sie die Augen niederschlug, aufgewühlt von der Eindringlichkeit, mit der er sie ansah. Das Herannahen leiser Schritte lenkte ihre Aufmerksamkeit gleichzeitig auf eine Tür am anderen Ende des Raumes, wo eine überaus anziehende junge Frau auf der Schwelle erschien.

»Hallo Lally!«, rief Tom mit unverkennbarer Freude. »Wie du siehst, bin ich heil zurückgekehrt. War alles in Ordnung während meiner Abwesenheit?«

»Es gab keinerlei Schwierigkeiten.« Sie betrat den Raum und blickte fragend, mit gerunzelter Stirn, von Tom zu Jessica.

Einer so unverhohlenen Neugierde ausgesetzt, musterte Jessica die junge Frau ebenso eingehend. Ihr Alter war nicht leicht zu bestimmen, aber vermutlich waren sie etwa gleich alt. Nicht ganz so groß wie Jessica, war ihre Figur üppiger, mit Rundungen, die durch das tief ausgeschnittene Mieder des schlichten Kleides noch betont wurden. Ihre Haare waren beinahe schwarz, die Augen von einem ungewöhnlichen grünlichen Braun, und die Haut besaß einen sehr dunklen Ton, was Jessica faszinierte.

»Lally, darf ich dich mit Mrs. Bannerman bekannt machen? Und das, meine Liebe, ist unsere Wirtschafterin.«

»Guten Abend.« Jessica entging nicht der fassungslose Blick, den die junge Frau blitzschnell zu verbergen trachtete.

»Willkommen, Ma'am.« Die Stimme klang ausdruckslos, bar jeder Gefühlsregung. Ein Schauer rann Jessica über den Rücken. Die junge Frau starrte sie unverwandt an, und in der Tiefe der bernsteinfarbenen Augen entdeckte sie einen schwelenden, boshaften Hass.

»Wir würden gerne in etwa einer Stunde zu Abend essen, Lally, aber zunächst möchten wir uns erfrischen. Würdest du meiner Frau bitte ein Bad einlassen?«

»Natürlich, ganz wie Sie wünschen.«

Sie eilte davon, und Tom entzündete eine Lampe, deren sanfter Schein die Aura der Feindseligkeit, die sie hinterlassen hatte, milderte. Eine Feindseligkeit, die nur Jessica bemerkt zu haben schien. Als die dunklen Schatten vertrieben waren, nahmen die anheimelnden Holzwände eine beinahe lebendige Wärme an, und Jessica betrachtete den Raum abermals voller Bewunderung. Ein Klopfen an der Haustür kündigte die Ankunft des Stallburschen mit ihren Packtaschen an.

»Wohin soll ich sie bringen, Mr. Bannerman?«

»Lass sie einfach dort auf dem Boden stehen, Joey. Ich kümmere mich später selbst darum.«

Er wartete, bis der junge Mann die Taschen abgestellt

hatte und gegangen war, dann zog er Jessica zu einer Tür auf der linken Seite des Raumes.

»Das ist das Schlafzimmer. Alle Räume sind miteinander verbunden und haben eine Tür, die zur Veranda hinausgeht. Am anderen Ende des Salons gibt es ein Speisezimmer, und dahinter zwei weitere Schlafräume, für Gäste. In einem anderen Flügel, der von der Veranda an jenem Ende des Hauses abgeht, befinden sich Lallys Kammer, die Küche und das Badezimmer.« Lächelnd hielt er inne, als er Jessicas verdutzte Miene gewahrte. »Ja, du hast richtig gehört, ein Badezimmer. Auch an diesem entlegenen Fleckchen Erde hat die Zivilisation Einzug gehalten. Ich bringe die Taschen ins Schlafzimmer, so dass du auspacken kannst; Lally wird dir Bescheid geben, wenn das Bad fertig ist. Es gibt hier keine offizielle Kleiderordnung für den Abend, es sei denn, wir haben Gäste, also kannst du tragen, was dir beliebt.«

Von ›beliebt‹ kann bei der begrenzten Auswahl keine Rede sein, verbesserte ihn Jessica in Gedanken und in der Hoffnung, der Güterzug mit dem Großteil ihres Gepäcks möge sich nicht allzu sehr verspäten. Da sie nur wenig Kleidungsstücke auszupacken hatte, war sie bald fertig und gerade in die Betrachtung des Mobiliars und Zierrats vertieft, um vielleicht etwas mehr über das Wesen ihres Mannes zu erfahren, als die Wirtschafterin zurückkehrte. Dieses Mal waren Augen und Stimme der jungen Frau wenn auch nicht gerade freundlich, so doch gewollt ausdruckslos. Jessica fragte sich, ob sie sich die Feind-

seligkeit eingebildet hatte. Lallys Benehmen war untadelig, wie es einer Bediensteten geziemte.
»Ihr Bad ist eingelassen. Wenn Sie mir bitte folgen wollen, Ma'am.«
Sie ging voran, zur Rückseite des Hauses und betrat eine der weitläufigen, schattigen Veranden; Jessica sah, dass sie rings um das ganze Haus verliefen. Diese Veranda trennte den Haupttrakt vom später angebauten Flügel, wo sie abbogen und auf eine weitere, schmalere, von Weinlaub überwucherte Veranda gelangten. Jessica warf einen neugierigen Blick auf die geschlossene Tür des ersten Raumes, Lallys Kammer. Dahinter befand sich eine riesige Küche, die sie so bald wie möglich erkunden wollte, und am Ende war eine weitere Tür. Die junge Frau stieß sie auf.
»Hier ist das Badezimmer.«
Die Größe des Raumes erstaunte Jessica noch mehr als der Rest des Hauses. Eine tiefe, gusseiserne Badewanne mit Klauenfüßen stand an der einen Wand. Ein Hahn, der aus derselben Wand herausragte, lieferte heißes Wasser, wie Jessica verwundert entdeckte. Später erfuhr sie, dass die ausladende Feuerstelle in der Küche an diese Wand angrenzte, an deren einem Ende ein Boiler eingelassen war, der beinahe ununterbrochen heißes Wasser für den gesamten Bedarf des Haushalts lieferte.
Jessica lag mit geschlossenen Augen in der Wanne und gab sich ganz dem Vergnügen hin, die steifen Muskeln zu lockern und die lindernde Wärme des Wassers zu spüren. Der seelische Kummer schien mit den körperlichen Beschwerden weggeschwemmt zu

werden. Sie tauchte noch tiefer in das Wasser ein, um ihre Haare mit der herrlich duftenden Seife einzuschäumen. Als sie aus der Wanne stieg, fühlte sie sich wie neugeboren.
Nach der Rückkehr ins Schlafzimmer rieb sie ihre bis zur Taille reichenden Haare mit dem Handtuch trocken und ließ sie offen herabwallen, während sie sich hinsetzte, um sich ihrer Fingernägel anzunehmen. Dazu hatte sie seit der Abreise aus Brisbane keine Gelegenheit mehr gehabt, und nun waren sie lang und eingerissen. Sie säuberte sie sorgfältig und kürzte sie.
Für einen Mann von seiner Größe bewegte sich Tom ungeahnt lautlos, so dass Jessica ihn nicht hereinkommen hörte und beim Klang seiner Stimme erschrak.
»Ich wusste nicht, dass dein Haar so lang ist.«
Er betrachtete staunend ihre ungebändigte Mähne, und Jessica war so durcheinander, dass sie zu stammeln begann.
»Ich – ich habe sie gewaschen. Ich stecke sie sofort wieder hoch.«
»Eine Schande, sie derart einzuengen.« Er trat hinter sie, hob mit seinen Händen ihr Haar und ließ die seidigen Strähnen durch seine Finger gleiten. Jessicas Hals war wie zugeschnürt, und einen Moment lang wünschte sie sich, erfüllt von blinder Lust, er möge sie in die Arme nehmen, um sie zärtlich und leidenschaftlich zu lieben. Dann war der Moment vorbei. Tom ging zur anderen Seite des Raumes, um eine bequeme Jacke aus dem Kleiderschrank auszu-

wählen. Offensichtlich hatte er ebenfalls ein ausgiebiges Bad genommen, Hemd und Hose waren frisch.

»Dauert es noch lange?«, fragte er. »Ich glaube, unser Abendessen ist gleich fertig.«

»Ich bin so weit. Die Haare sind im Nu aufgesteckt.«

Befangen unter seinem Blick, fasste sie mit geschickter Hand die langen Locken zusammen, drehte sie ein paar Mal und befestigte sie mit nicht mehr als zwei Haarnadeln.

»Unglaublich«, sagte Tom. Jessica spürte die Hitze in ihren Wangen und wünschte sich, sie würde nicht so leicht erröten.

Gemeinsam gingen sie durch den Salon ins Speisezimmer. Jessicas Interesse wurde von einem wuchtigen Schreibtisch gefesselt, der eine Ecke des Raumes einnahm.

»Dort führe ich meine Bücher«, erklärte Tom. »Wenn ich am Abend arbeite, steht der Salon also zu deiner alleinigen Verfügung.«

Er zeigte ihr die beiden Gästeschlafzimmer, bevor sie ins Speisezimmer zurückkehrten, wo die Wirtschafterin bereits darauf wartete, ihnen das Abendessen zu servieren. Jessica konnte nicht umhin zu bemerken, dass die junge Frau ihnen dabei eine völlig unterschiedliche Behandlung zuteil werden ließ. Für Tom hatte sie stets ein Lächeln übrig; für seine Frau kein einziges.

»Sie ist ein Halbblut«, stellte Jessica fest, als sie alleine waren.

»Stört dich das?«

»Nein. Ich habe nur das Gefühl, dass sie etwas gegen meine Anwesenheit in diesem Hause hat.«
Tom, der gerade ein Stück Fleisch auf seine Gabel gespießt hatte und zum Mund führen wollte, hielt mitten in der Bewegung inne und blickte sie verdutzt an. »Warum sollte sie? Dafür gibt es nicht den geringsten Grund. Lally wusste, dass ich mit einer Ehefrau heimzukehren hoffte.«
Jessica schwieg. Was genau meinte Tom mit seiner letzten Bemerkung?
Als die Mahlzeit beendet war, gingen sie in den Salon hinüber, wo Tom sich erkundigte, ob sie müde sei.
»Ein wenig«, räumte Jessica ein.
»Zu müde, um für mich zu spielen?«
»Nein.« Sie ging zum Piano und nahm auf dem Hocker Platz. »Was soll ich spielen?«
»Was immer du willst.« Er setzte sich in einen Sessel, eine Karaffe mit Portwein in Reichweite. Jessica, nicht blind für die Intimität der Situation, ließ ihre Finger gehorsam über die elfenbeinernen Tasten gleiten. Sie richtete ihr Augenmerk beharrlich auf die Tastatur, und so entging ihr der giftige, eifersüchtige Blick, mit dem Lally sie bedachte, als sie zur Tür hereinkam und fragte, ob Tom ihre Dienste heute Abend noch benötige.
»Nein, wir brauchen nichts mehr. Mrs. Bannerman und ich werden uns bald zur Ruhe begeben. Wir haben eine lange Reise hinter uns. Ach, es tut gut, wieder zu Hause zu sein, Lally. Ich glaube, ich habe dich vermisst.«
Er warf der jungen Frau ein liebevolles Lächeln zu,

das sie prompt erwiderte, und als sie Jessica von der Seite musterte, lag in ihrem Blick ein verborgener Triumph. »Dann wünsche ich eine gute Nacht. Gute Nacht, Ma'am.«

»Gute Nacht, Lally.« Jessica schloss den Deckel des Pianos und erhob sich. »Ich denke, ich werde mich auch zurückziehen, wenn du gestattest.«

»Nur zu, Jessica.« Er schenkte sich ein weiteres Glas Portwein ein. »Ich komme gleich nach.«

Unsicher, wie bald ›gleich‹ war, entkleidete sich Jessica hastig, zog ihr Nachthemd an und stieg in das riesige Bett. Kaum hatte sie sich hingelegt und die Bettdecke bis zum Kinn hochgezogen, als ihr Mann auch schon das Schlafzimmer betrat. Seine Finger öffneten bereits die Knöpfe seines Hemdes, als ihr erschrocken bewusst wurde, dass er beabsichtigte, sich im gleichen Raum auszuziehen. Hastig schloss sie die Augen und drehte sich auf die Seite, so dass sie ihm den Rücken zukehrte.

Selbst die Erkenntnis, dass die Lampe gelöscht worden war, konnte sie nicht dazu verleiten, die Augen zu öffnen. Ihr Körper verkrampfte sich mit jedem Augenblick mehr; sie spürte, wie das Bett unter seinem Gewicht nachgab, und wartete mit angehaltenem Atem auf die Berührung seiner Hand. Sie blieb reglos liegen, scheinbar eine Ewigkeit, bis seine Stimme in der Dunkelheit ertönte.

»Entspanne dich, Jessica, und versuche zu schlafen. So verlockend der Gedanke auch sein mag, dass du neben mir liegst, ich bin heute Abend viel zu müde.«

Sie befand sich allein im Bett, als sie am Morgen erwachte, und nach nur wenigen Tagen entdeckte sie, dass es vermutlich immer so sein würde. Ihr Mann stand in der Morgendämmerung auf, denn er arbeitete hart, verlangte sich selbst womöglich noch mehr ab als seinen Männern. Am ersten Tag leistete er ihr beim Frühstück Gesellschaft, danach schlug er ihr vor, das Anwesen mit ihm zu besichtigen.

»Gerne«, erwiderte sie eifrig. »Aber ich habe den Haushalt noch nicht richtig in Augenschein nehmen und mir ein Bild machen können, wie er im Einzelnen geführt wird.«

»Dafür bleibt später noch genug Zeit. Während der Mittagshitze empfiehlt es sich, drinnen zu bleiben, bis du dich an das Klima gewöhnt hast. Ich möchte den Rundgang möglichst bald machen, bevor ich losreite, um auch in den anderen, weiter entfernten Bereichen des Anwesens nach dem Rechten zu sehen.«

»Hast du schon mit deinem Verwalter gesprochen?«

»Natürlich. Ich war den ganzen Morgen mit ihm beisammen, um zu erfahren, was sich während meiner Abwesenheit zugetragen hat. Es steht alles zum Besten, falls es das ist, was dir Kopfzerbrechen bereitet.«

»Mir fiel nur gerade ein, dass du mehrere Monate abwesend warst. Wie konntest du so sicher sein, nach deiner Rückkehr alles in bester Ordnung vorzufinden?«

»Thomson ist ein fähiger Mann und absolut zuverlässig. Eine Grundvoraussetzung, die jeder meiner Männer erfüllen muss.«

»Natürlich.« Tom war kein Mann, der sich mit der zweiten Wahl zufrieden gab. Sie hielt inne, als sie sich bei dem Gedanken ertappte. Galt das auch für seine Ehefrau? Er hatte sich für sie entschieden, sogar in dem Glauben, sie sei aus zweiter Hand, was ihre Jungfräulichkeit betraf. Damit stellte sich eine Frage, auf die sie keine Antwort fand.

Die Höfe und Wirtschaftsgebäude, die an das Farmhaus grenzten, waren weitläufig und umfassten ein riesiges Areal. Es gab mehrere kleine Cottages für die Farmarbeiter, einen Krämerladen, einen Metzgerladen, einen Hufschmied und viele andere Gebäude mit unterschiedlicher Funktion.

»Das ist ja wirklich ein kleines Dorf«, staunte Jessica zum zweiten Mal. »Alles, was fehlt, ist eine Schule und eine Kirche, wie mir scheint.«

»Wir sind hier nicht völlig ohne religiöses Zeremoniell. Ein Wanderprediger kommt einmal im Monat vorbei, um die Messe zu lesen. Und was die Schule betrifft – nun, die werden wir auch eines Tages haben.«

Sie betraten den Krämerladen, als sich ein junges Mädchen gerade zum Gehen anschickte. Sie blieb an der Tür stehen, um die beiden vorbeizulassen, und erwiderte Jessicas Gruß mit einem schüchternen Lächeln. Der Besitzer von Eden Downs flößte ihr offensichtlich ehrfürchtige Scheu ein, denn sie verließ eilends und auf leisen Sohlen das Gebäude.

Jessica drehte sich um und blickte ihr nach. »Wer war das?«

Tom zuckte die Schultern. »Die Frau eines Schafscherers, nehme ich an. Ich sehe sie heute zum ersten Mal.«

»Sie ist sehr jung.« Und stand kurz vor der Niederkunft, obwohl sie, nach dem Aussehen zu urteilen, nicht älter als fünfzehn oder sechzehn sein konnte. Die Neugierde, die sie wegen des jungen Mädchens empfand, war schnell vergessen, als Tom seine Frau mit der Ladeninhaberin bekannt machte und Jessica ihre Aufmerksamkeit dem Warenangebot zuwandte, überrascht ob der Vielfalt. Später, im Metzgerladen, staunte sie noch mehr, als sie erfuhr, dass jeden Tag ein Ochse und mehrere Schafe geschlachtet wurden, um alle Bewohner der Farm, deren Anzahl durch die zeitweilige Anwesenheit der Schafscherer beträchtlich gewachsen war, mit Fleisch zu versorgen.

»Darf ich bei der Schur zuschauen?«, fragte Jessica.

»Nun –«, Tom zögerte, und Jessica beeilte sich, ihm zuvorzukommen.

»Sag nicht, dass es nicht geht, weil es sich nicht schickt!«

»Frauen sind beim Scheren der Schafe im Allgemeinen unerwünscht. Die Männer könnten sich dagegen sträuben, sogar Ärger machen, wenn ich dich ohne zu fragen in die Schurhütte mitnähme. Ich werde mit dem Aufseher sprechen müssen, um sicherzugehen, dass deine Anwesenheit die Männer nicht stört.«

Er sah ihr enttäuschtes Gesicht. »Ich werde mein Bestes tun, aber es dauert mindestens einen Tag, bis alles geklärt ist. Falls du jedoch das Gefühl hast, schon wieder rittlings im Sattel sitzen zu können, werden wir heute Nachmittag zu der Schwemme reiten.«

Jessicas Enttäuschung verflog mit einem Schlag. »Was ist eine Schwemme?«, fragte sie aufgeregt.

»Dort wird die Schafwolle von Fett und Schmutz gereinigt.«

»Wie weit ist sie entfernt?«

»Ungefähr sechs Meilen.«

»Das schaffe ich, mit Sicherheit.«

Nach Beendigung des Rundgangs nahmen sie die edlen Zuchtpferde auf der Koppel in der Nähe des Farmhauses in Augenschein, und danach war der Vormittag auch schon vorbei, war wie im Flug vergangen. Erst als sie am Nachmittag das Anwesen hoch zu Ross verließen, erinnerte sich Jessica daran, dass Tom gesagt hatte, er wolle noch andere, weiter entfernte Bereiche seines Besitzes inspizieren.

»Die Schwemme gehört ebenfalls dazu, und du warst so offenkundig enttäuscht wegen der Schur, dass ich dachte, das könne dich entschädigen. Du wirst sicher viele Fragen haben.«

»Das klingt so, als würde dich der Gedanke belustigen.«

»Er fasziniert mich. Ich bin nie zuvor einer Frau mit einem derartigen Wissensdurst begegnet. Deine Fähigkeit, Zusammenhänge mechanischer oder wissenschaftlicher Natur zu erfassen und zu begreifen, verblüfft mich immer wieder aufs Neue.«

Jessica errötete über das angedeutete Kompliment. »Mein Vater hat mich immer ermutigt, meinen Verstand zu gebrauchen. Er war der Überzeugung, dass

Frauen die gleiche Bildung erhalten sollten wie Männer.«

»Ich hätte deinen Vater gerne kennen gelernt. Ich glaube, wir hätten viele Gemeinsamkeiten entdeckt.«

Jessica wurde warm ums Herz bei Toms Worten und über die Ernsthaftigkeit, mit der er sie äußerte. Sie fragte sich, wie ein einziger Mensch so vielfältige und gegensätzliche Empfindungen in ihr zu wecken vermochte.

Die vagen Vorstellungen, die sie sich von der Schwemme gemacht hatte, blieben weit hinter der Wirklichkeit zurück: Die Wasserfläche erstreckte sich beinahe so weit das Auge reichte, bis zum Horizont. Die Uferböschungen waren mit Bäumen und Binsen gesäumt, und auf dem mehrere Meilen langen Damm nisteten zahlreiche Wasservögel. Ein stattlicher Pelikan erhob sich ungelenk in die Lüfte, als sie sich näherten.

Eine kleine Zeltstadt, die den Arbeitern als Unterkunft diente, schmiegte sich zwischen die Bäume; dort stiegen sie vom Pferd, während der Aufseher herbeieilte, um sie zu empfangen. Jessica nahm, vielleicht zum zwanzigsten Mal an diesem Tag, Willkommensgrüße und Glückwünsche zu ihrer Vermählung entgegen. Sie war gerührt über die aufrichtige Freundlichkeit der Arbeiter und sich des grenzenlosen Respekts bewusst, den sie ihrem Mann zollten.

Der Aufseher, der die Arbeit an der Schwemme überwachte, beantwortete ihre Fragen mit der gleichen Gewissenhaftigkeit wie die Männer, die sie am Morgen kennen gelernt hatte. Doch zuerst klärte er Tom über den Stand der Dinge auf.

»Wir haben erst gestern angefangen, Mr. Bannerman, und bisher nur eine Partie gekämmt. Mit sechzehn Männern, die kräftig zupacken, sollten wir nach menschlichem Ermessen zwölf Ballen am Tag schaffen. Wir wollten gerade mit der zweiten Partie beginnen. Wenn Sie und die Missus mich begleiten wollen.«

Sie gingen an großen Segeltuchplanen vorüber, auf denen schneeweiße Wolle zum Trocknen ausgebreitet lag. Dahinter befanden sich große Eisenbecken, in denen, wie der Mann Jessica erklärte, Seifenlauge auf eine Temperatur von mehr als hundert Grad erhitzt worden war.

»Sie sehen, wie die Männer die Rohwolle in die Becken geben. Sie rühren sie hin und wieder um, bis das Wasser wie ein schmutziger Brei aussieht. Dann tragen sie die gereinigte Wolle in Eimern zu den durchlöcherten Zinktrögen. Sie wird immer wieder in den Trog eingetaucht, bis sie schneeweiß ist. Dann wird sie fest zusammengerollt, damit das Wasser ablaufen kann, und wie die Partie dort hinten zum Trocknen ausgebreitet. Wir kämmen sie erst, wenn sie völlig trocken ist. Anschließend rollen wir sie zu Ballen, bevor sie abgeholt und auf dem Markt verkauft wird.«

Jessica und Tom sahen eine Weile zu, bevor sie nach dem Zweck der großen Schuppen in der Nähe fragte.

»Darin befinden sich die Waschtröge für die Schafe. Wir haben sie schon seit längerem nicht mehr be-

nutzt, weil derzeit Rohwolle gefragt ist – sie enthält noch Wollfett und den so genannten Wollschweiß, die zu Lanolin verarbeitet werden.«
»Da gibt es aber eine Menge Gerätschaften, die unnütz herumstehen«, rief sie, als sie das Innere eines der Schuppen betrat.
»Im Wert von mehreren tausend Pfund«, räumte Tom ein und schnitt eine Grimasse. »Aber was will man machen! Ich hoffe, dass wir eines Tages eine andere Verwendung dafür finden, oder vielleicht ist ja irgendwann die entfettete Schafwolle wieder gefragt.«
»Wie groß ist die Ausbringungsmenge?«
»Der gesamte Wollertrag beläuft sich vermutlich auf mehr als zweitausend Ballen.«
Wieder hatte Jessica Mühe, sich eine Ausbeute von dieser Größenordnung vorzustellen. Nicht nur das Land war riesig, sondern alles, was sich darin befand, schien in gleich großem Maßstab angelegt zu sein. Kein Wunder, dass ihr Mann die Schulter zucken konnte, wenn Gerätschaften im Wert von mehreren tausend Pfund unbenutzt herumstanden.
Nach ihrer Rückkehr zur Farm sich selbst überlassen, streifte Jessica durch die Räume des Hauptflügels und machte einen Rundgang um die Veranden. Als sie den ungleichmäßig gemähten Rasen vor dem Haus ansah, beschloss sie, Tom um die Erlaubnis zu bitten, einen eigenen Garten anzulegen. Er hatte einen chinesischen Gärtner in seinen Diensten, der Gemüse anbaute. Jessica liebäugelte damit, ihre eigenen Blumen zu pflanzen.

Auf dem Weg zur Küche, die sie in Augenschein nehmen wollte, kam sie an der Kammer der Wirtschafterin vorbei, die ihr immer noch ein Rätsel war. Sie hatte das dringende Bedürfnis, mehr über sie in Erfahrung zu bringen, denn gewiss hatte sie Lallys boshaften Blick nicht falsch gedeutet. Die geräumige Küche war verwaist, was Jessica die Gelegenheit bot, die Ausstattung und den Inhalt der Vorratsschränke zu begutachten. Sie waren hervorragend bestückt, und sie fragte sich, ob die Küche Lallys Reich bleiben oder ob sie selbst die Zubereitung der Mahlzeiten übernehmen sollte. Dem Gedanken, sich dem Müßiggang hinzugeben, konnte sie nichts abgewinnen. Sie musste sich eine Beschäftigung suchen, um die Zeit sinnvoll auszufüllen.

Der Abend verlief ähnlich wie der vorherige, und Tom bat sie abermals, ihm etwas auf dem Piano vorzuspielen, bevor sie sich zur Ruhe begaben. Als er dieses Mal zu ihr ins Bett kam, griff er sofort nach ihr; seine Hände begannen sie langsam zu liebkosen und die sanften Konturen ihres Körpers zu erforschen. Seine Berührung ließ sie von Kopf bis Fuß vor Wonne erschauern. Mit geschlossenen Augen bemühte sie sich, starr dazuliegen, und kämpfte gegen das verräterische Verlangen ihres Körpers an. Wie gut es ihr gelang, das Feuer zu unterdrücken, das tief in ihrem Inneren loderte, bemerkte sie erst, als Tom eine Verwünschung ausstieß und sie bestieg.

Er drang mit unvermittelter, roher Gewalt in sie ein, sein Versprechen, beim nächsten Mal behutsamer zu sein, war offenbar vergessen. »Verdammt!«, fluchte

er. »Warum liegst du so kalt und steif da, als sei dir das Ganze zuwider! Warum kannst du nicht eine Spur von Gefühl zeigen!«
Weil sie, wie Jessica sich lautlos eingestand, vom Aufruhr ihrer Gefühle wie gelähmt war.
Jessica wachte nicht nur allein auf, sondern frühstückte dieses Mal auch alleine. Da sie nicht wusste, was sie mit ihrer Zeit anfangen sollte, beschloss sie, sich auf die Suche nach der Wirtschafterin zu begeben und sich mit der Haushaltsführung vertraut zu machen. Sie war außerdem neugierig auf den Grund für die Feindseligkeit, die sie sich gewiss nicht eingebildet hatte.
Die junge Frau war in der Küche. Auf dem Fußboden saß ein kleiner Junge, ungefähr zwei Jahre alt, und spielte mit einem Nudelholz und einer Holzschüssel. Als er Jessica entdeckte, rappelte er sich hoch, mit dem Gesäß zuerst, und watschelte auf sie zu, um sie mit einem gewinnenden Lächeln und gurgelnden Lauten zu begrüßen.
Der Kleine war hübsch. Er hatte große, beinahe schwarze Augen, ein pausbäckiges Gesicht und einen Wust schwarzer, zerzauster Locken. Bezaubert von dem einnehmenden Wesen des Jungen, bückte sich Jessica, streckte die Hände aus und freute sich, als er sie mit seinen Patschhändchen ergriff. Unwillkürlich warf sie Lally, die sie vom anderen Ende des Raumes beobachtete, ein Lächeln zu.
»Was für ein hübscher Junge. Ist er dein Sohn?«
»Ja, Ma'am.«
»Ich wusste gar nicht, dass du verheiratet bist.«

»Ich bin nicht verheiratet.«
»Oh.« Jessica war einen Augenblick lang überrascht, aber sie hatte sich schnell wieder gefangen und lächelte, als das Kind ihre Aufmerksamkeit forderte. »Wie heißt er denn?«
»Tommy. Wie sein Vater.«

## 6. Kapitel

Eine eiskalte, verbitterte Wut nagte an Jessica. Wie konnte Tom es wagen, sie so zu demütigen! Was war das für ein Mann, der die Unverfrorenheit besaß, seine Frau in ein Haus bringen, in dem sich seine Mätresse bereits mit seinem Bastard eingenistet hatte, einem Kind der Liebe! Nun war ihr klar, was sich hinter den grollenden Blicken und der offenen Feindseligkeit der Wirtschafterin verbarg. Ohne Zweifel hatte sie gehofft, vielleicht sogar fest damit gerechnet, dass Tom sie heiraten und das Kind als seinen rechtmäßigen Sohn anerkennen würde. Warum er nicht auf den Gedanken gekommen war, wunderte Jessica; sie konnte sich nur einen Grund vorstellen: weil der Kleine ein Mischling war. In gewisser Hinsicht tat Lally ihr sogar Leid. Dass er mit einer Ehefrau zurückgekehrt war, hatte ihr eindeutig zu verstehen gegeben, dass er sie für eine solche Stellung unannehmbar fand. Aber war sie noch für sein Bett annehmbar? War er letzte Nacht zu ihr gegangen, als er Jessica, nach dem gewaltsamen Akt in Tränen aufgelöst, im gemeinsamen Schlafzimmer zurückgelassen hatte?

Nur mit der allergrößten Anstrengung gelang es ihr, nach dieser unverhüllten, aufschlussreichen Anspielung ihre Selbstbeherrschung zu bewahren, obwohl sie sicher war, dass sich der anfängliche Schrecken in ihrem Gesicht abgezeichnet hatte. Ohne auch nur eine der beabsichtigten Fragen über die Haushaltsführung zu stellen, war sie in ihr Zimmer geflüchtet, wo sie rastlos hin- und herlief, unfähig, in ihrem hochgradig erregten Zustand auch nur eine Minute still zu sitzen. Sie betrachtete das Bett, schaudernd vor Abscheu, doch dann wallte ein Zorn in ihr auf, der so rasend war, dass sie im Stande gewesen wäre, handgreiflich gegen ihren Mann zu werden, wenn er in diesem Augenblick den Raum betreten hätte.

Wutentbrannt bei der Erinnerung an die herrische Art, mit der er sie in ebenjenem Bett zu nehmen pflegte, schnappte sie sich einen Hut, den sie hastig auf dem Kopf feststeckte, und stürmte aus dem Haus. Sie konnte keinen klaren Gedanken fassen, wohin sie gehen konnte oder was sie nun tun sollte. Sie wusste nur, dass sie für einige Zeit weder Tom noch seiner Mätresse mit Gleichmut entgegentreten konnte.

Sie ging ziellos weiter, vorbei am Krämer- und am Metzgerladen, als sie bemerkte, dass der chinesische Gärtner in seinem Garten, der nur einen Steinwurf entfernt lag, bei der Arbeit war, und so schlug sie diese Richtung ein.

Die üppig gedeihenden Gemüsebeete waren eine Augenweide, und sie schritt die Reihen entlang, hin und her, mit dem Gärtner auf den Fersen. Überrascht nahm sie die beachtliche Vielfalt zur Kenntnis und pflückte eine pralle grüne Erbsenschote, von der sie eine Kostprobe nahm. Überzeugt, dass der Mann einen grünen Daumen besaß, erkundigte sie sich bei

ihm nach der Möglichkeit, einen eigenen Blumengarten anzulegen.
»Ich muss natürlich zuerst mit Mr. Bannerman sprechen. Würden Sie mir helfen, vor dem Haus Blumenbeete anzulegen?«
»Miss fragen, Wong machen.« Er grinste von einem Ohr zum anderen, wobei die Augen beinahe in den Runzeln seines Gesichts verschwanden.
Jessica lächelte den kleinen Mann erfreut an, ihre gute Laune kehrte angesichts seines heiteren Wesens zurück. »Sobald die anfängliche, harte Arbeit getan ist, werde ich hoffentlich in der Lage sein, meinen Blumengarten selbst zu hegen und zu pflegen.«
Wong nickte zustimmend, so heftig, dass sein langer Zopf unter dem spitz zulaufenden Hut auf und ab hüpfte. Sie unterhielten sich noch eine Weile angeregt über die Pflanzen und die Anlage der Beete, und als Jessica den Garten endlich verließ, hatte sie ihre Besonnenheit weitgehend zurückgewonnen.
Als sie auf dem Rückweg am Krämerladen vorüberkam, traf sie das junge Mädchen wieder, das sie am Tag zuvor gesehen hatte. Es zögerte, die Augen verschämt niedergeschlagen, als Jessica ihr einen Gruß zurief.
»Ich habe dich gestern im Laden gesehen. Wenn du keine Eile hast, würde ich mich gerne mit dir unterhalten.«
»Ich kann eine Weile bleiben.«
»Dann komm mit mir nach Hause, ich werde uns eine Erfrischung zubereiten.«
Das Mädchen war verlegen und stammelte eine ab-

schlägige Antwort, die auf den Standesunterschied verwies.

»Unsinn«, erklärte Jessica. »Ich habe keine Lust, in der Hitze herumzustehen, während wir uns unterhalten, und in deinem Zustand solltest du das auch nicht. Du wirst sehen, im Schatten ist es viel angenehmer.«

Damit führte sie das Mädchen auf die kühle, schattige Veranda und sorgte dafür, dass sie Platz nahm und es sich bequem machte; danach machte sie sich auf die Suche nach der Wirtschafterin und trug ihr auf, Tee zu kochen. Inzwischen hatte sie ihre Gefühle wieder voll in der Gewalt und erteilte die Anweisung mit einer kühlen Autorität, die keinen Zweifel daran ließ, welche Stellung ihr im Haushalt zukam. Trotz des Kindes und der wie auch immer gearteten Beziehung zwischen ihrem Mann und der dunkelhäutigen Wirtschafterin war sie fest entschlossen, ein für alle Mal klarzustellen, dass sie keine Bedienstete, sondern die Herrin des Hauses war.

Tee und Kuchen wurden mit verdrießlicher, unheilvoller Miene kredenzt, die Jessica nicht beachtete, obwohl ihr ein Schauder über den Rücken lief, weil ihr der Hass, den sie schon bei ihrer Ankunft gespürt hatte, stärker als je zuvor entgegenschlug. Während sie in Wong einen Verbündeten gefunden hatte, schien sie in Lally eine Feindin zu haben.

Sie wartete, bis die Wirtschafterin sie allein ließ, bevor sie dem jungen Mädchen Fragen stellte, die persönlicher Natur waren.

»Wie alt bist du, Jenny?«
»Sechzehn, Ma'am.«
»Das ist sehr früh, um zu heiraten und ein Kind zu bekommen. Liebst du deinen Mann sehr?«
Das Gesicht des Mädchens wurde scharlachrot, und zu Jessicas Bestürzung füllten sich die blauen Augen mit Tränen.
»Was ist? Hast du Kummer?«
Mit zitternder Hand die Tränen wegwischend, schüttelte das Mädchen heftig den Kopf.
»Du bist unglücklich, Jenny, das liegt auf der Hand. Willst du dich mir nicht anvertrauen?«, drang Jessica sanft, aber beharrlich in sie.
»Es hat mit meinem Mann zu tun, Ma'am. Ich könnte ihn niemals lieben. Nie, nie im Leben! Oh, Ma'am! Sie können sich nicht vorstellen, wie sehr ich mir gewünscht habe, endlich mit jemandem reden zu können.« Die Stimme versagte ihr vor Kummer, das hübsche Gesicht verzerrte sich und nahm einen verzweifelten, flehenden Ausdruck an. »Ich fühle mich so elend.«
»Du kannst mir alles sagen. Ich werde dir helfen, soweit es in meiner Macht steht. Du sagst, dass du deinen Mann nicht liebst. Was ist mit ihm?«
»Er macht sich nicht das Geringste aus mir; ich bin für ihn nichts weiter als eine Dienstmagd, und er behandelt mich erbärmlich.«
Jessica war entsetzt. »Warum hast du ihn dann geheiratet?«
»Mein Vater hat mich dazu gezwungen, und mir fehlte der Mut, mich ihm zu widersetzen.«

»Dein Vater hat dich gezwungen? Aber warum ... oh.«

»Er hat mir Gewalt angetan, Ma'am.« Das Mädchen unterdrückte ein Schluchzen. »Er hat mir im Heuschober aufgelauert, und ich war nicht kräftig genug, um mich loszureißen.«

»Armes Ding. Hast du deinem Vater erzählt, was geschehen ist?«

Das Mädchen schüttelte den Kopf. »Ich konnte nicht, ich habe mich so geschämt. Aber ich wusste, dass ich nicht mehr Wills Frau werden konnte.« Bei der Erwähnung des Namens schluchzte das Mädchen nun doch auf. Langsam begann Jessica zu verstehen.

»Du warst mit Will verlobt?«

»Ja. Wir haben uns geliebt. Ich war sein Ein und Alles. Ich konnte ihn nicht mehr heiraten, nachdem ich auf so schändliche Weise beschmutzt und entehrt worden war.«

Der Kummer in der Stimme des Mädchens zerriss Jessica das Herz. »Du hast Will also gesagt, dass du nicht mehr seine Frau werden kannst. Hast du ihm auch erklärt, warum?«

»Ich wollte es nicht, aber er ließ nicht locker, gab sich nicht damit zufrieden, dass ich einfach meine Meinung geändert hätte, und setzte mir zu, bis ich ihm die Wahrheit gestand. Ach, Ma'am, er wollte mich trotzdem heiraten, und als ich mich immer noch weigerte, wurde er bei meinem Vater vorstellig. Aber da wusste ich bereits, dass ich ein Kind erwartete.«

»Ich verstehe.«

Es bestand keine Notwendigkeit, ausführlicher zu werden, Jessica konnte sich die Abfolge der Ereignisse auch so lebhaft vorstellen. Zorn und Empörung wallten in ihr auf. Waren alle Männer gleich, dachten nur an ihr eigenes Vergnügen und behandelten Frauen wie Dienstmägde oder benutzten sie bei Bedarf, um ihre Lust zu stillen? Darauf bedacht, das junge Mädchen nicht noch zusätzlich mit ihren eigenen düsteren Gedanken zu belasten, lächelte sie sanft.

»Wann wird dein Kind zur Welt kommen, Jenny?«
»In ein paar Wochen.« Das Mädchen schwieg, dann sah sie Jessica mit furchterfülltem Blick an. »Ich habe Angst, Ma'am. Was ist, wenn etwas schief geht?«
»Es besteht kein Grund, sich zu fürchten«, beruhigte Jessica sie, obwohl sie selbst gewisse Ängste hegte, was die Niederkunft betraf. »Frauen bekommen jeden Tag Kinder. Gleichgültig, wie dein Kind empfangen wurde, du wirst es lieben, sobald es geboren ist, und es wird dich für alles entschädigen.«
»Sie waren sehr gütig, Ma'am. Ich bin so froh, dass Sie jetzt hier sind.« Ein scheues Lächeln begleitete die Worte, und Jessica beugte sich vor, um die feingliedrigen Hände des Mädchens zu ergreifen, die rau waren von der Arbeit.
»Und ich freue mich, dass ich dich kennen gelernt habe, Jenny. Ich fände es schön, wenn wir beide Freundinnen würden. Und würdest du mich bitte Jessica nennen. Schließlich bin ich nicht viel älter als du.«
Schüchtern wiederholte das Mädchen den Namen,

dann erklärte sie, dass es an der Zeit sei, ins Lager zurückzukehren.

»Ich begleite dich«, erklärte Jessica. »Eine gute Gelegenheit, mir die Schurhütte anzuschauen.«

»Dort darfst du nicht hinein!«

»Das hat man mir bereits mitgeteilt. Trotzdem möchte ich sie mir wenigstens von außen ansehen.«

Die Schurhütte und die Quartiere der Schafscherer waren etwa eine Meile vom Hauptteil des Anwesens entfernt, und es ärgerte Jessica aufs Neue, dass Jenny von ihrem Mann gezwungen wurde, die weite Strecke an zwei Tagen hintereinander zu Fuß zurückzulegen, nur weil er Tabak brauchte.

Verglichen mit der winzigen Ansiedlung an der Schwemme, glich das Zeltlager an der Schurhütte eher einer kleinen Stadt. Einige Scherer hatten ihre Frauen und Kinder mitgebracht und bescheidene Hütten aus Segeltuchplanen und Reisig errichtet. Neben den Quartieren für die allein stehenden Männer standen auch noch vereinzelte Zelte auf den eingezäunten Weiden, und mittendrin trieben drei Hausierer, deren bunte Planwagen mit einem erstaunlichen Sammelsurium an Waren voll gepackt waren, einen schwungvollen Handel mit den Frauen der Schafscherer.

In einem geräumigen Unterstand aus Zweigen, mit Tischen aus grob zusammengezimmerten Brettern und einfachen Holzbänken, nahmen die Männer ihre Mahlzeiten ein. Nahebei lag die zu einer Seite hin offene Küche, in der der Koch damit beschäftigt war, das Mittagsmahl zuzubereiten. Das alles beherrschende Element war indes die Schurhütte, ein langer grauer Eisenschuppen mit gewaltigen Ausmaßen. Unweit des Haupttores luden die Fuhrleute Ballen auf riesige Karren, deren Böden Jessicas Kopf überragten. Später am Nachmittag sah sie gebannt zu, wie die Karren von mehreren Dutzend Ochsengespannen weggefahren wurden.

Das Getöse und die lärmende Geschäftigkeit, die aus dem Inneren der Hütte drangen, stellten ihre Neugierde auf eine harte Probe. Sie sehnte sich danach, einen kurzen Blick hineinzuwerfen, und wäre es nur um die Möglichkeit gegangen, ihren Mann zu verärgern, hätte sie der Versuchung stattgegeben. Doch Jenny hatte sie gewarnt, dass dieser Ort Frauen verschlossen sei, und sie wollte die Männer nicht erzürnen.

Ihre Neugierde unterdrückend, schlenderte sie durch das Zeltlager der Schafscherer, machte sich mit den Frauen bekannt und bemerkte mit Besorgnis die große Anzahl Kinder, die durch das Gelände streunten und offenbar nichts Rechtes mit ihrer Zeit anzufangen wussten. Am Abend erzählte sie Tom von der Idee, über die sie den ganzen Nachmittag nachgedacht hatte. Es dauerte allerdings einige Zeit, bis sie den Mut fasste. Als sie ihrem Mann nach seiner Rückkehr das erste Mal begegnete, flammte die blinde Wut, die sie am Morgen empfunden hatte, erneut auf und ließ sie verstummen, da sie fürchtete, etwas Unbedachtes zu sagen, das sie später bereuen würde.

Erst als sie am Esstisch Platz genommen hatten,

brachte sie das Thema zur Sprache. »Ich war heute Morgen im Zeltlager der Schafscherer.«
»Ich hoffe, du bist der Schurhütte ferngeblieben.«
»Ja, obwohl ich zugeben muss, dass ich meine Neugierde kaum noch zügeln kann. Darf ich bei der Schur zuschauen?«
»Wir werden sehen«, lautete die knappe, unverbindliche Antwort.
Jessica biss sich auf die Lippe. Toms Einsilbigkeit verriet ihr, dass er immer noch wütend auf sie war. Als ob sie nicht viel mehr Grund dazu gehabt hätte! Wenn es lediglich um ein Tischgespräch und die Notwendigkeit gegangen wäre, der Höflichkeit Genüge zu tun, hätte sie geschwiegen. Was sie zu sagen hatte, war ihr jedoch sehr wichtig. »Erinnerst du dich an das junge Mädchen, dem wir gestern im Krämerladen begegnet sind? Ich habe sie heute wieder getroffen.«
»Das Mädchen, das kurz vor der Niederkunft steht?«
»Ja. Ihr Name lautet Jenny. Ich habe sie eingeladen, auf der Veranda mit mir Tee zu trinken; danach habe ich sie nach Hause zurückbegleitet.«
Tom hob den Kopf und warf ihr einen prüfenden Blick zu, dann richtete er seine Aufmerksamkeit wieder auf das Essen. Ihre Augen waren umwölkt, was ihm bestätigte, dass er sich die Veränderung in ihrem Tonfall nicht eingebildet hatte. Irgendetwas bereitete ihr offensichtlich Kopfzerbrechen. Wahrscheinlich hing es mit dem Mädchen zusammen, und deshalb gelangte er zu der Ansicht, dass es ihn nichts anging.

»Was für einen Eindruck hattest du vom Zeltlager?«
»Ich war überrascht, dort so viele Kinder anzutreffen. Gibt es noch andere Kinder auf dem Anwesen?«
»Eine Hand voll, nehme ich an. Warum fragst du?«
»Ich möchte eine Schule für sie einrichten.« Sie erwiderte den Blick ihres Mannes mit entschlossen vorgerecktem Kinn.
Tom erkannte daran, dass sie nicht lockerlassen würde. »Was genau meinst du mit ›eine Schule einrichten‹?«
»Ich möchte ihnen Lesen und Schreiben beibringen, regelmäßig Unterricht halten.«
»Weißt du nichts Besseres mit deiner Zeit anzufangen?«
»Nein, wie du sehr wohl weißt. Wenn du darauf bestehst, Lally als Wirtschafterin zu behalten, gibt es im Haus nichts für mich zu tun.«
Seine Brauen zogen sich zusammen, er runzelte die Stirn. »Es kann keine Rede davon sein, Lally nicht zu behalten. Sie ist eine tüchtige Wirtschafterin, wie du sicher bemerkt haben wirst. Obwohl es dir natürlich freisteht, Änderungen vorzuschlagen, die du für notwendig erachtest.«
Die einzige Änderung, die Jessica sich wünschte, war, vom Anblick der jungen Frau und des Kindes befreit zu werden. Wenn sie nur den Mut hätte, offen mit ihrem Mann darüber zu reden! »Du hast Recht, sie ist zweifellos tüchtig.« Ihre Worte klangen hohl und bar jeder Gefühlsregung. »Was bedeutet, dass ich überflüssig bin.«
Tom schwieg. »Wie soll das gehen? Wie kannst du

die Kinder ohne Schulbücher unterrichten? Und wo willst du den Unterricht halten?«, fragte er nach einer Minute oder zwei.

Seine augenscheinliche Bereitschaft, ihren Vorschlag in Betracht zu ziehen, belebte Jessicas Stimme. »Ich sah heute eine alte Holzhütte, auf halber Strecke zwischen dem Farmhaus und der Schurhütte. Sie scheint nicht mehr benutzt zu werden. Wenn man sie ausräumen und ein bisschen herrichten würde, wäre sie ein geeignetes Schulhaus.«

»Mmmh. Die Kinder würden Bänke und Tische zum Schreiben brauchen.«

»Kann man die nicht anfertigen? Einfache Tische und Bänke, wie die im Speisehaus der Schafscherer, würden ausreichen.«

»Du bist sehr hartnäckig.« Die Andeutung eines Lächelns spielte um Toms Mund. »Trotzdem wäre da noch die Sache mit den Büchern, und so weiter.«

»Ich werde sehen, was die Hausierer beisteuern können. Ich bin sicher, dass ich in der Zwischenzeit etwas finde, womit wir uns behelfen können, bis wir in der Stadt das richtige Material bestellt haben.«

»Ich gebe mich geschlagen. Also gut, wir werden die Holzhütte morgen in Augenschein nehmen und sehen, was sich machen lässt. Obwohl es durchaus passieren könnte, dass die Kinder nicht den mindesten Wunsch haben, sich etwas beibringen zu lassen.«

In dieser Hinsicht entdeckte Jessica bald, dass sie die ungeteilte Unterstützung der Eltern hatte, und eine Woche, nachdem ihr der Gedanke zum ersten Mal gekommen war, sah sie sich in ihrem behelfsmäßigen Schulhaus einer Klasse von zehn Schülern unterschiedlichen Alters gegenüber. Zu ihrer Freude waren die Kinder genauso begierig darauf zu lernen wie sie, ihnen etwas beizubringen, und die Unterrichtsstunden am Morgen erwiesen sich für sie als der kurzweiligste Teil des Tages. An den Abenden herrschte dagegen eine gespannte Atmosphäre.

Am ersten Abend nach Lallys Eröffnung gebot Jessica der suchenden Hand ihres Mannes Einhalt, als er seine ehelichen Rechte einforderte. Der Stolz versiegelte ihr die Lippen, über ihre Entdeckung zu sprechen, zumindest für den Augenblick. Und er ließ auch nicht zu, dass er ihren Körper benutzte und sie behandelte wie ein Tier.

»Nein. Bitte, ich kann nicht.«

Er zog seine Hand nicht sofort weg, sondern stützte sich auf einen Ellenbogen, um sie eindringlich zu mustern. »Warum kannst du nicht?« In seiner Frage schwang eine kaum verhohlene Drohung mit.

»Weil ich – weil ich meine ... monatliche Regel habe.« Sie war dankbar für die Dunkelheit, die sie vor seinem prüfenden Blick schützte und der Entdeckung, dass sie log.

»Ich verstehe.« Er rollte von ihr weg. »Wie lange?«

»Ungefähr eine Woche.«

Er lag einen Moment reglos da, dann spürte sie, wie er aufstand.

»Wohin gehst du?«

»Ich bin nicht müde. Ich bin dir nur aus einem Grund ins Bett gefolgt. Wenn mir das verwehrt ist, habe ich noch andere Dinge zu tun.«

Allein gelassen, drehte sich Jessica auf die Seite und starrte in die Finsternis. Sie hatte einen Aufschub von einer Woche erwirkt, aber was dann? Und wie würde ihr Mann reagieren, wenn ihre Zeit wirklich da war und er erkennen würde, dass sie ihn belogen hatte?

Jessica hatte sich angewöhnt, Tom jeden Abend etwas auf dem Piano vorzuspielen, wenn er sich nach dem Essen entspannte. Da das Spiel sie auf andere Gedanken brachte und eine Unterhaltung ausschloss, erhob sie auch jetzt keine Einwände, obwohl der prüfende Blick, mit dem er sie immer wieder musterte, unbehaglich war. Doch jeden Abend ging sie allein zu Bett und schlief tief und fest, lange bevor er sich zu ihr legte.

Jessicas Freundschaft mit der Frau des Schafscherers vertiefte sich, und sie machte es sich zur Gewohnheit, sie jeden Nachmittag zu besuchen. Jennys Geschichte ging ihr zu Herzen, und ihr Mitleid mit dem Mädchen wuchs noch, als sie ihrem Mann begegnete. Sie fasste umgehend eine Abneigung gegen ihn, die an Widerwillen grenzte. Er war ein Rohling mit gemeinen Gesichtszügen, mehr als doppelt so alt wie seine junge Frau. Auch der Gedanke an den Vater, der seine sanfte Tochter zur Ehe mit einem solchen Scheusal gezwungen hatte, erfüllte sie mit Empörung und Abscheu. Das junge Mädchen wäre vielleicht besser beraten gewesen, mit dem Makel zu leben, einen Bastard zur Welt zu bringen.

Obwohl keine Notwendigkeit bestand, in die Haushaltsführung einzugreifen, ließ Jessica es sich nicht nehmen, sich von den jungen Eingeborenen, die das Haus säuberten und die Wäsche besorgten, genau erklären zu lassen, wie die einzelnen Arbeiten verrichtet wurden. Sie wollte Lally unmissverständlich klar machen, wer in diesem Haus die Herrin war. Dem Kind ging sie nach Möglichkeit aus dem Weg, weil sie den Anblick des Jungen nicht ertrug, ohne aufs Neue Verbitterung und blinde Wut auf ihren Mann zu empfinden.

Aber sie musste sich eingestehen, dass sie sich über seine Unterstützung bei der Einrichtung des Schulhauses und das nachfolgende Interesse an dem Blumengarten freute. Und als sie ihrer Sorge um Jenny und der Abneigung gegen deren Ehemann Luft gemacht hatte, hätte sie die sanfte Nachsicht, mit der er sie beschwichtigte, beinahe entwaffnet. Sie war nahe daran, ihm alles zu verzeihen.

»Du kannst nicht alle Übel dieser Welt im Alleingang beseitigen«, sagte er.

»Ich weiß, aber sie ist noch so jung, und der Mann behandelt sie niederträchtig. Ich wünschte, es gäbe eine Möglichkeit, ihr das Leben zu erleichtern.«

»Deine Freundschaft hilft ihr vermutlich mehr, als du ahnst.«

Dann waren die sieben Tage der Schonzeit vergangen. Jessica hielt ihre ersten Unterrichtsstunden im Schulhaus, und an jenem Abend folgte Tom ihr ins Bett.

»Es geht doch jetzt wieder, oder?«, erkundigte er sich, als er sich neben sie legte.

Jessica unternahm einen halbherzigen Versuch, ihn

von seinem Vorhaben abzubringen. »Ich – ich wäre dir sehr dankbar, wenn du es lassen würdest.«
»Aber es gibt keinen zwingenden Grund, richtig?« Seine Stimme klang gefährlich leise. »Verdammtes Frauenzimmer«, fügte er hart und mit kaum verhohlener Wut hinzu, als sie den Kopf zur Seite drehte und die Lippen zusammenpresste.
Er machte nicht mehr als einen beiläufigen Versuch, sie zu erregen, und die Vereinigung war ein rein physischer Akt, dem jede Gefühlsanwandlung fehlte. Es war das Gleiche am nächsten Abend und an allen Abenden, die folgten. Er drang in sie ein, und sobald er zum Ziel gekommen war, rollte er sich zur Seite, ohne dass ein einziges Wort zwischen ihnen gewechselt wurde. Nach der Befriedigung seiner körperlichen Gelüste schlief er umgehend ein, so dass er nicht bemerkte, wie Jessica litt und so manche Nacht wach lag. Sie wusste, dass ihre Qualen unverzüglich gelindert würden, wenn sie dem Verlangen ihres Körpers nachgab. Aber die Gedanken, die sie sich machte, waren stärker als ihr Begehren. Bei der Vorstellung, weiter mit der Mätresse ihres Mannes und seinem Kind unter einem Dach zu leben, gelang es ihr, nach außen hin starr und teilnahmslos zu bleiben, während er die Flamme der Lust in ihrem Körper entfachte.
Auf diese Weise vergingen die Wochen, wobei die Tage einen geregelten Verlauf angenommen hatten, der ihr nicht unlieb war. Jessica genoss es, die Kinder zu unterrichten, in ihrem Garten zu arbeiten, der langsam Gestalt anzunehmen begann, und ihre

Freundschaft mit Jenny zu vertiefen, die ihr immer mehr ans Herz wuchs. Und dann traf endlich Mr. Loughead mit der Bohrausrüstung ein, was alle Bewohner der Farm in helle Aufregung versetzte.
Der artesische Brunnen und die Stelle, an der mit der Suche nach Wasser begonnen werden sollte, beherrschte die Unterhaltung bei Tisch und danach; Tom und der Ingenieur waren noch in ihr Gespräch vertieft, als sich Jessica entschuldigte und zu Bett begab. Am nächsten Morgen wurde sie zu ihrer großen Freude und Überraschung aufgefordert, den beiden Männern auf ihrer Inspektionsrunde zu Pferde Gesellschaft zu leisten. Es gab mehrere Stellen, an denen Tom Wasseradern vermutete; das größte Dilemma war, wo man mit der Suche beginnen sollte. Sie drangen in Bereiche des Anwesens vor, in denen Jessica noch nie gewesen war. Die Dürre beeinträchtigte die ausgedehnten, kreuzförmig angelegten Weideflächen und das sandige Ödland gleichermaßen, das einen krassen Gegensatz zu den mit Regen gesegneten, grasbewachsenen Ebenen bildete. Weiße, ausgebleichte Knochen, zu Hügeln aufgetürmt, unterstrichen noch die Launenhaftigkeit und Grausamkeit der Natur. Ihre Erinnerung beschwor das noch immer lebendige Bild des armen Teufels herauf, dessen sterbliche Überreste sie gefunden hatten. Der Gedanke daran ließ sie erschauern und verursachte ihr eine Gänsehaut.
Tom, der neben ihr ritt, musterte sie eindringlich.
»Fühlst du dich nicht wohl? Du bist blass geworden.«

Jessica rang sich ein Lächeln ab. »Es ist nichts. Nur eine Gänsehaut. Der Ausritt macht mir ungeheuren Spaß.«
»Das hatte ich gehofft.«
Die Worte wurden von dem seltenen Lächeln begleitet, das Jessicas Herz unweigerlich schneller schlagen ließ. Der Tag war so herrlich, dass sie das Gefühl hatte, sie könnte sogar einigermaßen zufrieden mit ihrer Ehe sein, wenn nicht Lally und das Kind gewesen wären, die sie an die dunkle Seite im Wesen ihres Mannes erinnerten.
Gegen Ende des Tages waren von den möglichen Stellen nur noch zwei in der engeren Wahl, die eine nicht ganz eine Meile, die andere etwa zwölf Meilen vom Farmhaus entfernt. Nach einem weiteren Abend mit endlosen Fachgesprächen einigte man sich auf das entlegenere Areal. Am späten Vormittag des darauf folgenden Tages rückte die Bohrmannschaft aus; die Kinder, die ausnahmsweise schulfrei bekommen hatten, standen aufgeregt Spalier. Tom sollte dem Tross am Nachmittag mit dem Ingenieur folgen. Er wollte noch auf die Post warten, die alle vierzehn Tage abgeholt wurde und eintraf, als sie gerade zu Mittag aßen. Tom nahm das Bündel von dem Mann entgegen, der als Bote in die Stadt geschickt worden war, und überflog es rasch. Bei einem Umschlag hielt er inne, und seine Miene wurde hart und angespannt.
»Für dich.« Er reichte ihr den Brief.
Sie wusste, auch ohne den Absender auf der Rückseite zu lesen, dass er von Richard stammte, sobald

sie die akkurate Handschrift sah. Ihre Wangen glühten.
»Willst du ihn nicht aufmachen?« In der Stimme ihres Mannes schwang eine leise Drohung mit.
»Es ist nichts Wichtiges. Ich lese ihn später.«
Er blickte sie so lange und herausfordernd an, bis sie befürchtete, er würde darauf bestehen, dass sie den Brief vor seinen Augen öffnete. Später war sie erleichtert, dass er darauf verzichtet hatte, denn ihre Miene hätte mit Sicherheit verraten, was sie bei der Lektüre von Richards Brief empfand. Er enthielt eine leidenschaftliche Liebeserklärung, vom ersten bis zum letzten Wort.
» ...Ich vermisse dich, meine über alles geliebte Jess, ich hätte dich nie gehen lassen dürfen. Wenn du nur nicht so übereilt gehandelt hättest! Ich weiß, dass du außer dir warst, aber es hätte sich gewiss eine Lösung gefunden. Wenn du geduldiger gewesen wärest, hätte ich meine Meinung möglicherweise geändert, was Amelia betrifft. Ich liebe dich, Jess! Ich sehne mich nach dir ...«
So ging es eine und noch eine halbe Seite weiter, und Jessicas Augen schwammen in Tränen, als sie den Brief mit zitternden Fingern zusammenfaltete und ihn in der hintersten Ecke einer Kommodenschublade verwahrte. Sie empfand nichts weiter als eine abgrundtiefe Traurigkeit, obwohl sie sich nicht erklären konnte, was sie so traurig stimmte. Während sie auf der Veranda saß und die Sonne betrachtete, die wie ein Feuerball unterging, ließ sie ihren Tränen freien Lauf.

Irgendwo dort draußen, wo der Himmel eine scharlachrote Färbung annahm und den Wüstensand in sein glühendes Licht tauchte, war ihr Mann, der sie aus welchen Gründen auch immer geheiratet hatte, mit der Bohrmannschaft. Hunderte von Meilen in der entgegengesetzten Richtung lebte Richard, der sie zu lieben glaubte. Aber Jessica konnte keinen von beiden lieben.
Es war, als sei ein Teil von ihr gestorben, denn ihre Gefühle glichen, seit sie den Brief gelesen hatte, der Trauer einer Hinterbliebenen. Sie hatte Richard geliebt, solange sie denken konnte. Zuerst war er für sie wie ein großer Bruder und danach ihr allerbester Freund gewesen. Und als er sie zum Abschied geküsst hatte, bevor er an Bord des Schiffes ging, hatte sie ihn als Mann geliebt. Es waren romantische, heimliche Träume, die ihre Liebe entfacht hatten.
Träume, an deren Erfüllung sie geglaubt hatte, als er sie wieder in die Arme schloss. Nun sah sie ihn, vielleicht zum ersten Mal, so, wie er war, nur auf sein eigenes Wohl bedacht. Den Richard ihrer Träume gab es nicht.
Die Gefühle für ihren Mann ließen sich weniger leicht ergründen. Obwohl er sie demütigte, indem er seine Mätresse und das Kind der Liebe in seiner Obhut behielt, und seine Wutanfälle beängstigend waren, besaß er als Mensch und Mann wesentlich mehr Charakterfestigkeit, als Richard jemals aufbringen würde. Obwohl sie Tom niemals lieben konnte, gestand sie sich ihr körperliches Verlangen nach ihm ein, und es wäre durchaus möglich gewesen, sich mit

dieser wolllüstigen Sinnlichkeit in ihrem eigenen Wesen auszusöhnen. Wenn Lally und das Kind nicht gewesen wären.

Drei Tage vergingen, bevor Tom zurückkehrte. Drei Tage, in denen Jessica entdeckte, dass ihr Einfluss im Haushalt nichts mehr galt, sobald ihr Mann abwesend war. Es gab viele kleine Dinge, die getan wurden oder unterblieben, in der Absicht, sie herauszufordern. Als sie sich schließlich genötigt fühlte, die Wirtschafterin streng zu ermahnen, erfolgte eine Entschuldigung, deren Unterwürfigkeit von dem verschlagenen Blick und dem verstohlenen Lächeln der sinnlichen Lippen Lügen gestraft wurde.

Dann kam der Nachmittag, an dem Jessica beim Betreten des Schafzimmers abrupt stehen blieb und erschauerte, genau wie an dem Tag im Sattel. Sich die Arme reibend, um die Gänsehaut zu vertreiben, blickte sie sich aufmerksam im Raum um. Irgendetwas war verändert, davon war sie fest überzeugt, obwohl sich alles am gewohnten Platz zu befinden schien. Mit einer Hand, die alles andere als ruhig war, zog sie die Schublade der Kommode heraus, in der sie Richards Brief verwahrte. Er lag noch an derselben Stelle. Oder doch nicht? Nachdenklich schloss Jessica die Schublade.

Warum sollte sich Lally für Richards Brief interessieren? Es war töricht, sich einzureden, die junge Frau sei darauf bedacht, ihr zu schaden, aber das Gefühl, dass Unheil von ihr drohte, ließ sich nicht unterdrücken.

Viele Dinge gingen Jessica durch den Kopf, und so

blieb sie wortkarg, als Tom am Abend nach Hause kam und sie bei Tisch saßen.
Er saß ihr gegenüber und sah sie prüfend an. »Du bist heute Abend sehr still, Jessica.«
»Es tut mir Leid, ich war in Gedanken.«
»An was hast du gedacht?« Er hielt inne. »Oder sollte ich besser fragen, an wen?«
Jessica spürte, wie sie errötete. »Meine Gedanken sind unerheblich. Sie würden dich nicht interessieren.«
Er warf ihr einen aufmerksamen Blick zu, als sei er geneigt, ihr zu widersprechen, dann zuckte er die Achseln. »Ich hatte gedacht, du würdest darauf brennen, etwas über den Stand der Bohrarbeiten zu erfahren.«
»Natürlich möchte ich alles wissen, unbedingt!«
Er erzählte ihr, was sich dort ereignet hatte, und für den Rest des Abends war er aufmerksam und schien alles daranzusetzen, dass sie sich wohl fühlte. Als es an der Zeit war, sich zur Nachtruhe zu begeben, küsste er sie sogar flüchtig auf die Stirn und versprach, ihr umgehend zu folgen.
Diese unverhoffte Zärtlichkeit warf Jessica aus der Bahn und entfachte die Glut in ihrem Körper. Während der Zeit, die sie brauchte, um sich für die Nacht herzurichten, hatte sie sich gleichwohl wieder im Griff und im Kampf gegen ihre Sinnlichkeit den Sieg davongetragen.
Als Tom zu ihr ins Bett kam, tastete seine Hand behutsam nach ihrer Brust, dann beugte er langsam den Kopf, bis sein Mund auf ihren Lippen lag, sanft

und fragend. Er hatte sie bisher nur zwei Mal in einem Anfall von Wut geküsst. Die Zärtlichkeit der Berührung wurde Jessicas beinahe zum Verhängnis, und sie presste zitternd die Lippen zusammen. Jäh drehte sie den Kopf zur Seite, um sich von ihm zu lösen. Ihre Stimme war von Tränen erstickt.
»Bitte, tu einfach nur, was du tun musst.«
Sie spürte, wie er sich versteifte, dann war er mit einem lästerlichen Fluch auf ihr, während die Tränen unaufhaltsam unter ihren Lidern hervorquollen.
»Das ist reine Verschwendung, meine Liebe«, sagte er mit beißendem Spott, als er von ihr herunter rollte. »Brennan ist keine Träne wert.«
»Lass Richard aus dem Spiel!« Mit einem Ruck setzte sich Jessica auf.
Fluchend schwang er seine Füße aus dem Bett, erhob sich und begann sich anzuziehen. »Warum soll ich ihn aus dem Spiel lassen, wo doch ganz offenkundig ist, dass du an ihn denkst? Ist das nicht der Grund, warum du die Augen zumachst und weinst, weil ich nicht der Liebhaber bin, den du dir wünscht? Gott steh mir bei, aber eines Tages treibst du es zu weit. Ich habe gesehen, zu welcher Leidenschaft du fähig bist, und trotzdem liegst du immer noch stocksteif da und lässt dich von mir benutzen.«
»Dann lass es doch bleiben!«, rief sie zornig.
Er streifte ihren Körper mit einem verächtlichen Blick, und seine Worte klangen barsch und geringschätzig. »Ich brauche keine Leidenschaft, um Söhne zu zeugen; der Akt selbst reicht für diesen Zweck aus.«

Jessica drehte den Kopf zur Seite, damit ihr Blick ihre Befürchtung nicht verriet, dass er in dieser Hinsicht bereits erfolgreich gewesen war.

In den folgenden Nächten hatte sie außerdem den Verdacht, dass er die Leidenschaft, die ihm fehlte, anderswo fand. Trotz der erneuten Bestätigung seiner Absicht, Söhne zu zeugen, machte er nur noch selten Ansprüche auf Jessicas Körper geltend. Er betrat das gemeinsame Schlafzimmer in der Regel erst mehrere Stunden nachdem sie sich zur Ruhe begeben hatte. Auch glaubte sie, sich die Veränderung in Lallys Verhalten nicht eingebildet zu haben, das zunehmend dreister wurde. Und dann kam die Nacht, als sie die Stimme ihres Mannes hörte, sanft und leise, gefolgt von dem heiseren sinnlichen Lachen der Wirtschafterin; da wusste sie, dass sie diesen Zustand nicht länger hinnehmen konnte.

Als sie ihm am nächsten Morgen begegnete, stellte sie ihn zur Rede, mit hoch erhobenem Kopf und einem entschlossenen Funkeln in den Augen. Er trug Reitkleidung, war gerade dabei, das Haus zu verlassen und blickte sie ungeduldig an, weil sie ihn aufhielt. Aber was Jessica zu sagen hatte, duldete keinen Aufschub.

»Ich wollte dir nur sagen, dass ich beabsichtige, meine Sachen in einem der anderen Schlafzimmer unterzubringen.«

Er starrte sie überrascht an, dann verengten sich seine Augen zu Schlitzen. »Würdest du das bitte wiederholen?« Seine Stimme klang drohend.

Jessica holte tief Luft. Sie hatte gewusst, dass es nicht

leicht sein würde. »Ich ziehe in eines der Gästezimmer um. Ich werde nicht mehr im gleichen Raum mit dir schlafen.«

»Du willst sagen, dass du nicht mehr im gleichen Bett mit mir schlafen willst!«

»Von ›wollen‹ kann keine Rede sein. Ich habe lediglich meine ehelichen Pflichten erfüllt.«

»Treffender kann man es nicht ausdrücken. Glaubst du, mir hat es Vergnügen bereitet? Mit jemandem zu schlafen, der so leblos und kalt ist wie eine Statue? Könntest du dir vorstellen, dass ein Mann sich mehr von einer Frau wünscht?«

»Und könntest du dir vorstellen, dass eine Frau mehr Achtung von ihrem Mann verdient?«, erwiderte Jessica mit gleicher Bitterkeit.

»Wann habe ich es dir gegenüber jemals an Achtung fehlen lassen?«

»Du hast mir die schlimmste Kränkung zugefügt, die man sich nur vorstellen kann, als du mich in dieses Haus brachtest, in dem sich deine Mätresse bereits eingenistet hat. Solange du sie nicht wegschickst, bin ich nur dem Namen nach deine Ehefrau. Ich werde mich nicht von dir benutzen lassen, während du deine ›Leidenschaft‹ bei ihr suchst.«

Bei der Erwähnung seiner ›Mätresse‹ sah Tom sie fassungslos an, womit er einen winzigen Funken Hoffnung in Jessica weckte, der jedoch von kurzer Dauer war. Dann wurde sein Blick ausdruckslos, und sein Mund presste sich zu einer harten Linie zusammen.

»Sprichst du von Lally?«

»Natürlich spreche ich von Lally, von wem sonst –
und von deinem Sohn.«
»Großer Gott, Frau – für wen hältst du mich?«
Dieses Mal war die Bestürzung unverkennbar. Es
schien, als wollte er noch etwas hinzufügen, doch
dann schwieg er, weil ihn die Wut zu übermannen
drohte. Er musterte sie lange und eindringlich, mit
einem bitteren, ernüchterten Zug um den Mund.
»Ich habe nicht die Absicht, Lally wegzuschicken,
nur weil du dir irgendetwas in den Kopf gesetzt hast.
Aber keine Angst, ich werde dich nicht mehr anrühren. Es besteht keine Notwendigkeit für dich, in
eines der Gästezimmer umzuziehen: Das werde ich
tun, nach meiner Rückkehr.« Seine Stimme nahm
einen harten, unnachgiebigen Klang an. »Aber vergiss nicht, dass es deine Entscheidung ist. Falls ich
jemals wieder in dein Bett kommen sollte, Jessica,
dann nur, wenn du mich inständig darum bittest.«

# 7. Kapitel

Es war ein hohler Sieg; das anmaßende Benehmen der Wirtschafterin in den darauf folgenden Tagen bestärkte Jessica in der Überzeugung, dass sie den letzten hitzigen Streit belauscht hatte. Außerdem konnte ihr nicht entgangen sein, dass Mann und Frau nicht mehr das Ehebett teilten. Tom hatte seine Ankündigung wahr gemacht und war noch am selben Abend in eines der Gästezimmer umgezogen. Jessica verzichtete darauf, der Wirtschafterin eine Erklärung für die geänderten Schlafgewohnheiten abzugeben. Ob sich Tom ebenfalls darüber ausschwieg, wusste sie nicht, und es war ihr auch egal. Das redete sie sich zumindest ein. Die Beziehung zwischen ihnen war dermaßen angespannt, dass Jessica das Leben unerträglich gefunden hätte, wenn nicht die Schule und Jennys Freundschaft gewesen wären.
Die Niederkunft des jungen Mädchens stand unmittelbar bevor, und die körperliche Belastung begann ihren Tribut zu fordern. Mit zunehmendem Leibesumfang führte selbst die kleinste Anstrengung zur Erschöpfung. Besorgt um Jennys Gesundheit, flehte Jessica sie an, sich zu schonen, doch sie erkannte, dass dies bei ihrem selbstsüchtigen, herrischen, widerwärtigen Ehemann ein Ding der Unmöglichkeit war. Sie schlug Jenny vor, ins Farmhaus überzusiedeln, wo sie mehr Ruhe, Pflege und Annehmlichkeiten haben würde als im Zeltlager. In

ihrer Verzweiflung bat sie sogar den Ehemann um seine Zustimmung, in der Hoffnung, er habe noch einen Funken Anstand im Leibe. Seine Antwort war so barsch, dass sie an Unhöflichkeit grenzte.
»Sie bleibt hier. Was für die anderen Frauen gut genug ist, sollte auch für sie gut genug sein; sie braucht niemanden, der sie verhätschelt. Und wir sind ohnehin in ein paar Tagen weg.«
»Sie können Jenny doch nicht mitnehmen, bevor das Kind geboren ist!«
»Ich bitte um Verzeihung, Ma'am, aber einige von uns müssen für ihren Lebensunterhalt arbeiten, und die nächste Schur beginnt Anfang der kommenden Woche.«
Jessica war sprachlos vor Wut und Entrüstung, ihre Abneigung gegen den Mann wuchs immer mehr. Jenny fand sich klaglos mit seiner Entscheidung ab.
»Es wird schon alles gut gehen. Wirklich, Jessica! Die anderen Frauen kümmern sich um mich.«
»Aber du kannst in deinem Zustand nicht reisen, das ist ausgeschlossen. Das lasse ich nicht zu!«
Jenny seufzte, traurig und resigniert, ein Laut, der Jessica ins Herz schnitt. Wie grausam war das Schicksal, das einen Menschen schon in jungen Jahren zu einem so elenden, hoffnungslosen Leben verurteilte.
»Du warst sehr gut zu mir, Jessica, und ich werde dich schrecklich vermissen.« Die Augen des Mädchens nahmen einen sehnsüchtigen Ausdruck an. »Ich wollte, ich könnte für immer hier bleiben.«
»Warum sollte das nicht gehen?«, erwiderte Jessica nachdenklich und sprach aus, was ihr schon seit

geraumer Zeit durch den Kopf ging. »Jenny, glaubst du, dass man deinen Mann überreden oder mit einer gewissen Summe bestechen könnte, dich hier zu lassen? Dich freizugeben? Schließlich macht er sich nicht das Geringste aus dir, und ich glaube, er behandelt dich vor allem deshalb so schlecht, weil dein Vater ihn ebenfalls zu dieser Ehe gezwungen hat.«
»Das stimmt, aber er wird mich mitnehmen, komme, was da wolle, damit er jemanden hat, der ihn von hinten bis vorne bedient.«
»Es muss einen Weg geben, dir diesen Rohling vom Hals zu schaffen. Mir wird schon etwas einfallen.«
»O Jessica, selbst wenn dir das gelänge, könnte ich es nicht ertragen, auf deine Mildtätigkeit angewiesen zu sein.«
»Das wärst du nur so lange, bis du dich von der Niederkunft erholt hast, danach könntest du mir als Wirtschafterin Gesellschaft leisten.«
»Du hast bereits eine.«
»Ich bin nicht zufrieden mit ihr.«
Ein schwaches Lächeln umspielte die Lippen des Mädchens, ihre Miene war wissend. »Das heißt, du magst sie nicht, gib es zu. Ich kann es dir nicht verdenken. Sie ist bei keiner der Frauen besonders beliebt.«
»Was weißt du von ihr?«, erkundigte sich Jessica gespannt.
»Nur das, was sich die Arbeiter so erzählen. Ihr Vater hat schon für Mr. Bannerman gearbeitet, und sie lebt hier seit frühester Kindheit. Es ist ein offenes Geheimnis, dass sie hoffte, Mr. Bannerman würde sie

zur Frau nehmen, vor allem, seit sie unter einem Dach mit ihm wohnt.«

»Was ist mit Lallys Vater?«

»Er war der erste Verwalter von Eden Downs. Er wurde vom Huftritt eines Pferdes, das er zuritt, am Kopf getroffen, die Verletzung war tödlich. Lally war dabei, als es passierte, und verlor vor lauter Kummer fast den Verstand. Kurz danach wurde sie Wirtschafterin, und bald lag es auf der Hand, dass sie Mr. Bannermans Freundlichkeit eine falsche, tiefere Bedeutung beimaß. Sie behandelte die Frauen der Arbeiter mit solcher Überheblichkeit, als wäre sie bereits die Herrin des Hauses. Es muss ihr einen furchtbaren Schock versetzt haben, als du plötzlich aufgetaucht bist.«

»Sie hat allen Grund, mich zu hassen«, murmelte Jessica mit zusammengepressten Lippen.

»Es gibt niemanden, der so denkt. Sie hat keinen Anspruch auf Mr. Bannerman. Und dann ist da auch noch das Kind.«

»Ich weiß, gerade deshalb –« Jessicas Herz schlug plötzlich schneller, und sie hatte ein flaues Gefühl im Magen. Irgendetwas an Jennys Erzählung machte keinen Sinn. Sie merkte, dass sie kreidebleich geworden war, und hoffte, dass die Dunkelheit im Zelt ihren Gesichtsausdruck verbarg. Es kostete sie große Mühe, das Zittern in ihrer Stimme zu unterdrücken.

»Wer ist der Vater des Kindes?«

»Ein Schafscherer aus dem Osten, der Frau und Kinder daheim hatte.«

Jessica rang nach Luft. »Bist du sicher?«

»Ganz sicher. Als sie entdeckte, dass sie ein Kind erwartete, das muss kurz nach dem Tod ihres Vaters gewesen sein, ging sie zu Mr. Bannerman und tischte ihm das Märchen auf, sie sei arglistig getäuscht worden. Ihre Geschichte war offenbar überzeugend, denn der arme Teufel wurde entlassen und durfte Eden Downs nie wieder betreten, während sie Wirtschafterin wurde.«

»Warum sagst du ›offenbar überzeugend‹?«

»Darüber, ob sie getäuscht und verführt wurde oder ob sie genau wusste, dass der Mann bereits eine Frau hatte, wurde schon immer viel gemunkelt. Du musst zugeben, dass sie einen gewissen Reiz besitzt.«

»Ja, das stimmt.« Deshalb war es Jessica auch so leicht gefallen, zu glauben, das Kind sei Toms Sohn.

Ihre Beine waren so schwach, dass sie nur mit größter Anstrengung nach Hause gelangte. Jennys Enthüllung hatte einen Schock in ihr ausgelöst, der sie beinahe krank machte. Sie zweifelte nicht mehr daran, dass Lallys Anspielung auf die Identität des Kindsvaters absichtlich erfolgt war, aus purer Rachsucht. Aber wie konnte sie, Jessica, so einfältig sein, auf dieses Täuschungsmanöver hereinzufallen? Tom war schließlich ein Name, der häufig vorkam.

Dass ihr Mann die Anschuldigung nicht geleugnet hatte, schrieb sie seinem Stolz zu. Nun war es an ihr, sich zu entschuldigen. Und wenn nötig, ihn sogar auf Knien anzuflehen, in ihr Bett zurückzukehren – um die Sehnsucht zu lindern, die sie in den einsamen Nächten quälte.

Jessica versuchte mehrmals im Verlauf des Abends,

das Thema anzuschneiden, und jedes Mal, wenn der Mut sie angesichts seines offenkundigen Desinteresses an ihrer Gesellschaft verließ, wurde sie verzweifelter. Sie fühlte sich sterbenselend, als sie sich für die Nacht herrichtete, auf dem Hocker vor der Frisierkommode saß und mit zitternden Fingern begann, ihre Haare zu flechten. Schatten lagen unter ihren Augen, als sie sich im Spiegel betrachtete. Sie dachte an das Kind, das in ihr wuchs. Sie würde es ihm bald sagen müssen, aber vorher hatte sie das Bedürfnis, zu erfahren, wie es ist, wenn sie sich verschenkte, wenn sie das verzehrende Verlangen erwiderte, dass er schon mit der leisesten Berührung in ihr weckte, wenn die Sehnsucht, die in ihr brannte, Erfüllung fand. Mit zitternden Gliedern erhob sie sich und ging zur Tür. Dort holte sie tief Luft, bevor sie den Knauf drehte und den Salon betrat.

Tom saß in seinem Sessel und betrachtete mit finsterer Miene seine Stiefel, die den unteren Teil seiner ausgestreckten Beine umhüllten; er stand nicht auf, als sie eintrat. Eine halb leere Karaffe Portwein und ein offenes Buch befanden sich in Reichweite auf einem kleinen Tisch. Als sie seinen Namen sagte, hob er den Blick. Ein Ausdruck gespannter Erwartung huschte über sein Gesicht, doch gleich darauf sah er sie argwöhnisch an.

»Was gibt es?«

Jessica biss sich auf die Lippe. Die Hände vor dem Körper verschränkt, zwang sie sich, seinem Blick standzuhalten. »Ich wollte dir sagen, dass es mir Leid tut.«

Er runzelte die Stirn. »Was tut dir Leid?«
»Die Dinge, die ich gesagt habe.«
»Von welchen Dingen redest du?«
Sein Interesse schien sich in Grenzen zu halten, und Jessica spürte, wie das flaue Gefühl in ihrem Magen stärker wurde. Er hatte offenbar nicht vor, ihr die Abbitte leicht zu machen.
»Ich dachte, du wärst der Vater von Lallys Kind. Ich weiß jetzt, dass du es nicht bist.«
»Aha.« Er betrachtete sie nachdenklich. »Du hast also entdeckt, dass ich nicht der Vater bin. Glaubst du immer noch, Lally sei meine Mätresse?«
»Ist sie das?« Jessica schlug das Herz bis zum Halse.
»Nein, das ist sie nicht.« Er griff nach dem Buch, als wollte er weiterlesen, und blickte sie mit hochgezogener Braue abweisend an, als sie sich nicht von der Stelle rührte. »Ist das alles?«
»Würdest du bitte ins Bett kommen.« Die Worte waren kaum hörbar, ihre Aufmerksamkeit war auf das Muster des Teppichs am Boden gerichtet.
Langsam legte Tom das Buch beiseite, musterte sie eindringlich. Seine Stimme klang herrisch, aber in ihr schwang unterdrückte Erregung mit. »Ich glaube, ich habe dich nicht richtig verstanden. Würdest du das bitte wiederholen, Jessica? Und sieh mich dabei an.«
Jessica tat wie geheißen, mit flehendem Blick, während er sie mit zusammengekniffenen Augen anstarrte. »Ich möchte, dass du ins Bett kommst.«
»Ist das eine Bitte?«
»Ja, Tom.« Ihre Stimme wurde weich. »Bitte.«

»Zieh dein Nachthemd aus.«

Jessica riss erschrocken die Augen auf. Tom lehnte sich in seinem Sessel zurück und blickte sie unnachgiebig an, aber Jessica spürte die Anspannung, die Glut des Begehrens, die in seinen Augen brannte.

»Ich komme erst in dein Bett, Jessica, wenn ich sicher sein kann, dass du dich mir ganz und aus freien Stücken hingibst. Ich will sehen, wie weit du dazu bereit bist.«

Jessica Wangen röteten sich. Ihr Körper prickelte in Erwartung seiner Berührung. Mit zitternden Fingern knöpfte sie ihr Nachthemd auf, ließ es achtlos zu Boden, auf ihre Füße fallen. Ihre Haut schimmerte im sanften Schein der Lampe wie Perlmutt.

Tom stockte der Atem, seine Stimme war heiser vor Erregung. »Du bist schön. Öffne dein Haar.«

Seine Augen auf ihrer Nacktheit spürend, löste Jessica ihre Haare, so dass sie wie ein Vorhang aus brauner Seide herabwallten.

Tom sprang auf, trat lautlos zu ihr. Seine Hände hoben ihre Haare hinter die Schultern, streichelten sie, bewegten sich langsam abwärts, bis sie ihre Brüste umwölbten. Sein Mund folgte, liebkoste sie. Er glitt tiefer, über ihren seidigen Schoß, dann kniete er vor ihr nieder und presste seine Lippen auf die sanfte Wölbung ihres Bauches.

Abrupt stand er auf und küsste sie mit ungezügelter Gier, dann hob er sie auf seine Arme und trug sie ins Schlafzimmer. Behutsam legte er sie auf das Bett. Zum ersten Mal seit ihrer Hochzeit sah Jessica zu, wie

er sich seiner Kleider entledigte, während ihr Körper vor Sehnsucht nach ihm bereits lichterloh brannte.
Sie schmiegte sich ohne zu zögern in seine Arme, fieberte der Berührung seiner Hände, seinen fordernden Lippen entgegen. Sie wurde von einer Woge der Leidenschaft erfasst und davongetragen, in immer neue Höhen, in die kein Gedanke mehr drang, bis die Wellen über ihr zusammenschlugen und sie in einem Meer der Lust versank. Dann spürte sie, wie Tom auf ihr erschlaffte, und hörte seinen angestrengten Atem, fühlte ihr Herz an seiner Brust hämmern.
»Jessica, du warst wunderbar«, keuchte er. »Warum hast du nie gezeigt, dass du mich begehrst?«
»Ich hatte Angst.« Jessica fragte sich, warum, als ihre Hände nun über seinen Rücken glitten und ihr Körper bei der Berührung seiner Haut erneut zu prickeln begann.
»Wovor hattest du Angst?«
»Vor meinen eigenen Gefühlen«, gestand sie verlegen. »Ich dachte, es sei nicht richtig oder schicklich, einen Mann so zu begehren.«
»Und jetzt?«
Statt einer Antwort zog sie seinen Kopf zu sich herab, um ihn leidenschaftlich zu küssen und die Glut abermals zu entfachen.
Sie schlief in seinen Armen ein, den Kopf an seine Schulter gebettet. Durchdrungen von einem Gefühl des inneren Friedens und der Erfüllung, war sie der Überzeugung, dass ihre Ehe letztlich doch unter einem guten Stern stand. Es gab nur einen dunklen

Schatten, der ihr Glück trübte. Ihr letzter Gedanke vor dem Einschlafen war, dass sie Tom bitten würde, Lally aus seinen Diensten zu entlassen und Jenny an ihrer Stelle einzustellen.

Das wohlige Gefühl erfüllte sie noch immer, als sie am nächsten Morgen erwachte. Mit einem leisen Lächeln auf den Lippen betrat sie das Speisezimmer, um das Frühstück einzunehmen. Ihr Gesicht war, ohne dass sie es ahnte, das einer Frau, der man ansah, dass sie glühend geliebt worden war.

Toms Miene, der einen Moment später den Raum betrat, hellte sich bei ihrem Anblick auf. »Du siehst aus wie eine Katze, die von der Sahne genascht hat.« Er eilte durch den Raum, legte die Hände auf ihre Schultern und küsste sie voll auf den Mund. »Meine liebste Gemahlin, du hast mir eine große Freude bereitet.«

Zwei braune Augenpaare blickten sich forschend an. Gebannt von etwas ungeheuer Kostbarem, das sie wie ein unsichtbarer Faden verband, hörte keiner von beiden die Wirtschafterin, die mit dem Frühstückstablett eintrat.

»Oh, Verzeihung.«

Tom ließ Jessica widerstrebend los und drehte sich zur Tür. »Nur herein, Lally, das Frühstück kommt gerade recht.«

Die junge Frau trug das Tablett zum Tisch und legte die Gedecke auf. Tom rückte Jessica den Stuhl zurecht, bevor er selbst Platz nahm. Eine übliche Geste der Höflichkeit, aber Lally warf Jessica einen derart gehässigen Blick zu, dass ihr ein Schauer über den

Rücken lief. Wenn Blicke töten könnten, dachte Jessica. Ich traue ihr nicht über den Weg. Ich bin sicher, dass sie eifersüchtig ist, weil Tom mich geheiratet hat.
Die Stimme ihres Mannes zerstreute Jessicas unbehagliche Gedanken. »Möchtest du immer noch bei der Schur dabei sein?«
Ihre Augen leuchteten auf. »Ich dachte, du hättest es vergessen.«
»Wie könnte ich! Die Männer haben sich, wie erwartet, dem Ansinnen heftig widersetzt. Aber die Schur ist beinahe vorüber, und ich denke, man könnte sie dazu bringen, deine Anwesenheit in Kauf zu nehmen. Die meisten möchten nächstes Jahr wieder auf Eden Downs arbeiten.«
»Das klingt auffällig nach Erpressung, Tom, oder zumindest nach unglaublicher Anmaßung.«
Jessicas gespielte Entrüstung weckte in ihrem Mann keinerlei Gewissensbisse. »Wenn solche Methoden unabdingbar sind, um deine Wünsche zu erfüllen, dann sei es drum. Die Männer wissen, dass sie hier gutes Geld verdienen und dass ich sie immer anständig behandelt habe. Ich bitte sie im Gegenzug lediglich um eine kleine Gefälligkeit. Da du heute Morgen Unterricht hältst, werde ich den Besuch für den Nachmittag vereinbaren.«
Wie diese Vereinbarung vonstatten gegangen war, erfuhr Jessica nicht, obwohl sie von dem Augenblick an, als sie die Schurhütte betrat, die Abneigung mancher Männer zu spüren bekam. Es war unmöglich, die unruhigen Blicke zu übersehen, die in ihre Rich-

tung geworfen wurden. Viele behandelten sie wie Luft.

Der ohrenbetäubende Lärm und die Geschäftigkeit, die in dem geschlossenen langen Gebäude herrschte, die ganze Fülle der Eindrücke, Geräusche und Gerüche prasselten auf ihre Sinne ein. Eine Dampfmaschine unmittelbar hinter der Tür schien für den größten Teil des Krachs verantwortlich zu sein.

»Das ist die Kippmaschine«, rief ihr Tom über das Getöse hinweg zu. »Die Ballen werden mittels einer hydraulischen Druckpresse ungefähr auf die Hälfte ihrer ursprünglichen Größe zusammengepresst. Jetzt siehst du, wie sie mit Eisenbändern verschnürt werden. Jeder Ballen wird nummeriert und mit der Güteklasse der Wolle markiert, bevor er von der Kippmaschine zu den Fuhrleuten heruntergerollt und auf die Karren geladen wird.«

»Sind das die Pressen, diese eckigen, hölzernen Geräte dort drüben?«

»Ja. Dort wird die Wolle zu Ballen gepresst, und anschließend wird sie gewogen, bevor der Kippvorgang beginnt. Komm, ich möchte dir etwas zeigen. Das wird dich interessieren.«

Sie gingen an einem langen Lattentisch vorüber, auf den ein Arbeiter ein Vlies geworfen hatte. Ein anderer Mann inspizierte es gründlich, bevor es einer der Holzkisten zugeordnet wurde.

»Das ist der Tisch, an dem die Wolle einer Güteklasse zugeteilt wird. Unser Mann verrichtet diese Arbeit schon seit annähernd dreißig Jahren, und einen Besseren findet man nicht. Dort drüben auf den Tischen ziehen die Männer Wollhaare, die minderwertig sind, aus dem frisch geschorenen Vlies, bevor es zum nächsten Tisch geht und geprüft wird.«

Jessica fiel außerdem auf, dass zwei alte Männer ständig den Fußboden fegten und die Wollhaare, die sich im Besen verfingen, in die Kisten mit dem Ausschuss warfen.

»Du würdest staunen, wie viel Wolle am Ende der Schur in der Kiste mit dem Ausschuss landet!«, rief Tom ihr zu. »Komm hierher, dann kannst du beim Scheren zuschauen, ohne im Weg zu stehen.«

In der Mitte der Hütte waren Pferche für die Schafe errichtet worden, die noch geschoren werden mussten, und Jessica rümpfte die Nase über den beißenden Geruch, den die eingesperrten Tiere absonderten. Die Schurstände, achtzig insgesamt, waren an den beiden Seiten der Hütte angebracht. Während sie zusahen, stellte sich Jessica vor, dass so ein armes Schaf gewiss etwas dagegen einzuwenden hatte, aus dem Pferch gezerrt, zwischen die Beine des Scherers geklemmt, seiner Wolle beraubt und dann eine Rutsche hinuntergestoßen zu werden, um im Hof zu landen, als Zählstrich, der dem Namen des Scherers gutgeschrieben wurde.

»Verdienen die Schafscherer gutes Geld?«, erkundigte sich Jessica.

»Einige schon. Sie erhalten vier Shilling pro Zählstrich, und da ein tüchtiger Mann über hundert Schafe am Tag scheren kann, verdienen sie nicht schlecht. Bei manchen ist der Verdienst höher, bei anderen niedriger. Du wirst sehen, dass jeder seine eigene Schurmethode hat. Schau dir den Mann dort drüben an, den dritten von hinten. Er ist einer der besten. Er nimmt das Vlies mühelos an einem Stück ab, ohne dass er einen zweiten Schnitt machen muss. Ich überlege schon seit einiger Zeit, ob es sich lohnt, mechanische Schurgeräte anzuschaffen. Erinnerst du dich an deine Frage über die Maschine, die unbenutzt an der Schwemme herumstand? Es ist eine Dampfmaschine, und ich glaube, wir könnten sie dabei verwenden. Ich habe mich nach dem neuen Wolseley-Schurgerät erkundigt und hoffe, noch vor Beginn der nächsten Saison eines zu bekommen. Ich bin sicher, dass die mechanischen Vorrichtungen den Ausschuss merklich verringern.«

Als sie schließlich gingen, sah Jessica ihren Mann mit glühendem Gesicht an. »Danke, Tom. Ich habe mir so sehr gewünscht, mit eigenen Augen zu sehen, was in der Schurhütte vor sich geht.«

Er betrachtete sie mit einem nachsichtigen Lächeln. »Nun, jetzt weißt du es. Es freut mich, dass dir der Besuch gefallen hat. Ich habe hier noch ein paar andere Dinge zu erledigen. Willst du schon allein ins Farmhaus zurückkehren?«

»Ich würde Jenny vorher gerne einen Besuch abstatten. Falls du nichts dagegen hast.«

»Natürlich nicht. Wir sehen uns dann beim Abendessen.« Seine Augen wurden dunkel vor Erregung bei dem Gedanken an die Stunden danach.

Jessica verstand die Botschaft in seinem Blick, mit dem inzwischen vertrauten Flattern im Magen und geröteten Wangen. Die Erinnerung an die Lust, die

sie in der vergangenen Nacht erfahren hatte, brachte ihr Blut in Wallung, und die Gedanken, die ihr durch den Kopf gingen, als sie querfeldein zur Zeltstadt ging, hätte sie früher als schamlos erachtet.
Diese Gedanken wurden umgehend verscheucht, als sie ihre Freundin auf der niedrigen Bettstatt entdeckte; sie keuchte und krümmte sich vor Schmerzen. »Jenny!«, rief Jessica und kniete sich neben sie. Die Augen des Mädchens, glasig, weit aufgerissen und getrübt in dem bleichen Gesicht, schwammen in Tränen. »Jessica, ich bin so froh, dass du da bist.« Die Worte kamen stoßweise über ihre Lippen, unterbrochen von qualvollen Atemzügen.
»Ist dir nicht wohl, Jenny, oder ist es so weit?«
»Ich fühle mich krank und bekomme keine Luft. Ich denke, es könnte das Kind sein. Bitte hole Mrs. Farrell, sie wird wissen, was zu tun ist.«
»Ich bin schon unterwegs. Bleib liegen und rühr dich nicht vom Fleck.« Jessica eilte davon, um die ältere Frau zu holen, obwohl sie Bedenken hatte, ob sie Jenny zu helfen vermochte. Das Wissen, dass sie eine einfühlsame, mütterliche Frau war, die schon anderen Kindern auf die Welt geholfen hatte, trug wenig dazu bei, Jessicas Ängste zu beschwichtigen. Als sie das Zelt betraten, sprach die Frau dem jungen Mädchen Mut zu und legte ihr die Hand auf den geschwollenen Leib.
»Hattest schon starke Schmerzen, Kind?«
»Nein, überhaupt nicht. Ich fühle mich nur krank und habe hin und wieder so ein komisches Gefühl.«
»Die Fruchtblase is noch nich geplatzt?«

»Was meinen Sie damit?« Jenny sah sie verdutzt an, und die ältere Frau schüttelte missbilligend den Kopf. »Armes Ding, hat dir niemand was gesagt! Aber keine Bange. Wir machen das schon, und ich würde meinen, die Fruchtblase is noch nich geplatzt, sonst wüsstest du, wovon ich rede. Das Kind kommt nich vor morgen, aber bis es so weit is, bleibst du im Bett.«

Ein Anflug von Angst huschte über Jennys angespanntes Gesicht. »Das geht nicht! Mein M-Mann erwartet, dass bei seiner Rückkehr das Essen fertig ist.«

»Pah!« Die geringschätzige Antwort ließ keinen Zweifel offen, was Mrs. Farell vom Ehemann des Mädchens hielt. »Du bleibst, wo du bist, Kind. Ich werd deinen Mann versorgen.«

Jenny sah Jessica mit flehenden Augen an. »Bleibst du noch eine Weile bei mir?«

»Natürlich.« Jessica ließ sich auf die Bettkante nieder und wärmte die feuchtkalten Hände des Mädchens in ihren eigenen. Es tat ihr in der Seele weh, Jenny in einem so schlimmen Zustand zu sehen, und sie musste ihre gesamte Willenskraft aufbieten, um sich ihre eigene Angst nicht anmerken zu lassen. Sie erzählte ihr von England, schilderte in glühenden Farben die sanften Hügel und das satte Grün eines Landes, das ihre Freundin nie sehen würde, beschrieb Weihnachten im Schnee und die anderen Jahreszeiten. »In England ist jetzt Frühling, mit gelben Narzissen und Glockenblumen auf den Feldern und Schneeglöckchen in den Wäldern.«

»Vermisst du England, Jessica?«
»Vielleicht ein wenig, aber in diesem Land gibt es so vieles, was schön ist, auf eine andere Weise.«
Als sie schließlich ging, verabschiedete sie sich mit dem Versprechen, am nächsten Morgen in aller Frühe wiederzukommen. Die Sorge um Jenny machte sie schweigsam, was Tom umgehend auffiel.
»Worüber zerbrichst du dir den Kopf, Jessica? Irgendetwas scheint dich zu quälen, obwohl ich den Eindruck hatte, dass du vorhin, als wir uns trennten, noch ganz glücklich warst.«
»Es geht um Jenny. Die Niederkunft steht bevor, und ich werde die Angst nicht los, dass etwas Schlimmes geschehen wird. Ich wünschte, ich könnte sie ins Farmhaus holen, damit sie ihr Kind hier zur Welt bringt.«
»Ich hätte nichts dagegen einzuwenden, wenn es das ist, was dir Kummer bereitet.«
»Ich weiß, aber ihr Mann ist dagegen, dieser Rohling. O Tom, ich muss ihr irgendwie helfen. Sie ist viel zu jung und zu sanftmütig, um einem solchen Scheusal ausgeliefert zu sein.«
»Wenn sie seine rechtmäßige Ehefrau ist, wirst du nicht viel ausrichten können.«
»Doch, das kann ich wohl! Du kennst nicht die ganze Geschichte, und es ist nicht an mir, sie dir zu erzählen, aber glaube mir, sie hätte diesen Mann nie heiraten dürfen. Tom, ich möchte, dass Jenny auf Eden Downs bleibt. Sie könnte die Wirtschaft führen, und außerdem könnte sie mir auch Gesellschaft leisten.«

Toms Augen verengten sich. »Wir haben bereits eine ausgezeichnete Wirtschafterin.«
»Jenny wäre mir lieber.« Zu ihrem Verdruss hörte Jessica, wie eigensinnig ihre Stimme plötzlich klang, und wusste, dass sie ihren Mann damit verärgerte.
»Ich kann nicht verstehen, was du gegen Lally hast; sie hat weder etwas getan noch etwas gesagt, was dich verletzen könnte. Oder hast du ein schlechtes Gewissen?«
»Ich?«, schnappte Jessica empört nach Luft. »Warum sollte ich ein schlechtes Gewissen haben? Vielleicht wäre die Frage angebracht, warum du dich immer so beeilst, Lally in Schutz zu nehmen?«
»Sind wir also wieder beim Thema, ja?« Seine Stimme klang sarkastisch. »Was ist los mit dir? Erwartest du von mir ein Geständnis, dass sie meine Mätresse war? Fühlst du dich dann besser, was deine kleine Liebelei mit Brennan angeht?«
Entrüstet beschloss Jessica, der grundlosen Anspielung auf Richard keinerlei Beachtung zu schenken.
»Und? War sie deine Mätresse?«, fragte sie, obwohl es ihrem Herzen einen Stich versetzte. »Gestern Abend habe ich dir geglaubt, weil ich dir unbedingt glauben wollte, aber du solltest mich nicht für dumm verkaufen. Du bist ein leidenschaftlicher Mann, Tom, und Lally ist eine anziehende Frau. Und ihr lebt seit annähernd zwei Jahren unter ein und demselben Dach.«
Toms Mund verzog sich grimmig. »Dir kann man offenbar nichts vormachen, Jessica. Also gut, ich gestehe, dass ich sie früher einmal in Anspruch ge-

nommen habe, um meine Begierde zu befriedigen, aber das ist auch alles.«

Tom sah Jessicas verletzten Blick, bevor sie ihm den Rücken zukehrte, die Arme schützend vor der Brust verschränkt. Seufzend ging er zu ihr, stellte sich hinter sie und umfing sie mit seinen Armen, während seine Lippen ihren Nacken liebkosten. Jessica zwang sich, reglos zu bleiben und die Gefühle zu leugnen, die sein Mund in ihr weckten.

»Gestern Abend habe ich dir nur gesagt, was du hören wolltest, damit du mich nicht wieder abweist. Ich war entschlossen, erst dann in dein Bett zu kommen, wenn du mich darum bitten würdest, aber ich wusste, ich hätte mich dir nicht länger fern halten können. Lally war nie meine Mätresse in dem Sinne, dass sie mir auch nur das Geringste bedeutet hätte. Ich habe weit mehr Grund, auf deine Liebe zu Brennan eifersüchtig zu sein. Verschließ dich nicht wieder vor mir, Jessica«, sagte er mit heiserer, flehender Stimme.

Sie konnte ihm nicht länger widerstehen. Mit einem leisen Stöhnen drehte sie sich um. Er küsste sie mit flammender Leidenschaft, und sie schmiegte sich an ihn, mit einer Glut, die keinen anderen Gedanken mehr zuließ.

»Zeit, schlafen zu gehen«, murmelte Tom und hob sie auf seine Arme, um sie ins Schlafzimmer zu tragen.

Wie in der Hochzeitsnacht öffnete er die Knöpfe ihres Mieders, und dieses Mal schlug Jessica seine Finger nicht beiseite. Mit bebendem Mund stand sie da, während seine Hände und Lippen jede Handbreit der milchweißen Haut liebkosten, die er Stück für Stück entblößte.

Die Wonnen, die sie erlebte, waren noch größer als am Abend zuvor. Es schien, als wären ihre Körper füreinander geschaffen. In diesen Augenblicken des Einsseins hätte die Welt untergehen können, ohne dass sie es bemerkt hätte. Tom, der ihr nach Atem ringend bewies, dass sie ihn auf die gleichen Gipfel der Lust zu bringen vermochte, erging es nicht anders, dessen war sie sicher. Sie bedauerte im Nachhinein, was sie mit ihrer Weigerung, sich ihm lustvoll hinzugeben, versäumt hatte.

Am Morgen sah Jessica nach Jenny, bevor sie zum Schulhaus ging, und musste beunruhigt feststellen, dass sich der Zustand des Mädchens zusehends verschlechterte. Mrs. Farrells Anwesenheit konnte ihre Besorgnis nur wenig beschwichtigen, und deshalb eilte sie zurück zu Jenny, sobald der Unterricht vorüber war. Der aufgeblähte Leib des Mädchens krümmte sich bei jeder Wehe, und Schweißperlen glänzten auf ihrer bleichen Stirn. Sie klammerte sich an Jessicas Hand.

»Ich habe Angst, Jessica, lass mich nicht allein.« Sie begann zu schluchzen, keuchende, abgehackte Laute, die Jessicas Befürchtungen mehrten und ihren Puls schneller schlagen ließen.

»Pssst, meine Kleine, ich bleibe bei dir, solange du mich brauchst. Hab keine Angst. Alles wird gut.«

Doch als der Nachmittag verging, wurde Jessica klar, dass nichts gut war. Da sie Jenny in ihrem Zustand

nicht allein lassen konnte, schickte sie Tom eine Nachricht und bereitete sich auf eine lange schlaflose Nacht vor. Einige Stunden später vernahm sie ein leises Geräusch am Eingang des Zeltes und schrak hoch, da ihr einen Moment lang die Augen zugefallen waren. Lallys Silhouette zeichnete sich gegen den dunklen Nachthimmel ab, sie hatte eine Flasche in der Hand. Noch überraschender jedoch war das Mitgefühl auf ihrem dunklen Gesicht.
»Was ist, Lally?«
»Ich bringe eine Arznei, die ihr helfen wird, Ma'am. Das Rezept habe ich von meiner Großmutter. Keine Angst«, fügte sie hinzu, als sie Jessicas Zögern bemerkte. »Ich möchte weder dem Mädchen noch dem Kind schaden.«
Und was ist mit mir? dachte Jessica, doch umgehend schämte sie sich ihrer misstrauischen Gedanken, als Jenny vor Schmerzen aufschrie. »Wird deine Arznei ihr wirklich helfen?«
»Ja, Ma'am.«
»Dann komm. Jenny«, sie schob eine Hand unter das schweißnasse Nackenhaar, um den Kopf des Mädchens anzuheben. »Du musst das trinken. Lally hat mir versichert, dass die Arznei dir helfen wird.«
Zu schwach, um sich zu sträuben, und bereit, alles zu tun, um die Qualen zu lindern, gehorchte Jenny. Dann sank sie zurück und blickte Jessica mit Augen an, die getrübt waren vom Schmerz. »Ich werde sterben, Jessica.«
»Unsinn«, beteuerte Jessica munter, bemüht, sich die Angst nicht anmerken zu lassen, die sie durch-

fuhr. »Ich werde nicht zulassen, dass meine beste Freundin stirbt. Wir brauchen einen Arzt. Würdest du bitte dafür sorgen, dass jemand losreitet und den nächstbesten Arzt holt, Lally?«
»Der ist in Barcaldine. Einen Tagesritt entfernt.«
»Wo auch immer, irgendjemand muss ihn benachrichtigen.«
»Wie Sie wünschen, Ma'am. Ich werde dem Master Bescheid sagen.«
Die ganze Nacht wachte Jessica an der Seite des Mädchens, das vor Schmerzen schrie und schluchzte, weil es dem Kind nicht gelang, sich den Weg in die Welt zu bahnen. Lallys Arznei brachte kurzfristig Linderung, aber die Flasche war bald leer. Gegen Morgen verlor Jenny immer wieder das Bewusstsein.
»Gibt es denn nichts, was wir tun können?«, wandte sich Jessica, der Verzweiflung nahe, an Mrs. Farrell.
Die Miene der älteren Frau war grimmig und schicksalsergeben, als würde sie den Ausgang des Geschehens bereits kennen. »Wir können nur noch beten, dass Gott die Kleine am Leben erhält, bis der Doktor eintrifft. Mr. Bannerman hat gestern Abend einen Reiter auf seinem besten Pferd losgeschickt. Der Doktor sollte spätestens morgen hier sein.«
»Morgen könnte es zu spät sein.«
Als ein gellender Schrei ertönte, rannten sie ins Zelt zurück, und ein Blick auf den gequälten Körper genügte Mrs. Farrell.
»Das Kind kommt endlich, aber ich fürchte, dabei wird es das arme Ding zerreißen.«
Als der leblose kleine Körper in ein Tuch gehüllt und

beiseite gelegt wurde, hatte Jenny das Bewusstsein verloren, und Jessica ließ ihren Tränen freien Lauf. Sie weigerte sich, das Bett des Mädchens zu verlassen, hielt die zerbrechlichen Hände und strich ihr behutsam über die kalte Wange, bis Mrs. Farrell am späten Nachmittag Jessicas Hände zur Seite schob, bevor sie das leblose Gesicht des Mädchens mit dem Laken bedeckte.

»Nein!« Ein Schrei drang über Jessicas Lippen, und sie hätte das Laken weggerissen, wenn sie nicht von unnachgiebigen, aber sanften Händen nach draußen gezogen worden wäre.

»Kommen Sie, Ma'am. Es is eine Gnade, dass sie nich mehr leiden muss. Das arme Ding war zu schmal gebaut zum Kinderkriegen.« Sie drückte beschwichtigend Jessicas Hand. »So is es nich immer, meine Liebe.«

Jessica sah die Frau fragend und gramerfüllt an, die wissend mit dem Kopf nickte. »Sie haben selbst ein Kind im Bauch, Ma'am, aber bei Ihnen wird die Niederkunft anders sein, also machen Sie sich keine Sorgen. Sie sind stark und gesund und haben einen guten Knochenbau.«

Einen Moment lang sah Jessica die Frau prüfend an, froh über den Zuspruch, der aus mütterlicher Erfahrung stammte. »Danke«, flüsterte sie.

»Ich werd meinem Mann sagen, dass er Sie nach Hause bringt, Ma'am.«

»Danke, aber das ist nicht nötig. Es ist noch hell genug, ich finde den Weg schon.«

Jessica hatte das Bedürfnis, allein zu sein, doch nach-

dem sie die Hälfte der Strecke zum Haus hinter sich gebracht hatte, stellte sie fest, dass Schreckensbilder und Spukgestalten sie begleiteten. Die Erleichterung, die sie empfand, als sie Tom auf sich zukommen sah, war so groß, dass sie schwankte, unfähig, auch nur einen Schritt weiterzugehen. Er eilte zu ihr, ein Blick auf ihre kummervolle Miene genügte, und seine Frage erübrigte sich.
»Sie war selbst noch ein Kind. O Tom, Tom, es gab nichts, was ich tun konnte, um ihr zu helfen.«
Dann legten sich seine Arme um sie, stark und beschützend, während sie ihren Kopf an seiner Schulter barg und schluchzte.

## 8. Kapitel

An einem Spätnachmittag im Mai begruben sie Jenny und ihr tot geborenes Kind auf dem winzigen Friedhof, eine Meile von der Farm entfernt, der in seiner Dürftigkeit keinem Jessica bekannten Gottesacker in England glich. Es gab nur zwei weitere Gräber auf dem kleinen umzäunten Stück Land. In einem war Lallys Vater beigesetzt. An englische Friedhöfe gewöhnt, waren die kahlen Grabsteine, die sich gegen die rotbraune, verdorrte Erde abzeichneten, die wenigen verwachsenen Bäume und die endlose Weite des Landes, das sich bis zum Horizont erstreckte, für Jessica der Inbegriff der Abgeschiedenheit.

Jennys Mann ließ keinerlei Gefühlsregung erkennen, als der schlichte Holzsarg in die Erde hinabgelassen wurde, die gesamte Zeremonie schien ihn wenig zu interessieren. Als Tom ihm sein Beileid aussprach, tat der Mann die Geste mit einem Schulterzucken ab.

»Was soll's? Solche Dinge passieren nun mal, und als Krüppel wäre sie für mich ohnehin nur eine Last gewesen.«

»Dieser Kerl ist keinen Deut besser als ein Mörder!«, rief Jessica zornig aus. »Hat er überhaupt keine Gefühle? Er ist schuld an ihrem Tod, denn wenn er sich nicht an ihr vergangen hätte, wäre das alles nicht geschehen.«

»Er hat sich an ihr vergangen?« Überrascht hob Tom

die Brauen. »Das war es also; du sagtest ja bereits, dass ich nicht die ganze Geschichte kenne.«

Jessica seufzte erbittert. »Jenny wird es vermutlich nichts mehr ausmachen, wenn ich sie dir jetzt erzähle.«

Mit einer Mischung aus Kummer und Wut schilderte sie ihm die traurige Geschichte des Mädchens, ohne zu bemerken, dass die Miene ihres Mannes immer finsterer wurde.

»Versprich mir eines, Tom«, fügte sie bittend hinzu, als sie geendet hatte. »Gestatte dem Mann nie mehr, in Zukunft auch nur einen Fuß auf Eden Downs zu setzen.«

»Er wird nicht nur einen großen Bogen um Eden Downs machen, Jessica, sondern ich werde alles tun, was in meiner Macht steht, um dafür zu sorgen, dass er auch auf den anderen Farmen im Umkreis keine Arbeit mehr findet. Ich wollte, du hättest dich mir früher anvertraut. Hätte ich die Wahrheit gekannt, wäre er noch vor Ende der Saison aus meinen Diensten entlassen worden. Er war kein guter Schafscherer.«

Jessica schüttelte traurig den Kopf. »Das hätte Jenny auch nicht retten können, selbst wenn ihre letzten Tage weniger unglücklich verlaufen wären.«

Tief bewegt vom tragischen Tod ihrer jungen Freundin, wurde sich Jessica zunehmend des Kindes bewusst, dass in ihr selbst heranwuchs. Als sie sich eines Abends in die Arme ihres Mannes schmiegte, empfand sie ein Verlangen, das über die körperliche Erfüllung hinausging. Nicht sicher, was es war, wonach sie suchte, spürte sie, dass sich auch seine Haltung ihr gegenüber unmerklich veränderte. Ein Hauch von Zärtlichkeit war plötzlich in ihre Leidenschaft eingekehrt, und sie schlief jeden Abend in seinen Armen ein, die sie umfingen wie ein schützender Kokon.

Am Morgen nach dem Begräbnis, als sie ihren Kummer besser im Griff hatte, machte sich Jessica auf die Suche nach der Wirtschafterin. Lallys Umsichtigkeit und das offenkundige Mitgefühl passten nicht in das Bild, das sie sich von der jungen Frau gemacht hatte, und sie wusste, es war an der Zeit für ein offenes Wort. Sie fand Lally in der Küche, sie knetete den Teig für das Brot, das leichter und knuspriger war als alles, was Jessica jemals gebacken hatte.

»Ich möchte dir danken, Lally. Für alles, was du für Jenny getan hast.«

»Ich hatte gehofft, die Arznei würde ihr helfen.«

»Sie hat geholfen, und ich bin dir sehr dankbar für deine Bemühungen. Du sagtest, das Rezept sei von deiner Großmutter?«

»Es ist ein altes irisches Heilmittel, Ma'am, falls es das ist, worüber Sie sich wundern.« Sie wischte die Hände an einem Küchentuch ab, dann breitete sie ein frisches Tuch über die Schüssel, damit der Teig aufgehen konnte. »Meine Mutter starb bei meiner Geburt. Ich wuchs bei meinem Vater und meiner Großmutter auf.«

»Oh.«

Lally blickte Jessica ins Gesicht, ihre Lippen verzogen sich zu einem verächtlichen Lächeln. »Ihre

Miene verrät, was Sie denken, Ma'am. Sie fragen sich, was meine Großmutter von ihrem Sohn gehalten haben mag, als dieser eine Eingeborene zur Frau nahm. Meine Eltern wurden in einer Kirche getraut, wissen Sie, mit allem, was dazu gehört. Mein Vater liebte meine Mutter, und meine Großmutter war in der Lage, über die Hautfarbe eines Menschen hinwegzusehen. Das können nur wenige«, fügte sie mit unverhohlener Bitterkeit hinzu.

»Ich versichere dir, dass mir deine Herkunft keinerlei Kopfzerbrechen bereitet, Lally. Ich nehme die Menschen auch so, wie sie sind.«

Die Miene der jungen Frau deutete darauf hin, dass sie ihr keinen Glauben schenkte. »Bei Tom dachte ich ebenfalls, dass es ihn nicht stört – bis er Sie hierher brachte.«

»Warum sagst du das?« Dass sie ihn so vertraulich bei seinem Vornamen nannte, wurde Jessica nicht sofort bewusst.

Lally weigerte sich, näher darauf einzugehen, und verschloss sich wie eine Auster, als gäbe es zu dem Thema nichts mehr zu sagen. Aber Jessica war noch nicht fertig. Wenn sich das Verhältnis zur Wirtschafterin bessern sollte, musste sie auf alle ihre Fragen eine Antwort haben.

»Lally, warum hast du mich absichtlich in dem Glauben gelassen, mein Mann sei der Vater deines Kindes?«

Ein Hauch von Aufsässigkeit breitete sich auf dem dunklen Gesicht aus, die Augen funkelten angriffslustig. »Er hätte es sein können.«

Jessica errötete bei der Anspielung, und doch wusste sie, dass sie um des eigenen Seelenfriedens willen zu Ende führen musste, was sie begonnen hatte. Es gelang ihr, mit fester, aber gleichmütiger Stimme zu sprechen, ohne zu bemerken, dass die junge Frau den Tonfall als herablassend empfand.

»Mein Mann hat mir von eurer Beziehung erzählt, Lally. Das, was geschehen ist, gehört ein für alle Mal der Vergangenheit an. Du musst dir vor Augen halten, dass er dich nie geliebt hat.«

»Hat er Sie aus Liebe geheiratet, Ma'am?«

Jessica stockte der Atem angesichts der unverhohlenen Dreistigkeit der Frage. »Ich denke, das geht dich nichts an.«

»Das finde ich aber schon, Ma'am.« Der sinnliche Mund presste sich hämisch zusammen, ihr Blick war boshaft wie zuvor. »Ich war gut genug, sein Bett zu wärmen. Warum war ich ihm dann nicht gut genug als Ehefrau, wenn er Sie nicht geliebt hat?« Sie stieß ein kurzes, bitteres Lachen aus, das Jessica einen eiskalten Schauer über den Rücken jagte. »Die Antwort erübrigt sich. Ich kann sie an Ihrem Gesicht ablesen. Obwohl ich wie eine Weiße aufwuchs und eine bessere Erziehung erhielt als viele andere, ist niemand in der Lage, nicht einmal Tom, die Hautfarbe meiner Mutter zu vergessen.«

Das Ausmaß ihrer Verbitterung erschreckte Jessica, auch wenn es einiges erklärte. Sie glaubte nun, Lallys Gefühl der Zurückweisung und den Grund für ihre anfängliche Feindseligkeit zu verstehen. Sie beschloss auf der Stelle, die junge Frau in Zukunft freundlicher zu behandeln. Es gab nichts daran zu rütteln, dass sie eine ausgezeichnete Wirtschafterin war, und Jessica wusste, dass Tom froh sein würde, wenn sie Frieden mit ihr schloss.

Der Rest der Woche verging wie im Fluge. Die Schafscherer zogen weiter, die Bereiche rund um die Schurhütte, in der geschäftiges Treiben geherrscht hatte, wirkten mit einem Mal wie ausgestorben. Mit Bedauern schloss Jessica die Tore ihres kleinen Schulhauses. Die Tage wurden allmählich eintönig und langweilig. Im Haus gab es nichts für sie zu tun. Lally würde keine ihrer Pflichten freiwillig aufgeben. Wenigstens redeten sie nun ein wenig mehr miteinander. Ihr Verhältnis mochte nicht einfach sein, aber es lag klar auf der Hand, wer die Herrin des Hauses und wer die Bedienstete war.

Es gab keinen Zweifel daran, dass Tom und Jessica immer mehr zusammenwuchsen. Bisweilen saßen sie ruhig beisammen, lesend oder Jessica mit einer Nadelarbeit beschäftigt, bis einer von beiden hoch sah, den Blick des anderen auffing und ein kleines, wissendes Lächeln ausgetauscht wurde. Es war genauso, wie sich Jessica eine harmonische Ehe vorgestellt hatte. Wenn Tom nur die Worte ausgesprochen hätte, nach denen sie sich so sehr sehnte.

»Hättest du Lust auf einen Ausflug nach Barcaldine?«, fragte er sie eines Abends überraschend.

»Warum? Planst du einen Besuch, ich meine, zur Zerstreuung?«

»Nicht direkt. Ich denke, es ist an der Zeit, mir aus

erster Hand ein Bild vom Stand der Bohrarbeiten zu machen, und es behagt mir nicht, dich alleine zu Hause zu lassen, wo du nur vor dich hin grübelst. Wie mir scheint, hast du Jennys Tod noch nicht verwunden.«

Jessica schüttelte den Kopf und beeilte sich, die Tränen zurückzudrängen, die ihr jedes Mal kamen, wenn sie an das junge Mädchen dachte. »Ich könnte dich begleiten. Ich würde mir die Bohrarbeiten gerne anschauen.«

»Ich würde dich auch sehr gerne mitnehmen, aber ich werde voraussichtlich eine Woche weg sein und finde, du solltest nicht mit all den Männern da draußen im Zeltlager kampieren.«

»Ich verstehe. Aber wie würde ich nach Barcaldine gelangen?«

»Harry Grimm und seine Frau haben eine Stippvisite geplant und würden sich freuen, wenn du sie in ihrem Buggy begleitest. Die Fahrt wird viel bequemer sein als der Ritt hierher, von Blackall.«

»Dann sollte ich vielleicht mitfahren. Du hast Recht, Tom, wenn ich alleine hier bleibe, würde ich nur trübsinnig, denn der Gedanke an Jenny stimmt mich immer noch traurig. Und ich mag die Frau deines Verwalters. Grimm — Ihr Wesen entspricht so gar nicht ihrem Namen. Sie ist angenehm im Umgang.«

»Dann wäre es also abgemacht. Ich glaube, die Abfahrt ist für übermorgen vorgesehen, und ich werde zur Bohrstelle reiten, sobald ich dich sicher auf den Weg gebracht habe.«

Er hielt kurz ihre Hand, als sie in der Kutsche Platz

genommen hatte. Leidenschaftlich in den eigenen vier Wänden, pflegte er seine Gefühle in der Öffentlichkeit zu verbergen. Nur er wusste, wie sehr er sie vermissen würde und wie beunruhigt er war, weil am Tag zuvor ein weiterer Brief von Richard eingetroffen war. »Gib auf dich Acht«, war alles, was er zum Abschied sagte.

»Das werde ich«, erwiderte Jessica, dann gab Harry Grimm den Pferden die Zügel, und der Buggy setzte sich rumpelnd in Bewegung, am Krämerladen und Metzger vorbei, und weiter auf der unbefestigten Straße, die nach Barcaldine führte.

Unbemerkt hatte Lally die Abfahrt vom Schatten der Veranda aus beobachtet und überlegt, wie sie sich die Abwesenheit ihrer Herrin am besten zunutze machen könnte.

Abgesehen vom Tumult auf den Bahnhöfen, unterschied sich die Stadt nicht sehr von Blackall, stellte Jessica fest. Es schien eine erkleckliche Auswahl an Läden und Handwerksbetrieben und eine ähnliche Vielfalt bei den Hotels zu geben. Aller Wahrscheinlichkeit nach badeten die Bewohner von Blackall nun ebenfalls in dem Quellwasser, das aus dem Bohrloch sprudelte, genau wie in Barcaldine.

In Blackall war Jessicas einziger Begleiter der unerbittliche Fremde gewesen, dessen Frau sie geworden war. In Barcaldine mangelte es ihr nie an Gesellschaft. Die Grimms machten sie mit vielen Bewohnern der Stadt bekannt, die ausnahmslos großen Wert darauf legten, Tom Bannermans Frau die herzlichste Gastfreundschaft zuteil werden zu lassen.

Ihr wurde allmählich klar, in welchem Maß er von seinesgleichen respektiert wurde und mit welcher Hochachtung alle von ihm sprachen, die Geschäfte mit ihm tätigten. Obwohl die Entdeckung Jessica nicht überraschte, freute sie sich von Herzen darüber.

Sie erkannte, wie sehr sie ihn vermisste, und fand es schwer, sich die Zeit vorzustellen, als sie nicht einmal geahnt hatte, dass es ihn gab. Ihr schien, als wären sie seit Anbeginn der Zeit füreinander bestimmt gewesen. Und doch war sie noch vor weniger als einem halben Jahr in England gewesen, und Australien schien für sie ein fernes, beinahe mystisches Land zu sein. In diesen wenigen Monaten war gleichwohl so viel geschehen, dass es für ein ganzes Leben gereicht hätte.

Als die Grimms ihr mitteilten, dass sie ihren Aufenthalt um ein paar Tage zu verlängern gedachten, verspürte Jessica eine schmerzliche Enttäuschung, die sie bewog, den Gefühlen für ihren Mann auf den Grund zu gehen. Was sie dabei entdeckte, war nicht gänzlich unerwartet.

Toms Enttäuschung, als er entdecken musste, dass Jessica ihn bei seiner Rückkehr nicht wie besprochen erwartete, war nicht minder groß. Das Haus erschien ihm verwaist in ihrer Abwesenheit, und er fragte sich, wie es ihm jemals gelungen war, ohne sie darin zu leben. Aus einem Impuls heraus forderte er Lally auf, mit ihm gemeinsam zu Abend zu essen, um nicht alleine im Speisezimmer zu sitzen. Doch noch vor Beendigung der Mahlzeit fragte er sich, ob seine Entscheidung klug gewesen war. Da er lediglich Gesellschaft und Unterhaltung suchte, hoffte er, dass er sich den einladenden Blick der jungen Frau nur einbildete.

Nach dem Essen saß Tom einige Zeit über seinen Wirtschaftsbüchern, dann schenkte er sich ein Glas Portwein ein und trug es auf die Veranda hinaus, wo er tief in Gedanken versunken dasaß und gemächlich seine Pfeife rauchte. Erst als er aufstand, um ins Haus zu gehen, merkte er, dass er nicht allein war. Lally hatte es sich in einem Sessel, nicht weit entfernt von ihm, bequem gemacht; sie erhob sich zur gleichen Zeit wie er und kam auf ihn zu. Sie wiegte sich bei jeder Bewegung verführerisch in den Hüften, was den Verdacht in ihm weckte, dass sie unter ihrem langen Gewand nur wenig trug.

»Was machst du denn hier?« Seine Stimme klang barscher als beabsichtigt.

Zorn über seinen Ton wallte in Lally auf, aber die dunklen Schatten verbargen ihren funkelnden Blick, der hart geworden war. Ihre Stimme klang kehlig, sie schnurrte wie eine Katze. »Ich habe den Abend sehr genossen, genau wie du. Wir könnten auch den Rest gemeinsam verbringen.«

Sie stand so dicht vor ihm, dass er den Moschusduft ihres Verlangens riechen konnte. Ihre Lippen waren einladend geöffnet, die dunklen Augen verheißungsvoll. Früher hatte sich in seinem Körper die Lust geregt, wenn sie ihn auf diese Weise angesehen hatte. Nun ließ sie ihn kalt. Als sie sich an ihn schmiegen wollte, kam er ihr zuvor und legte ihr die Hände auf die Schultern, um sie sich vom Leibe zu halten.

»Nein, Lally. Das ist ein für alle Mal vorbei.«

»Für mich nicht.«

»Es muss sein. Eden Downs ist dein Heim, solange du möchtest, Lally, aber ich habe jetzt eine Frau. Versuche nicht, die Situation unnötig zu erschweren.«

Tom war sich nicht sicher, wie Lally reagieren würde. Er hatte ihre Gedankengänge nie verstanden. Er bedauerte den Tag, als er morgens aufgewacht war, sie nackt in seinem Bett vorgefunden und unüberlegt genommen hatte, was sie ihm nur allzu bereitwillig darbot. Anschließend hatte er sich geschämt, denn er fand sein Verhalten keinen Deut besser als das des Schurken, der sie mit einem falschen Eheversprechen verführt und ein Kind mit ihr gezeugt hatte.

Er war sicher gewesen, dass er an der Art ihrer Beziehung keinen Zweifel gelassen hatte. Obwohl Lally anziehend und intelligent war, wäre es für ihn unvorstellbar gewesen, auch nur in Betracht zu ziehen, das Kind eines anderen Mannes großzuziehen. Einen Bastard, der eines Tages Anspruch auf alles erheben könnte, was er sich aufgebaut hatte. Tom war entschlossen, einen Sohn von seinem eigenen Fleisch und Blut als Erben von Eden Downs in die Welt zu setzen.

Dennoch war er nach dem ersten Mal häufiger in Versuchung geraten, Lally in sein Bett zu nehmen. Deshalb hatte er auch beschlossen, sich eine Ehefrau zu suchen.

Was immer Lally auch erwartet haben mochte, sie trat nun einen Schritt zurück, schien sich in das Unvermeidliche zu fügen, während sie etwas aus der tiefen Tasche ihres Kleides holte.
»Ich kenne meinen Platz, Tom. Aber kennst du auch die Liebesbriefe, die deine Frau in ihrer Kommode versteckt?«
Lautlos wie ein Schatten glitt sie an ihm vorüber, bog um die Ecke der Veranda und war verschwunden, bevor er auch nur einen klaren Gedanken fassen konnte. Seine Finger umklammerten das Blatt Papier, das sie ihm in die Hand gedrückt hatte.
Mit einem unguten Gefühl kehrte er in den Speiseraum zurück und trug den Brief zur Lampe hinüber. Seine Neugierde, was Jessicas Korrespondenz betraf, die er stets verurteilt hatte, aber nicht zu unterdrücken vermochte, erwachte in einem Ausmaß, vor dem ihm grauste. Dennoch war er nicht auf die Eifersucht und die rasende Wut vorbereitet, die in ihm aufloderten, als er die leidenschaftlichen Sätze las. Mit wachsendem Abscheu durchsuchte er wie von Sinnen Jessicas Kommode nach weiteren Briefen und fragte sich in seinem Elend, was sie ihm wohl geantwortet haben mochte.
Obwohl er bei der Wahl seiner Ehefrau mit kühlem Kopf Jessicas Tauglichkeit als Ehefrau erwogen hatte, glaubte er nun, dass er die einzige Frau auf der Welt gefunden hatte, die von Anfang an für ihn bestimmt war. Das jüngst entdeckte innere Behagen, das ihm seine Ehe vermittelte, wurde mit einem Schlag von dem Wissen vernichtet, dass sei-

ne Frau die Liebesbriefe eines anderen Mannes aufbewahrte.
Tom stellte fest, dass er Jessicas Rückkehr mit wachsender Ungeduld erwartete; er musste sich von der Unantastbarkeit ihrer Ehe überzeugen, indem er das lodernde Feuer des Begehrens entfachte, das sie von einer kühlen, gelassenen Frau in eine leidenschaftliche, fantasievolle Geliebte verwandelte. Hals über Kopf beschloss er, dass er nicht auf ihre Rückkehr warten konnte. Sobald der Morgen graute, würde er nach Barcaldine reiten, um bei ihr zu sein.

Wenn Jessica Notiz davon genommen hätte, wohin sie ihren Fuß setzte, hätte sie dem Betrunkenen ausweichen können, der schwankend das Hotel verließ. Ihre Gedanken waren indes mit anderen Dingen beschäftigt. Sie war einer Einladung zum Morgentee bei einer ihrer neuen Bekannten gefolgt und hatte die Gesellschaft genossen, bis ihr ein anderer weiblicher Gast vorgestellt wurde und sie mit neugierigem Interesse musterte.
»Ich freue mich, Sie kennen zu lernen, Mrs. Bannerman. Ich habe viel von Ihnen gehört, als ich in Rockhampton war.«
Jessica war über alle Maßen verdutzt gewesen. »Sie müssen mich verwechseln. Ich kenne dort niemanden.«
»Oh, verzeihen Sie, ich sollte es Ihnen erklären. Die Lobesworte stammten von Mr. Brennan, der rechten Hand des Gouverneurs. Ich glaube, Sie waren sehr gute Freunde.« Die Frau blickte sie mit einem wis-

senden Lächeln an. »Ein hübscher junger Mann, alles, was recht ist.«
Jessica bemerkte, dass die Frau ihr Auskünfte entlocken wollte, die sich für einen pikanten Klatsch eigneten, und entmutigte sie mit einer Erklärung, die an Kürze nicht zu überbieten war. Doch das Wissen, dass sich Richard in Rockhampton aufhielt, nur eine Tagesreise mit dem Zug entfernt, beunruhigte sie mehr, als sie sich eingestehen wollte.
Und so kam es, dass sie den berauschten Mann erst wahrnahm, als er mir ihr zusammenstieß und sie um ein Haar auf dem Boden gelandet wäre, doch zum Glück konnte sie sich an einen Pfosten klammern und den Sturz vermeiden. Entrüstet drehte sie sich um, in der Absicht, den Mann zu auszuschelten, aber die Worte erstarben auf ihren Lippen. In den vergangenen Wochen hatte sie kaum jemals einen Gedanken an das Schicksal von Jennys Ehemann verschwendet und nie damit gerechnet, den Rohling jemals wiederzusehen, geschweige denn, es sich gewünscht. Er erkannte sie und zischte ihr das Wort »Miststück« zu, bevor er seinen Weg taumelnd fortsetzte. Noch tiefer beunruhigt als vorher, betrat Jessica mit zitternden Beinen das Hotel.
Am Abend begleitete Jessica, obwohl sie müde war und sich nicht sonderlich wohl fühlte, die Grimms in ein Konzert, das im Konservatorium stattfand. Offenbar besuchte ganz Barcaldine die Vorstellung, denn das kleine Gebäude drohte aus allen Nähten zu platzen. Die drangvolle Enge wurde unerträglich für Jessica. Elend und einer Ohnmacht nahe, erklärte sie

ihre Absicht, ins Hotel zurückzukehren, und lehnte das Angebot der älteren Frau ab, sie zu begleiten.
»Es wird mir gleich besser gehen, sobald ich draußen an der frischen Luft bin, Mrs. Grimm. Ich bestehe darauf, dass Sie bleiben und das Konzert genießen.«
»Ach, meine Liebe.« Die gute Frau war unschlüssig. »Was ist, wenn Ihnen etwas passiert?«
»Es ist unwahrscheinlich, dass mir auf der kurzen Strecke eine Gefahr droht. Keine Angst«, fügte sie hinzu, als sie sah, dass die Frau trotzdem Bedenken hatte. »Es ist noch früh am Abend. Es sind auch noch andere Leute unterwegs.«
Die kühle Nachtluft wirkte wahre Wunder, und Jessica fühlte sich bald wieder bei Kräften. Sie schlenderte gemächlich die Straße entlang und fühlte sich mit jedem Schritt besser. Sie sah nicht den Schatten, der sich von einer Hauswand löste, um ihr zu folgen. Auch die hochgewachsene Gestalt, die ihr in der Ferne entgegenkam, entging ihrer Aufmerksamkeit.
Eine raue Hand presste sich auf ihren Mund, bevor sie auch nur daran denken konnte, einen Schrei auszustoßen. Sie wurde beinahe von den Füßen gehoben und in einen dunklen schmalen Durchgang zwischen zwei Gebäuden gezerrt. Dort wurde sie grob mit dem Rücken gegen eine Mauer geschleudert, und während die Hand ihr immer noch den Mund zuhielt, drängte sich der Körper des Mannes dreist gegen sie. Sein Gesicht war nur eine Handbreit entfernt, und sein stinkender Atem drang in ihre Nase.

»Du dachtest wohl, du wärst besonders schlau, du Miststück, als du dafür gesorgt hast, dass ich weit und breit keine Arbeit mehr finde; nun, jetzt fällt dir bestimmt nichts mehr ein! Aber mir, denn jetzt weiß ich, wie ich es dir und deinem so allmächtigen Ehemann heimzahlen kann.« Er lachte auf, ein heimtückisches, wolllüstiges Lachen, das Jessica vor Angst und Ekel erschauern ließ. »Du wirst deine Nase nicht mehr ganz so hoch tragen, wenn ich mit dir fertig bin. Ich könnte sogar in Versuchung geraten, noch eine Weile hier zu bleiben, nur um Bannermans Gesicht zu sehen, wenn er ...«
Der Satz wurde nie beendet. Ihr Angreifer sank besinnungslos zu Boden, getroffen von einem Schlag auf den Hinterkopf. Dann schlossen sich Toms Arme um sie, hielten sie so fest, als wollte er sie nie wieder loslassen, als könne die Innigkeit seiner Umarmung bewirken, dass sie zu zittern aufhörte.
»O Tom, wie ...?«
»Ich bin nach Barcaldine gekommen, um bei dir zu sein, und habe mich auf die Suche nach dir gemacht, statt auf deine Rückkehr aus dem Konzert zu warten.« Er schauderte, seine Stimme war rau. »Gottlob, kann ich nur sagen. Bist du verletzt?«
»Nein. Ich hatte Todesangst, aber mir ist nichts geschehen.«
»Glaubst du, dass du es alleine zum Hotel schaffst? Ich werde diesen Strolch bei der Polizei abliefern.« Er funkelte den inzwischen erwachten, stöhnenden Mann auf dem Boden zornig an. »Ich komme nach, sobald ich kann.«

Als er das Zimmer betrat, wartete sie im Bett auf ihn, mit weit geöffneten Armen, sehnte sich nach der Sicherheit seiner Liebe, spürte das gleiche verzweifelte Begehren in ihm. Keiner von beiden wurde enttäuscht. Danach hielt er sie in den Armen, während seine Lippen ihr Gesicht liebkosten.
»Hast du mich vermisst?«
»Ja. Sehr.«
Die Lust regte sich erneut. Einem Impuls folgend, stand Tom auf und ging zum Fenster, um die Vorhänge zu öffnen. Das Licht des Vollmonds fiel in das Zimmer, erfüllte es mit seinem milchigen Schein. Als er zum Bett zurückkehrte, setzte er sich auf die Kante und betrachtete die blassen, verlockenden Formen ihres Körpers. Ein zufriedenes Lächeln auf den Lippen, hob Jessica die Arme über den Kopf und gestattete ihm, sich an ihrem Anblick zu weiden. Er beugte sich vor, um ihre Brustwarzen zu küssen, und seine Hände glitten an den Hüften hinab, über die sanfte Wölbung ihres Bauches.
»Du wirst füllig. Ich behandle dich offenbar zu gut«, brummte er.
Er legte sich zu ihr, und ihre Lippen fanden sich, bis ihr Herz langsamer schlug. Sie hatte ihm noch nichts von dem Kind erzählt, und sie wusste genau, warum. Aber sie fragte sich, wie lange sie das Geständnis noch hinauszögern konnte, denn sicher würde er ihren Zustand bald erraten.

Die Nächte wurden inzwischen eisig, obwohl die Tage warm blieben. Es sei denn, es ging ein Wind.

Wenn er blies, herrschte auch tagsüber klirrende Kälte, die selbst durch die dickste Kleidung drang. An solchen Tagen war Jessica zufrieden, im Haus bleiben zu können, und dankbar für das Feuer, das am Abend brannte. Es war ein Tag wie dieser, nicht lange nach der gemeinsamen Rückkehr nach Eden Downs, und sie war mit einer Nadelarbeit beschäftigt, als sie an die winzigen Kleidungsstücke dachte, die es bald zu nähen galt. Zu dem Schluss gelangt, dass ihr Mann nicht zu den Menschen gehörte, die ihre Gefühle in Worte fassen können, überlegte sie gerade, ob sie ihm an diesem Abend endlich sagen sollte, dass sie ein Kind erwartete, als er den Raum betrat.

»Nimm deinen Mantel, Jessica, und komm mit. Ich muss dir etwas zeigen.« Seine Miene war so lebhaft wie selten zuvor. Gespannt legte sie ihre Nadelarbeit beiseite und tat wie geheißen.

»Wohin gehen wir?«, fragte sie, aber er lächelte nur. »Warte ab, du wirst schon sehen.«

Ihr Ziel war offenbar die Pferdekoppel, und sie wollte ihre Frage gerade wiederholen, als Tom stehen blieb und ihren Arm ergriff, um ihr Einhalt zu gebieten.

»Leise, wir wollen sie nicht erschrecken.«

Plötzlich sah sie es: Ein winziges schwarzes Fohlen mit einer weißen Blesse auf dem Maul stakste auf unsicheren Beinen hinter seiner stolzen, frisch gebackenen Mutter her.

»O Tom, es ist wunderschön. Wann wurde es geboren?«

»Vor etwa einer Stunde. Komm, wenn wir uns langsam bewegen, können wir bis zur Einzäunung gehen.«
Völlig verzaubert beobachtete Jessica das Fohlen.
»Wie soll es heißen?«
»Wie immer du es nennen willst, meine Liebe.«
Sie sah ihren Mann mit glänzenden Augen an. »Ich darf ihm einen Namen geben?«
»Ja. Es ist ein Er, und er gehört dir. Ich schenke ihn dir.«
»O Tom.« Überwältigt schlang sie die Arme um ihren Mann. Er drückte sie an sich, seine Arme umfingen sie, und seine Lippen pressten sich auf ihr Haar.
»Ach, Jess, ich –«
»Nein!« Jessicas Aufschrei und die Erregung, mit der sie sich losriss, unterbrachen, was immer er auch sagen wollte.
Abrupt ließ er sie los und sah, dass ihre Augen dunkel waren, ein Gefühl widerspiegelten, das er nicht zu deuten vermochte. »Was ist? Was hast du?«
»Ich will nicht, dass du mich so nennst!«
Verwundert runzelte er die Stirn. »Ich habe dich Jess genannt, nichts weiter.«
»Richard hat mich Jess genannt«, sagte sie mit zusammengebissenen Zähnen. »Ich möchte nicht, dass du diesen Namen benutzt.«
Sie sah, dass sich seine Augen vor Zorn verdunkelten, und schüttelte verärgert den Kopf.
»So ist das also.« Sein Stimme hatte abermals den harten, unerbittlichen Tonfall angenommen, von

dem sie gehofft hatte, ihn nie wieder hören zu müssen. »Dieser Kosename ist Brennan vorbehalten und unantastbar.«
»Nein! Ja – oh, du verstehst nicht das Geringste!«
»Ich verstehe vollkommen – Jessica.«
Jessica ballte die Fäuste, um nicht dem Drang zu erliegen, ihm in das harte, stolze Gesicht zu schlagen. »Du bist der dümmste, starrsinnigste Mann, dem ich jemals begegnet bin. Es ist unmöglich, dir etwas zu erklären.«
»Was gibt es da zu erklären? Wie mir scheint, versteht sich meine Frau meisterhaft auf Lug und Trug.«
»Lug und Trug?« Jessica erstickte fast an ihrer Wut. »Wann habe ich dich jemals getäuscht oder betrogen?«
»Du hast versprochen, dir Brennan aus dem Kopf zu schlagen, als du meine Frau wurdest. Deine Versprechen sind offenbar keinen Pfifferling wert.«
»Das ist nicht wahr.«
»Verschone mich mit deinen Lügen, Jessica. Du hast nie aufgehört, ihm nachzutrauern. Du bewahrst seine Liebesbriefe auf und versteckst sie in deiner Kommode.«
Bestürzung und Kränkung waren stärker als die Wut.
»Ich hätte nie gedacht, dass du im Stande wärst, in meiner Privatkorrespondenz herumzuschnüffeln! Warum hast du mich überhaupt geheiratet, wenn du mir so wenig vertraust?«
Seine Lippen pressten sich verächtlich zusammen.
»Ich habe dich geheiratet, weil ich Söhne will – die du mir offenbar nicht bieten kannst. Doch immer-

hin bist du billiger als eine Hure, und intelligenter dazu.«

Sie zuckte zusammen, als hätte er sie geschlagen, und wurde kreidebleich. Dann machte sie auf dem Absatz kehrt und rannte ins Haus zurück, während Tränen der Verzweiflung und der Scham über ihre Wangen strömten.

Tom blickte ihr nach, dann trat er mit voller Wucht gegen den nächsten Pfosten des Weidenzauns. Es war zu spät, die bitteren Worte zurückzunehmen und die teuflische Eifersucht zu verfluchen, die sie ihm in den Mund gelegt hatte. Er fühlte sich elend, am Boden zerstört vom ganzen Ausmaß seiner Empfindungen. Zuerst hatte er sie begehrt, nun liebte er sie mit einer alles verzehrenden Leidenschaft. Doch trotz der gemeinsamen Freuden im Bett hatte er das Gefühl, sich ihrer nicht sicher sein zu können.

Jessica ging langsamer, bevor sie sich dem Haus näherte. Sie fühlte sich ausgebrannt und leer, fragte sich, wie sie einen Mann lieben konnte, der sie derart verletzte. Sie dachte, sie hätte erfahren, was Kummer bedeutet, als Richard sie verraten hatte, aber das war nichts im Vergleich zu den Qualen, die sie nun litt.

Da sie nicht sofort ins Haus zurückkehren wollte, ging sie um die Vorderseite herum in den Garten, wo sie immer wieder stehen blieb, um geistesabwesend Unkraut zu zupfen. Der Wind konnte ihr nichts anhaben, denn das Eis, das ihre Seele umschloss, war kälter. In Gedanken versunken, glaubte sie, dass der Wind ihrer Fantasie einen Streich spielte, als sie eine Stimme »Jess, Jess!« rufen hörte. Sie achtete kaum auf die eiligen Schritte, die sich näherten, bevor sie an den Schultern gepackt und in Richards Arme gerissen wurde, während sich sein Mund besitzergreifend auf ihre Lippen presste.

Als Tom um die Ecke bog, entschlossen, Jessica um Verzeihung zu bitten, hielt er jäh inne, als wäre er gegen eine Mauer gerannt. Der Anblick des eng umschlungenen Paares versetzte ihm einen Stich, als hätte man ihm ein Messer in die Eingeweide gestoßen und herumgedreht. Mit aschfahlem Gesicht machte er kehrt und ging den Weg zurück, auf dem er gekommen war.

## 9. Kapitel

Jessica befreite sich aus der feurigen Umarmung. »Richard! Hör auf!«

Richard ließ sie mit einem Grinsen los, das alles andere als reumütig war. »Ach komm, Jess, freust du dich nicht, dass ich hier bin?«

»Da bin ich mir absolut nicht sicher«, erwiderte sie schroff. »Was willst du?«

Er tat, als sei er gekränkt. »Ich hätte ein herzlicheres Willkommen erwartet, schließlich habe ich den weiten Weg nur auf mich genommen, um dich wieder zu sehen. Offiziell bereite ich für Gouverneur Musgrave einen Bericht über diese Region vor.«

»Ist Amelia bei dir?«

»Natürlich nicht, wo denkst du hin. Amelia würde nie auf die Zerstreuungen in der Stadt verzichten. Nicht, dass ich Wert auf ihre Gesellschaft lege, wenn ich bei dir bin.«

Jessica schüttelte seufzend den Kopf. »Richard, zwischen uns ist es ein für alle Mal vorbei.« Sie blickte ihn traurig an. »Du bist ein verheirateter Mann, und ich bin eine verheiratete Frau.«

»Bist du glücklich, Jess?«

Er musterte sie mit zusammengekniffenen Augen, und sie zögerte einen Augenblick zu lange. »Natürlich.«

»Jess –« In dem Kosenamen lag ein Flehen, dem sie unverzüglich Einhalt gebot.

»Ich wünschte, du wärst nicht gekommen, Richard, aber daran lässt sich jetzt nichts mehr ändern. Du brauchst eine Unterkunft für die Nacht, denn es ist zu spät, um in die Stadt zurückzukehren. Ich nehme an, du bist von Barcaldine hierher geritten«, fügte sie hinzu. »Wie hast du den Weg überhaupt gefunden?«
»Ich habe eine klare Wegbeschreibung erhalten, und es war leicht, ihr zu folgen. Ich muss gestehen, ich hatte nicht erwartet, ein so prachtvolles Anwesen vorzufinden.«
Auf dem Weg zum Haus erfüllten Richards anerkennende Bemerkungen Jessica mit Besitzerstolz. Sie stellte fest, dass sie sich Eden Downs, ihrem neuen Zuhause, inzwischen genauso verbunden fühlte wie ihr Mann.
Bei dem Gedanken an Tom verdüsterte sich ihre Miene, der Kummer über den erbitterten Streit war noch zu frisch. Richard hätte keine ungelegenere Zeit für seinen Besuch wählen können. Die Vorstellung, wie Tom auf die Anwesenheit seines Nebenbuhlers reagieren würde, erfüllte sie mit Angst und Schrecken. Er betrat den Salon durch die Hintertür, gerade in dem Moment, als sie zur Vordertür hereinkamen, und begrüßte den Gast leutselig.
»Ah, Brennan. Meine Wirtschafterin hat mich von Ihrer Ankunft in Kenntnis gesetzt. Ich nehme an, dass Sie keine Schwierigkeiten hatten, uns zu finden.«
»Nicht die geringsten.« Richard ergriff die ausgestreckte Hand. »Ich hoffe, dass mein unangemeldeter Besuch keine Unannehmlichkeiten bereitet.«

»Gäste sind auf Eden Downs stets willkommen. Sie werden ein paar Tage bleiben?«
Richards Blick, forschend und unsicher, wanderte von Toms jovialer Miene zu Jessicas ängstlichem Gesicht. Die Spannung, die in der Luft lag, war nahezu greifbar. Er zuckte die Achseln.
»Wenn es keine Umstände macht, nehme ich das Angebot gerne an.«
»Dann ist es abgemacht. Ich habe einem der Stalljungen aufgetragen, sich um Ihr Pferd zu kümmern, und Jessica, vielleicht könntest du dich auf die Suche nach Lally begeben und sie bitten, eines der Gästezimmer herzurichten.«
Er sah Jessica zum ersten Mal an, seit er den Raum betreten hatte. Das harte Funkeln in seinen Augen strafte das Bild vom freundlichen Gastgeber Lügen. Sie war ziemlich sicher, dass er sich genauso wenig über Richards Besuch freute wie sie, und doch hatte er praktisch darauf bestanden, dass er länger blieb.
Ihre Stirn war sorgenvoll gerunzelt, als sie sich auf den Weg machte, um Lally mitzuteilen, dass Richard die Gastfreundschaft des Hauses ein paar Tage in Anspruch nehmen würde.
»Sie wirken aufgewühlt, Ma'am«, erwiderte die junge Frau höhnisch. »Gewiss freuen Sie sich, dass Ihr – Freund – zu Besuch weilt?«
Jessica warf ihr einen scharfen Blick zu, während ihr binnen Sekunden tausend Gedanken durch den Kopf gingen: die seltsame Betonung des Wortes ›Freund‹, die Gewissheit, dass Richards erster Brief

gelesen worden war und dass Tom Kenntnis von besagter Korrespondenz hatte.
»Du vergisst deine Stellung in diesem Haus, Lally.« Ihr Tonfall war gleichermaßen beißend. »Du solltest dich nicht zu sehr auf Mr. Bannermans Freundlichkeit verlassen.« Sie machte auf dem Absatz kehrt und verließ die Küche, bevor sie in Versuchung geriet, mehr zu sagen.
Lally blickte ihr mit hasserfüllten Augen nach. »Und du, meine feine Madam, solltest dich nicht zur sehr auf deine Stellung in diesem Haus verlassen«, murmelte sie vor sich hin. »Sie könnte nicht so sicher sein, wie du denkst.« Sie bückte sich, um ihren Sohn auf den Arm zu nehmen, der zu ihren Füßen gespielt hatte. »Du brauchst einen Vater, kleiner Mann. Nun, wir werden ja sehen, wie es weitergeht. Vielleicht brennt das weiße Miststück ja mit ihrem Geliebten durch, und dann bin ich zur Stelle, um Tom zu trösten.«
Den ganzen Abend behielt Tom die Rolle des jovialen Gastgebers bei. Er äußerte sich ausführlich zum Thema Wollgewinnung und ermutigte Richard, sich an dem Gespräch zu beteiligen, von dem sich Jessica völlig ausgeschlossen sah. Wenn das seiner Absicht entsprach, hätte er nicht deutlicher zum Ausdruck bringen können, dass sie seiner Meinung nach nichts Wichtiges zur Unterhaltung beizutragen vermochte. Ihr heimlicher Groll wurde nach dem Abendessen noch größer, als er gönnerhaft vorschlug, sie möge ein paar leise Melodien auf dem Piano vortragen, während er Richard zu einer Partie

Schach aufforderte. Sie beherrschte dieses Spiel genauso gut wie Tom und weit besser als Richard.
Später, als sie sich allein im Schlafzimmer befanden, stellte sie ihn zur Rede. »Was für ein Spiel ist das jetzt wieder, Tom?«, fragte sie mit mühsam verhaltener Wut. »Warum hast du Richard gebeten, zu bleiben?«
Im Begriff, seinen Rock aufzuknöpfen, hielt er inne, um sie mit hochgezogenen Brauen und gespielter Verwunderung zu mustern. »Ich verstehe deine Frage nicht. Eden Downs ist für seine Gastfreundschaft bekannt. Was ist, bist du nicht müde?«, fügte er beißend hinzu.
Jessica saß im Bett, die Beine unter der Bettdecke angewinkelt, die Arme um die Knie geschlungen. Sie errötete unter seinem sarkastischen Blick und legte sich hin, auf die Seite, kehrte ihm demonstrativ den Rücken zu.
Die Lampe wurde gleich darauf gelöscht, und das Bett gab unter seinem Gewicht nach. Sie fragte sich, ob er nach ihr greifen würde, fest entschlossen, sich ihm zu verweigern, bis er sich für die Kränkung entschuldigte. Doch er setzte dem Fass noch die Krone auf, als er ihr ebenfalls den Rücken zudrehte, ohne Interesse an ihrer Anwesenheit im Ehebett zu bekunden.

»Sie können genauso gut das gesamte Anwesen in Augenschein nehmen, wenn Sie schon hier sind, Brennan«, schlug Tom am darauffolgenden Morgen vor. »Ich habe angeordnet, dass die Pferde bereitstehen, damit wir gleich nach dem Frühstück aufbre-

chen können. Du wirst uns gewiss begleiten wollen, Jessica. Schließlich gilt Brennans Besuch zweifellos dir, und ich möchte euch nicht einen einzigen Augenblick der Wiedersehensfreude rauben.«
Diese Äußerung gab er genauso beiläufig von sich wie eine Bemerkung über das Wetter, als sei er blind für die Unruhe seiner Frau oder die Überheblichkeit des Besuchers.
Der wolkenlose, kobaltblaue Himmel schien ihn in der Tat mehr zu interessieren als die Beziehung seiner Frau zum Gast des Hauses, dachte Jessica beim Verlassen der Farm. Im Laufe des Tages erfolgten weitere Kommentare der gleichen Art, bis Jessica, die Nerven zum Zerreißen gespannt, kurz davor war, die Beherrschung zu verlieren und ihren Mann anzuschreien.
Das Gebaren seines Gastgebers gab Richard Rätsel auf, dem keine der unterschwelligen Spitzen entging. Sein Blick schweifte nachdenklich zwischen Ehemann und Ehefrau hin und her, und er beschloss, er habe nichts zu verlieren, wenn er Jessica mit mehr Nachdruck den Hof machte.
Der Abend lief nach dem gleichen Muster wie der vorherige ab, abgesehen davon, dass Jessica sich weigerte, auch nur ein Wort mit Tom zu wechseln, sobald sie allein waren. Sie konnte sich keinen Reim auf sein Verhalten machen, war unfähig, den Grund für seine augenscheinliche Bereitschaft zu entdecken, sie Richard buchstäblich in die Arme zu treiben. Die Gewissheit, dass er kurz vor dem Streit an dem Punkt angelangt war, ihr seine Liebe zu

erklären, machte das Gefühl der Verwirrung und Demütigung umso schlimmer.

Und sie war sich ebenso sicher, dass seine Ankündigung, er müsse am nächsten Tag hinaus, um eine der Herden zu inspizieren, ein Vorwand war, um ihnen Gelegenheit zu trauter Zweisamkeit zu geben.

»Möchtest du einen Rundgang über die Farm machen, Richard?«, fragte sie, als Tom losgeritten war. Sie fühlte sich unwohl, mit ihm alleine zu sein, und wusste nicht recht, wie sie mit der Situation umgehen sollte. »Der Krämerladen und der Metzger werden dich interessieren, und ich kann dir die Hütte zeigen, die ich als Schulhaus benutzt habe.«

»Was immer du möchtest, geliebte Jess, solange du bei mir bist. Du kannst dir nicht vorstellen, wie sehr ich dich die ganze Zeit vermisst habe«, fügte er glutvoll hinzu.

»Richard!« Ihr Herz klopfte, ihr war unbehaglich zumute.

Er grinste, ein einnehmendes lausbübisches Grinsen, das keinerlei Gewissensbisse erkennen ließ und sie in die Kindheit zurückversetzte. Er streckte ihr ergeben die Handflächen entgegen. »Schon gut, Jess. Ich werde mich bessern. Dann führe mich herum in deinem kleinen Königreich.«

Ein betrübtes Lächeln umspielte ihre Lippen. »Du änderst dich nie, Richard, oder? Aber wie dem auch sei, Eden Downs kann man kaum als Königreich bezeichnen. Wir halten uns mit knapper Not über Wasser.«

»So siehst du es vielleicht, aber Mr. Bannerman ist

ein Großgrundbesitzer, der in seinem Reich wie ein König herrscht.«

»Er hat hart gearbeitet, um Eden Downs aufzubauen«, entgegnete sie angriffslustig. »Er hat alles verdient, was er besitzt.«

»Ich habe nicht das Gegenteil behauptet, Jess. Vielleicht mit Ausnahme von dir.« Er sah Ungeduld und Verärgerung in ihren Augen aufflammen und versuchte, sie mit seinem Lächeln zu beschwichtigen. »Ich weiß, was du sagen willst, aber eine Frau wie dich findet man unter Tausenden nicht, Jess. Ich frage mich, ob er zu schätzen weiß, was er an dir hat.«

Noch vor einer Woche hätte sie die Frage ohne zu zögern bejaht. Nun blieb sie die Antwort schuldig, und die Röte, die ihr in die Wangen stieg, bewirkte, dass sich Richards fein geschnittener Mund zu einem selbstgefälligen Lächeln verzog.

Um weiteren unangenehmen Fragen vorzubeugen, lotste Jessica ihn aus dem Haus, in der Hoffnung, ihn durch das Interesse an dem kleinen Dorf auf andere Gedanken zu bringen. Als sie das Schulhaus erreichten, hellte sich sein Gesicht auf.

»Ich wünschte, ich wäre dabei gewesen, als du hier Unterricht gehalten hast«, sagte er lächelnd. »Ich kann mir das Bild lebhaft vorstellen, Jess. Du, die gestrenge Lehrerin, mit deinen verwahrlosten Schülern, die auf diesen groben Bänken sitzen und über ihren Schiefertafeln brüten.«

»Ich war nicht streng. Es hat mir Spaß gemacht, die Kinder zu unterrichten.«

»Natürlich, genau wie dein Vater, der Apfel fällt bekanntlich nicht weit vom Stamm. Ach, Jessica, auch du hast dich nicht verändert.«

Bevor sie seine Absicht ahnen konnte, hatte er sie auch schon in seine Arme gerissen und küsste sie gierig. Seine Hände strichen über ihren Rücken, pressten dabei ihren Körper auf eine Weise an sich, die sein Verlangen nach ihr deutlich machte. Einen Moment lang fühlte sie sich in die Vergangenheit versetzt, in jene Nacht im Park von Government House, als sie in Versuchung geraten war, Richards Mätresse zu werden. Dann gewann ihr gesunder Menschenverstand die Oberhand. Sie riss sich los und lief aus dem dämmerigen Gebäude, hinaus in den hellen Sonnenschein.

Er eilte ihr nach, ergriff ihre Hand. »Jess.« Seine Stimme war gefühlvoll und flehend.

Wütend entzog sie ihm ihre Hand. Sie war den Tränen nahe und wusste, dass er ihre Anspannung bemerkt hatte. »Du reist umgehend ab, Richard. Du kannst nicht hier bleiben.«

»Warum, Jess? Hast du Angst davor, was geschehen könnte, wenn ich bliebe?«

»Ich will dich nicht hier haben, Richard. Ich wünschte, du wärst nie gekommen.«

Ein Nerv zuckte an seinem Mundwinkel, seine Miene verdüsterte sich. »Ich glaube dir kein Wort, und du selbst glaubst es auch nicht. Du kannst mir nichts vormachen, ich kenne dich, genauso gut wie mich selbst. Ich werde nicht abreisen, Jess. Nicht, bevor ich das bekommen habe, weswegen ich gekommen bin.«

Was er damit meinte, war unmissverständlich. Richard hatte vor, sie Tom auszuspannen. Aber ihre Gefühle waren viel zu wirr, um sie in Worte zu kleiden. Schweigend drehte sie sich um und ging zum Haus zurück, Richard an ihrer Seite, der sich ihrem Schritt anpasste. Zu ihrer Erleichterung blieb er stumm, obwohl sie merkte, dass er sie von Zeit zu Zeit prüfend ansah.
Selbst ein Blinder hätte die Spannung gespürt, die zwischen ihnen herrschte, auch wenn ihre Mienen nichts von den Nachwirkungen der Aussprache verraten hätten, und Lally war weder blind noch dumm. Sie begegnete den beiden in der Nähe des Hauses, und ihr nachdenklicher Blick folgte ihnen, bis sie eintraten.
Zu Jessicas Erleichterung kehrte Tom rechtzeitig zum Mittagessen zurück; nach der Mahlzeit entschuldigte sie sich unter dem Vorwand, sich eine Weile ausruhen zu wollen.
»Geht es dir nicht gut?«, fragte Tom stirnrunzelnd.
»Doch, ich bin nur ein wenig müde.« In Wirklichkeit verspürte sie ein leichtes Unwohlsein. Diese Unpässlichkeit war in letzter Zeit mit zunehmender Häufigkeit aufgetreten, und sie schrieb sie der Tatsache zu, dass sie ein Kind erwartete.
Nachdem er sie kurz, aber eindringlich gemustert hatte, schlug Tom Richard vor, mit ihm auszureiten, während Jessica ruhte. Dass der Vorschlag nicht willkommen war, ging aus dem mürrischen Blick hervor, den Richard Jessica zuwarf. Toms Augen verengten sich; er wusste den Blick zu deuten und muss-

te an sich halten, um Brennan nicht auf der Stelle von seinem Anwesen zu jagen. Zuerst hatte er den Drang verspürt, ihn hochkant hinauszuschmeißen, als er zufällig mitbekommen hatte, wie er Jessica küsste. Seine Gründe, darauf zu verzichten, waren ihm völlig klar. Obwohl er sich dafür verachtete, die Treue seiner Frau auf die Probe zu stellen. Zu diesem Zweck hatte er den beiden auch Gelegenheit zur Zweisamkeit gegeben, und die Belastung, die er sich damit selbst auferlegt hatte, begann ihn zu zermürben.

Er hätte nie damit gerechnet, dass das Schicksal auf so spektakuläre Weise eingreifen würde. Sie hatten die gemeinsame Mahlzeit an diesem Abend fast beendet, als die Aufmerksamkeit der drei von donnernden Hufschlägen gefesselt wurde, die mit einem Wiehern vor dem Haus endeten. Eilige Schritte auf der Veranda veranlassten Tom, aufzuspringen. Mit gerunzelter Stirn öffnete er die Tür und stand einem erschöpften, mit Staub bedeckten Reiter gegenüber. In dem schwachen Lichtschein, der vom Speisezimmer nach außen drang, erkannte er den Gehilfen des Ingenieurs.

»Was gibt es, Smith?«

»Ärger an der Bohrstelle, Mr. Bannerman.« Die Worte wurden leise und nachdrücklich geäußert, die Miene des Mannes war grimmig.

Tom warf einen raschen Blick über die Schulter zum Esstisch hinüber, an dem Richard und Jessica mit einer Miene saßen, die verhaltene Neugierde und Bestürzung widerspiegelte. Brüsk trat er auf die Ve-

randa hinaus und zog die Tür hinter sich zu, so dass ihre Stimmen nur noch gedämpft zu hören waren.
»In Ordnung, Smith, schießen Sie los.«
»Thompson hat es erwischt. Ein Balken des Bohrgestänges ist gebrochen und hat ihn voll am Kopf getroffen; offener Schädelbruch, das Gehirn ist nur so herausgespritzt.«
»Großer Gott! Das ist ja grauenvoll.«
»Ja, aber das ist noch nicht alles. Die Männer glauben, dass der Ort verhext ist, und drohen damit, die Arbeit niederzulegen.«
»Warum denn das?« Tom runzelte die Stirn. »Bei meinem letzten Besuch schien doch noch alles in bester Ordnung zu sein!«
»Es ging kurz danach los. Ein alter Eingeborener kam ins Lager, wollte Tabak schnorren. Man machte kurzen Prozess und warf ihn hinaus, mit der Auflage, sich ja nie wieder blicken zu lassen. Da fing er plötzlich an, herumzutanzen und vor sich hinzumurmeln, der reinste Hokuspokus. Anfangs haben wir über ihn gelacht, aber seither haben sich seltsame Dinge ereignet. Seit Thompson umgekommen ist, haben die Burschen die Hosen gestrichen voll.«
Tom knurrte verächtlich. »Diese Narren. Das muss der alte Charlie Tree gewesen sein. Sein Sohn ist einer meiner Viehhüter, aber Charlie hat nicht viel für den weißen Mann übrig und würde einen großen Bogen um ihn machen, wenn da nicht seine Vorliebe für den Tabak wäre. Normalerweise streunt er irgendwo in der Gegend um Eden Downs herum. Das war früher einmal Stammesland, auch wenn

nicht mehr viele seiner Leute übrig sind. Thompsons Tod ist eine Tragödie, aber Charlie hat nichts damit zu tun; er ist kein Zauberer. Er wollte euch lediglich einen Schrecken einjagen, als Rache dafür, dass ihr ihm keinen Tabak gegeben habt. Er würde sich wahrscheinlich ins Fäustchen lachen, wenn er wüsste, dass er damit Erfolg hatte.«

»Möglich, aber das ändert nichts an der Tatsache, dass die Männer drauf und dran sind, mit Sack und Pack das Weite zu suchen. Der Boss hat mich hergeschickt, weil er hofft, dass Sie die Männer zur Vernunft bringen können.«

»Glauben Sie, dass sie bei meiner Ankunft noch da sind?«

»Das ist so sicher wie das Amen in der Kirche, weil es kein Spaß ist, das Lager im Dunkeln zu verlassen. Sie würden hinter jedem Busch Gespenster wittern. Und außerdem müssen sie zuerst Thompson begraben.«

»In Ordnung, Smith, ich werde im Morgengrauen aufbrechen. Sie reiten morgen Früh nach Barcaldine, um den Unfall zu melden. Aber jetzt gehen Sie erst mal in die Küche, meine Wirtschafterin wird Ihnen etwas zu essen geben.«

Jessica bemerkte die tiefen Sorgenfalten auf der Stirn ihres Mannes, als er ins Esszimmer zurückkam. »Gibt es Ärger, Tom?«

»Ein Problem an der Bohrstelle. Nichts, worüber du dir den Kopf zerbrechen müsstest, aber ich werde morgen in aller Frühe hinreiten.«

»Oh.« Jessicas Blick huschte unsicher zwischen Richard und Tom hin und her.

»Lassen Sie sich Ihren Besuch dadurch nicht verderben, Brennan; Sie können bleiben, solange Sie wollen. Jessica wird sich freuen, während meiner Abwesenheit Gesellschaft zu haben. Ich weiß nicht, wie lange ich ausbleiben werde. Es könnte ein paar Tage dauern, bis die Sache bereinigt ist.«

Jessicas Herz sank. Sie spürte, dass Richard sich diebisch freute, auch wenn es ihm gelang, einen gleichmütigen Tonfall anzuschlagen, der nichts von seinen Gefühlen verriet.

»Das ist sehr freundlich von Ihnen, Bannerman. Ich werde dafür sorgen, dass Jessica kein Leid geschieht.« Dann warf er ihr, als Tom wieder Platz nahm, um seine unterbrochene Mahlzeit fortzusetzen, ein verschwörerisches Lächeln zu.

Jessica biss sich auf die Lippe, sie wusste, dass sie ihn nicht vor Tom zurechtweisen konnte. Sie beschloss jedoch, ihn am nächsten Tag wegzuschicken.

Darauf gefasst, dass ihr Tom abermals den Rücken zukehren würde, wenn sie sich zur Nachtruhe begaben, klopfte ihr das Herz bis zum Halse, als er seine Hand ausstreckte und auf ihrer Brust ruhen ließ. Mit angehaltenem Atem wartete sie auf seine Entschuldigung, die nicht erfolgte, doch die Entschlossenheit, sich ihm zu verweigern, geriet durch die Liebkosungen seiner Hand ins Wanken. Er nahm sie, bevor sie für ihn bereit war, bewegte sich in ihr mit einer verzweifelten Gier, die wenig mit Leidenschaft zu tun hatte. Ihre Wangen waren tränenüberströmt, und es überraschte sie nicht, dass er anschließend wortlos von ihr herunterrollte.

Er war bereits weg, als sie erwachte, und als sie Richard beim Frühstück begegnete, fühlte sie sich nervös und beklommen. Doch statt des forschen Liebhabers, den sie erwartet hatte, sah sie sich dem Freund gegenüber, den sie in England gekannt hatte. Vielleicht hatte sie ihm mit ihrer Unterstellung Unrecht getan, dass er die Situation umgehend ausnutzen werde. Richard benahm sich so mustergültig, wie es sich für einen wohlerzogenen Gast in Abwesenheit des Hausherrn gehörte. Jessicas Absicht, ihn unverzüglich zur Abreise aufzufordern, geriet angesichts seiner tadellosen Manieren und seiner offenkundigen Umgänglichkeit ins Wanken. Außerdem fürchtete sie eine weitere, viel zu persönliche und schmerzliche Aussprache.

Richard nutzte die restlichen Stunden des Tages, um Jessicas Bedenken zu zerstreuen. Gekonnt beschwor er die Erinnerung an ihre gemeinsame Kindheit herauf, an die Zeit, als sie miteinander aufgewachsen waren. Und geschickt entlockte er ihr das Geständnis, wie nahe sie sich gestanden hatten, ohne das Thema anzuschneiden, dass diese Jugendliebe inzwischen mehr Intimität enthielt. Letzteres sparte er sich für einen romantischen Abend im Lampenschein auf.

Sie saß am Piano, ließ die Finger müßig über die Tasten gleiten, als er neben ihr Platz nahm.

»Wie wäre es mit einem Duett?« Seine Finger schlugen die ersten Noten an, und nach einem Augenblick des Zögerns stimmte Jessica ein. Sie spielten drei Melodien, bis er plötzlich aufhörte und seine

feingliedrigen Hände betrachtete, die auf den Tasten ruhten.
»Ich liebe dich, Jess.«
»Nein!« Sie sprang auf, um Abstand zwischen ihnen zu schaffen. Er drehte sich auf dem Hocker herum und sah sie an, während sie dastand und die Hände rang. Ihre Erregung schein ihm zu bestätigten, dass sich ihre Gefühle nicht geändert hatten.
Richard stand langsam auf und durchquerte lautlos den Raum, legte von hinten die Arme um sie. Seine Lippen lagen auf ihrem Haar. »Ich hätte dich nie gehen lassen dürfen.«
Jessica packte seine Hand, um sie wegzuziehen. Als sie sich aus der Umklammerung befreit hatte, drehte sie sich um, wich zurück und sah ihn an. »Aber du hast mich gehen lassen, Richard, und nun ist es zu spät. Ich gehöre zu Tom, und du gehörst zu Amelia.« In ihrer Stimme schwang verhaltene Wut mit.
»Amelia!«, rief er angewidert. »Gott, was war ich für ein Narr, mich derart blenden zu lassen.«
»Trotzdem, sie ist deine Frau.«
»Sie ist launisch und verwöhnt. Sie war keine Jungfrau mehr, als sie zu mir ins Brautbett kam, und ich kann mir nicht einmal sicher sein, dass ich der Vater des Kindes bin, das sie erwartet.«
Jessica empfand Mitleid mit Richard, der ernüchtert wirkte. Ihre Antwort klang daher weniger harsch als beabsichtigt. »Du hast deine Wahl getroffen, Richard, und jetzt musst du damit leben. Schließlich sollte die Heirat mit Amelia deiner Karriere förderlich sein.«

»All das bedeutet mir nichts mehr. Nicht das Geringste, seit du mich verlassen hast. O Jess, Jess.« Er zog sie in seine Arme. »Komm mit mir, hier bist du doch nicht glücklich. Leugne es nicht«, fügte er heftig hinzu und schloss sie noch enger in seine Arme. »Ich kenne dich zu gut. Du liebst mich noch immer. Daran gibt es für mich keinen Zweifel, seit ich dich im Schulhaus geküsst habe. Du willst mich, genauso, wie ich dich will.«
Ihr Protest wurde von seinen Lippen erstickt. Sie pressten sich mit glühender Begierde auf ihren Mund, auf der Suche nach Erwiderung.
Im Speisezimmer, den Blicken verborgen, beobachtete Lally das Geschehen mit hämischer Genugtuung, die gleich darauf einer rasenden Eifersucht Platz machte.
Denn Jessica riss sich keuchend aus Richards Armen los und funkelte ihn an. »Du irrst, Richard. Ja, ich habe dich geliebt, aber nicht annähernd so sehr, wie ich meinen Mann liebe. Du hast mir mit deinem Verrat einen Gefallen erwiesen, denn damit hast du mich in die Arme eines Mannes getrieben, dem du nicht das Wasser reichen kannst. Eines Mannes, dessen Sohn ich in mir trage.«
Verblüfft und ungläubig starrte er sie an, seine helle Haut war noch bleicher geworden. Keiner von beiden bemerkte, dass sich Lally auf leisen Sohlen von ihrem Lauschposten unweit der Tür entfernte, die Hände auf den Mund gepresst, um einen Wutschrei zu unterdrücken.
»Es ist wahr, Richard. Ich erwarte Toms Kind.«

»Das mag ja sein, aber ich glaube dir trotzdem nicht, dass du deinen Mann liebst. Jeder Narr kann erkennen, dass es zwischen euch beiden nicht zum Besten steht.«

»Wir hatten einen Streit, das ist alles. Dein Besuch erfolgte zu einem höchst ungelegenen Zeitpunkt.«

»Aha, bei dem Streit ging es also um mich.« Sein Selbstvertrauen kehrte zurück. »Ich weiß, dass du meine Briefe aufbewahrt hast, Jess, auch wenn ich nie eine Antwort darauf bekam.« Er lächelte triumphierend, als er ihr erschrockenes Gesicht sah.

»Woher willst du das wissen?«

»Deine Wirtschafterin ist eine liebenswürdige Person. Als ich eintraf, schien es mir, als würde sie meinen Namen kennen. Ich war neugierig, woher. Wohin gehst du?«, rief er, als Jessica mit einem Ausruf der Erregung aus dem Zimmer lief.

»Ich muss etwas erledigen, was schon längst fällig gewesen wäre.«

In weniger als einer Minute war sie zurück, die Briefe in der Hand. Aufgebracht zerriss sie die Seiten und warf die Papierfetzen ins Feuer, ohne zu bemerken, dass die lodernde Glut in ihren Augen Richards Verlangen nach ihr noch schürte.

»So, das wäre erledigt, und ich werde mich auch deiner entledigen, Richard. Morgen früh verlässt du das Haus. Ich gehe jetzt zu Bett. Und du gehst und packst deine Koffer.«

Bevor er Einwände erheben konnte, war sie in ihr Zimmer geeilt und hatte die Tür mit zwingender Endgültigkeit hinter sich geschlossen. Zu erregt, um einzuschlafen, selbst nachdem sie mit aller Kraft ihre langen Haare gebürstet hatte, um ihre Wut abzureagieren, trug sie die Lampe zu dem kleinen Nachttisch hinüber. Auf Kissen gestützt, las sie bis spät in die Nacht ihre geliebten Sonette. Erst als ihr die Augen immer wieder zufielen, legte sie das schmale Büchlein beiseite und löschte das Licht.

Sie träumte, dass Tom sich neben ihr im Bett ausstreckte und sie streichelte, bis ihr Körper vor Sehnsucht erwachte. Leise aufstöhnend drehte sie sich herum und schmiegte sich in seine Arme, mit einladend geöffneten Lippen. Als er sie küssen wollte, wurde sie von einer seltsamen Unsicherheit ergriffen, dem nagenden Gefühl, dass etwas nicht stimmte. Noch im Halbschlaf hob sie die Hand an sein Gesicht; sie traf nicht auf das weiche Gestrüpp eines Bartes, sondern auf weiche, glatt rasierte Haut.

Mit einem Schlag war sie hellwach, riss sich aus Richards Armen los. Er war stärker als sie, ihre Anstrengungen vergebens. Mit seinem langen Bein hielt er ihren Körper gefangen, während seine Hände ihre Schultern niederdrückten und sein gieriger Mund in dem Bestreben fortfuhr, ihr einen Kuss zu rauben.

Jessica war stocksteif vor Angst. Aber es war nicht die Angst, dass er ihr Gewalt antun könnte. Sie fürchtete sich vor der Versuchung, seinem Drängen nachzugeben, denn Richard war ein erfahrener Mann, der jeden Trick kannte, um in einer Frau Begehren zu wecken.

Und sie war eine Frau, die ihn früher einmal abgöttisch geliebt hatte.

Als er den Kopf hob, öffnete sie den Mund, doch er erstickte ihren Schrei mit sanfter, aber unnachgiebiger Hand.

»Nein, Jess, Liebling, es hat keinen Zweck, zu schreien. Lally würde keine Notiz davon nehmen, selbst wenn sie dich hören könnte, und ich will dir nichts Böses. Ich werde dir nur beweisen, dass du mich noch liebst.«

Seine Hand schob sich in ihr Nachthemd, glitt zu ihrer Brust, seine Finger zeichneten Kreise um ihre Brustwarzen. Jessica spürte, wie sie sich gegen ihren Willen aufrichteten und hart wurden.

»Siehst du, meine geliebte Jessica, du willst mich«, rief er triumphierend. »Und ich will dich haben, denn du hast mir gehört, lange bevor es ihn gab. Ich werde dich lieben, wie du nie zuvor geliebt wurdest. Wieder und wieder werde ich dich lieben, bis du bereit bist, mit mir wegzugehen.«

Jessicas Augen waren weit aufgerissen, ihre Stimme klang rau und flehend, als er endlich die Hand von ihrem Mund nahm. »Bitte, Richard, tu mir das nicht an.«

Er beugte den Kopf, um ihr Gesicht mit heißen Küssen zu bedecken. »Sei ruhig, Liebling, lass deinen Gefühlen einfach freien Lauf. Wir wollen es doch beide.«

Ihr war völlig klar, was er wollte. Sie spürte seine Erregung, als er sich an sie presste, und seine Hände, die über ihren Körper glitten, waren geübt darin, Begehren zu entfachen. Tränen der Scham stiegen ihr in die Augen. »Großer Gott, gib mir Stärke«, betete

sie stumm. »Ich kann nicht zulassen, dass so etwas geschieht.«
Da sie sich körperlich nicht gegen ihn zur Wehr setzen konnte, musste sie ihn überlisten. Mit einem verzweifelten Schluchzen brachte sie seinen Namen über die Lippen. Seine Arme umfingen sie, sein Mund nahm siegessicher von ihrem Besitz. Jessica zwang sich, ihre Arme um seinen Rücken zu schlingen, doch als er Anstalten machte, auf sie zu gleiten, hielt sie ihn mit fester Hand zurück.
»Warte. Ich ziehe mein Nachthemd aus.«
Richards Blick versengte sie. »O Liebling, beeil dich, ich bin verrückt vor Sehnsucht nach dir.«
Als er zur Seite rollte, damit sie sich hinsetzen konnte, war sie blitzschnell aus dem Bett, wobei sie den Nachttisch umwarf. Bevor er auch nur fassungslos ihren Namen stammeln konnte, stand sie auch schon auf der anderen Seite des Raumes, riss die Schublade von Toms Kommode auf und drehte sich zu Richard um, einen schweren Revolver in den Händen. Langsam setzte er sich im Bett auf, seine Augen weit aufgerissen vor Verblüffung. Tränen strömten über Jessicas Wangen.
»Jess! Was tust du da? Leg das Ding weg!«
»Nein! Ich kann nicht zulassen, dass du mich verführst, Richard. Dazu liebe ich meinen Mann zu sehr.«
»Das ist eine Lüge. Du empfindest vielleicht eine gewisse Zuneigung für ihn, aber du liebst mich noch. Ich habe es in deinen Augen gesehen, seit meiner Ankunft.«

Jessica schüttelte den Kopf. »Nein, Richard. Ich war in einen Mann verliebt, mit dem mich seit meiner Kindheit eine tiefe Freundschaft verband. Und falls noch ein Rest dieser Zuneigung vorhanden war, dann hast du sie nun vollends zerstört. Komm mir nie wieder unter die Augen. Sieh zu, dass du bei Tagesanbruch aus diesem Haus verschwunden bist. Und solltest du vor deiner Abreise noch einmal versuchen, auch nur in meine Nähe zu gelangen, dann werde ich diese Waffe benutzen, Richard, so wahr mir Gott helfe!«

Er erkannte, dass sie es ernst meinte, die Waffe in ihren Händen war eine so greifbare, tödliche Bedrohung, dass selbst er sich nicht darüber hinwegsetzen konnte. Mit wutverzerrtem Gesicht und unvermindertem Begehren stürmte er aus dem Raum und knallte die Tür hinter sich zu.

Einen Moment lang blieb Jessica reglos stehen, dann sank sie auf die Knie, den Revolver immer noch umklammernd, und schluchzte, als würde ihr das Herz brechen.

Sie hatte einen leichten, unruhigen Schlaf in dieser Nacht, schrak bei jedem Knarren der Dielenbretter hoch. Selbst mit dem Revolver unter ihrem Kopfkissen fühlte sie sich nicht sicher. In den frühen Morgenstunden forderte die Erschöpfung schließlich ihren Tribut, so dass sie nichts von Richards Abreise mitbekam. Sie erwachte erst am späten Vormittag, mit rasenden Kopfschmerzen, die durch ihre Traurigkeit und Verzweiflung noch verschlimmert wurden.

Wenn es überhaupt noch eines Beweises bedurft hatte, dann hätte Richards Verführungsversuch sie nicht nachhaltiger überzeugen können, wie tief die Liebe war, die sie für ihren Mann empfand. Obwohl Tom die Worte nie ausgesprochen hatte, auf die sie sehnsüchtig wartete, glaubte sie, dass ihre Liebe erwidert wurde. In den schlaflosen Nachtstunden hatte sie begonnen, seine Zweifel und seine Eifersucht über ihre Gefühle für Richard zu verstehen. Sie konnte es ihm nicht verdenken. Er hatte sie in einer leidenschaftlichen Umarmung mit Richard gesehen, hatte gehört, wie sie ihm ihre Liebe erklärte. Doch dem Mann, der nun ihr Herz erobert hatte, war diese Liebeserklärung versagt geblieben. Sie wusste, dass sie ihm als Erste die Hand zur Versöhnung reichen, die Unstimmigkeiten beseitigen musste. Gleich nach seiner Rückkehr würde sie ihm von dem Kind erzählen und ihn von der Tiefe ihrer Liebe überzeugen. Da sie sich zu nichts aufraffen konnte, wanderte Jessica teilnahmslos durch das Haus. Sie saß gerade auf der Veranda und betrachtete niedergeschlagen ihren Garten, als Lally zu ihr trat.
»Verzeihen Sie die Störung, Ma'am.«
»Was gibt es, Lally?«
»Ein Reiter ist gerade von der Bohrstelle eingetroffen, Ma'am, mit einer Nachricht.«
»Oh?« Ihr Herz schlug schneller. »Wo ist er?«
»Er hat nur ein frisches Pferd gesattelt und ist gleich nach Barcaldine weitergeritten, um den Doktor zu holen.«
»Den Doktor?« Angst ergriff Jessica. Sie musterte das

Gesicht der Wirtschafterin und glaubte ungeweinte Tränen in ihren Augen zu entdecken. Erregt sprang sie auf. »Sag mir die Wahrheit, Lally. Ist Tom etwas geschehen?«
»Ich fürchte ja, Ma'am. Es gab einen Unfall. Er –« Sie unterdrückte ein Schluchzen »– er wurde schwer verletzt, und niemand weiß, ob er die Nacht überleben wird.«
Sie sah, dass Jessica einer Ohnmacht nahe war, und streckte hastig die Arme aus, um sie zu stützen.
»Vorsichtig, Ma'am, ich habe Sie erschreckt. Aber ich bin selbst völlig durcheinander.«
Fürsorglich half sie Jessica, wieder Platz zu nehmen.
»Ich werde einen starken, süßen Tee für Sie kochen, Ma'am. Bleiben Sie sitzen und ruhen Sie sich einfach eine Weile aus.«
Lally ging so lautlos, wie sie gekommen war. Jessica saß wie betäubt in ihrem Stuhl, unfähig zu begreifen, dass Tom sterben könnte. Würde sie ihn nie wiedersehen, ihm nie sagen können, wie sehr sie ihn liebte? Er würde sterben, ohne zu wissen, dass sie sein Kind trug. Die Minuten bis zur Rückkehr der Wirtschafterin kamen ihr wie Stunden vor, aber bis dahin war Jessicas Plan gefasst.
»Lally, kennst du den Weg zur Bohrstelle?«
»Ja, Ma'am.«
»Dann wirst du mich hinbringen. Ich muss zu ihm.«
»Ich denke, in Ihrem Zustand sollten Sie nicht reiten, Ma'am.«
In ihrer Erregung kam Jessica überhaupt nicht auf den Gedanken, sich zu wundern, woher die junge

Frau von ihrem Zustand wusste. Ihre einzige Sorge galt Tom.

»Mir wird schon nichts geschehen. Lally, wenn du den Weg kennst, befehle ich dir, mich hinzubringen.«

»Also gut, Ma'am. Trinken Sie Ihren Tee, und ich werde mich darum kümmern, dass die Pferde gesattelt werden.«

Jessica konnte es nicht mehr erwarten, sich auf den Weg zu machen. Krank vor Angst, achtete sie kaum darauf, wohin sie ritten, galoppierte blind hinter Lally her, während sie betete, dass sie Tom rechtzeitig erreichten. Erst nach einer Stunde fiel ihr auf, dass sie allem Anschein nach in westliche Richtung ritten und sich in der Nähe des Ödlands befanden.

Sie schloss zu dem anderen Pferd auf. »Lally, bist du sicher, dass der Weg richtig ist? Ich hätte schwören können, dass die Bohrstelle weiter südlich liegt.«

»Wir habe eine Abkürzung genomen, Ma'am. Wir werden bald nach Süden abbiegen.

»Aha, na gut.«

Eine weitere Stunde verging, und Jessicas Unruhe wuchs. Aber Lally sah nicht so aus, als hätte sie sich verirrt. In ebendiesem Augenblick beugte sich die junge Frau herüber und packte die Zügel von Jessicas Pferd.

»Was tust du da?«

»Ich glaube, Ihr Pferd hat ein Eisen verloren, Ma'am. Sie steigen besser ab, damit wir nachsehen können.«

»O nein!«, erwiderte Jessica entsetzt. Wenn ihr Pferd

lahmte, mussten sie beide Lallys benutzen, und bei der doppelten Last würden sie nur langsam vorankommen.

Sie stieg ab und bückte sich gerade, um den Huf zu überprüfen, als sich das Pferd mit einem Mal aufbäumte und durchging, von einem Klaps auf die Flanke und einem schrillen Schrei aufgeschreckt. Verärgert lief Jessica hinterher, um es wieder einzufangen, doch nach zwei Schritten wirbelte sie herum und blickte Lally fassungslos an. Ein Angstschauer, eiskalt und lähmend, lief ihr den Rücken hinab. Die junge Frau war auf ihrem Pferd sitzen geblieben und betrachtete sie mit einem boshaften, triumphierenden Lächeln.

»Sie hätten mit Ihrem Liebsten auf und davon gehen sollen, Ma'am. Das wäre einfacher gewesen.«

Die Erkenntnis, was die Wirtschafterin vorhatte, durchfuhr Jessica wie ein Messerstich.

»Nein! Das kannst du nicht machen! Du kannst mich doch nicht einfach hier zurücklassen!«

Von Verzweiflung getrieben, lief sie zurück, um nach den Zügeln zu greifen. Doch Lally gab ihrem Pferd die Sporen, das seitwärts tänzelte und Jessica dabei zu Boden stieß. Instinktiv rollte sie sich auf den Bauch und bedeckte den Kopf mit beiden Armen, um nicht von den ausschlagenden Hufen getroffen zu werden. Sie hörte das boshafte Lachen und drehte den Kopf zur Seite, um in das vom Hass verzerrte Gesicht der jungen Frau zu blicken.

»Sie sind eine Närrin, Ma'am. Sie haben es mir leicht gemacht, Sie in die Falle zu locken. Sie sind dieje-

nige, die sterben wird, nicht Tom, und niemand wird etwas davon erfahren. Er wird glauben, dass Sie mit Ihrem Liebhaber durchgebrannt sind. Möglich, dass er Ihnen zunächst die eine oder andere Träne nachweint, aber es wird nicht lange dauern, bis Wut und Hass die Oberhand gewinnen, wenn er sich an Sie erinnert. Und dann, Ma'am, werde ich ihm dabei helfen, zu vergessen.« Mit einem irren Lachen riss sie ihr Pferd herum. »Sehen Sie die Farbe des Himmels, Ma'am? Sie werden am Staub ersticken, der Wind wird Ihre Spuren auslöschen, und dann wird die Sonne Ihre Knochen bleichen, nachdem sie von den Krähen und Dingos abgenagt worden sind.«
Sie gab ihrem Pferd die Sporen und galoppierte davon, ohne dem Flehen ihres Opfers, das um Gnade bat, Beachtung zu schenken. Jessica rappelte sich mühsam hoch, um ihr nachzulaufen. Doch bald schwankte sie und musste ihren Schritt verlangsamen, hielt sich die schmerzende Seite. Ihr Atem ging stoßweise, sie war erstarrt vor Angst, konnte nicht einmal mehr weinen. Ihre ganze Willenskraft aufbietend, zwang sie sich, Ruhe zu bewahren. Sie musste nur geradeaus gehen, auf dem Weg, den sie gekommen waren, zurück zur Farm. Die Spuren des Pferdes waren im Sand klar zu erkennen. Lally war nicht so schlau, wie sie gedacht hatte.

## 10. Kapitel

Erst als sie merkte, dass sie die Spuren nicht mehr ausmachen konnte, kamen Jessica Zweifel. Vielleicht war das der Augenblick, als sie anhielt, den verdorrten Gidgee-Busch anstarrte und sich fragte, ob sie im Kreis gegangen war. Die Schatten der Dämmerung senkten sich auf das Land herab, der Wind wurde zunehmend stärker. Dunkle, bedrohliche Wolken brauten sich am Himmel zusammen, begleitet von Blitzen, die am fernen Horizont aufzuckten. Der Sandsturm nahte, wie Lally vorausgesagt hatte, vergrößerte ihre Angst, als die ersten Sandkörner hochgewirbelt wurden und auf ihr Gesicht und die ungeschützten Arme prasselten.
Instinktiv wusste Jessica, dass sie einen Unterschlupf suchen musste, gleich wo und wie. Die Aussicht, zu ersticken, war noch grauenvoller als die Erkenntnis, dass sie sich verirrt hatte. Tief in ihrem Inneren bezweifelte sie, dass Tom Lallys Erklärung von ihrem Verschwinden Glauben schenken würde. Aber woher sollte er wissen, wo er nach ihr suchen musste? Und wie lange würde es dauern, bis er überhaupt zur Farm zurückkehrte?
Der gesunde Menschenverstand sagte ihr, dass sie dem Wind den Rücken zukehren musste; sie drehte sich um und stolperte blindlings weiter, bis sie auf eine Reihe armseliger, niedriger Büsche stieß, die ihr kaum bis an die Knie reichten. Sie nutzte ihren dürf-

tigen Schutz und kauerte sich hinter der windabgewandten Seite auf den Boden, bis die Erschöpfung ihren Tribut verlangte und sie in einen tiefen, traumlosen Schlaf fiel.
Inzwischen hatte Lally die Farm erreicht; sie näherte sich dem Anwesen so leise wie möglich, um nicht bemerkt zu werden. Sie war sicher, dass niemand gesehen hatte, wie sie Eden Downs verließ, aber noch wichtiger war, dass ihre Rückkehr unentdeckt blieb. Dass sie alleine war, auf einem schweißgebadeten Pferd, und Jessicas Pferd am Zügel führte, hätte möglicherweise unangenehme Fragen nach sich gezogen. Obwohl sie sich inzwischen eine hieb- und stichfeste Geschichte zurechtgelegt hatte: Sie hatte Jessica begleitet, die ihren Geliebten nicht aufzugeben vermochte und ihm nachgeritten war.
Bisher war alles gut gegangen, und ihre Glückssträhne hielt an. Als die Pferde auf der Koppel waren und Sättel und Zaumzeug wieder an ihrem Platz hingen, eilte sie im Laufschritt ins Haus. Mit klopfendem Herzen betrat sie ihre Kammer, um nach ihrem Sohn zu sehen, der in seinem Bettchen schlief. Obwohl es ihr schwer gefallen war, hatte sie ihm einen leichten Schlaftrunk verabreicht, in der Hoffnung, es werde bis zur ihrer Rückkehr wirken. Sie beugte sich zu ihm hinunter, küsste ihn auf die Stirn und stellte erleichtert fest, dass er wie gewohnt atmete.
»Alles wird gut, mein Liebling«, flüsterte sie. »Ich habe dir versprochen, dass du einen Vater bekommst, wenn du brav bist, und es wird nicht mehr lange

dauern. Aber jetzt musst du aufwachen, mein Schatz, ich wärme dir gleich deine Milch.«

Sie spielte noch eine Stunde mit dem Kind, und als ihn wieder zu Bett gebracht hatte, nahm sie die Lampe und ging damit in das Schlafzimmer ihres Herrn. Die Nachricht, die der Reiter in Wirklichkeit von der Bohrstelle überbracht hatte, war an Jessica gerichtet und besagte, dass Tom aller Voraussicht nach am Nachmittag des darauf folgenden Tages nach Hause zurückkehren werde. Damit blieben Lally weniger als vierundzwanzig Stunden Zeit, um sämtliche Spuren, die an die Anwesenheit seiner »ungetreuen« Ehefrau erinnerten, zu vernichten.

Geschwind und umsichtig sammelte sie Jessicas Garderobe und anderen Besitztümer ein, trug sie in ihre Kammer hinüber und stapelte sie auf dem Bett. Alles, was sich ohne Mühe verbrennen ließ, verschwand in dem großen Küchenherd. Dann setzte sie sich auf den Fußboden und rückte Jessicas Kleidung mit einer großen Schere zuleibe, was ihr eine sadistische Freude bereitete. Leise vor sich hin lachend, stellte sie sich jeden Schnitt wie eine Wunde vor, die sie der verhassten Nebenbuhlerin zufügte, die es gewagt hatte, sie von ihrem Platz in Toms Leben zu verdrängen. Die kläglichen Überreste warf sie in eine Truhe, um sich ihrer nach und nach zu entledigen. Zufrieden, dass nichts mehr von Jessica zu sehen war, kehrte Lally in den Salon zurück, goss sich ein Glas vom besten Sherry ein und nahm Platz, genau gegenüber Toms bevorzugtem Sessel. Bald, sehr bald, würde sie ihn als ihren rechtmäßigen Platz beanspruchen. Sie würde hier als Herrin des Hauses sitzen, während Tom in seinem Sessel entspannte, sicher in dem Wissen um ihre Liebe.

Jessica erwachte zitternd, durchfroren bis auf die Knochen. Eine Weile blieb sie reglos liegen, wusste nicht, wo sie sich befand, oder ob sie träumte. Im trüben grauen Licht waren nur die schemenhaften Umrisse einer Landschaft mit gespenstisch geformten Büschen und Bäumen zu erkennen. Der schrille Schrei eines Nachtvogels ertönte, und sie schrak hoch. Die Erinnerung kehrte zurück, und mit ihr die Angst. Wenigstens war sie nicht erstickt, obwohl immer noch ein kräftiger Wind blies und sie die groben Sandkörner auf ihrem Gesicht und in ihren Haaren spürte. Dicht an die Büsche gedrängt, kauerte sich Jessica mit angewinkelten Knien hin, das Kinn aufgestützt und die Arme um die Beine geschlungen, zu einer Kugel zusammengerollt, um sich ein wenig aufzuwärmen.

Um sich Mut zu machen, sagte sie sich immer wieder, dass sie nicht sterben würde, weil es zu viel gab, wofür es sich zu leben lohnte. Vor allem Toms Kind, das in ihr wuchs. Schon um des ungeborenen Kindes willen musste sie eine Möglichkeit finden, zu überleben. Obwohl sie sich hoffnungslos verirrt hatte, schätzte sie, dass sie sich irgendwo westlich der Farm befand. Sie musste also nur warten, bis die Sonne aufging und ihr die Himmelsrichtung wies, dann brauchte sie nur noch stetig nach Osten zu gehen.
Als sie das nächste Mal hochschrak, wurde ihr be-

wusst, dass es bereits tagte. Sie war vermutlich wieder eingeschlafen. Mühsam rappelte sie sich hoch und sah sich verzweifelt um. So weit das Auge reichte, war der Himmel von dichten grauen Wolken verhangen. In sämtlichen Richtungen schienen Horizont und Erde miteinander zu verschmelzen, und kein noch so schwacher Lichtschimmer deutete darauf hin, wo Osten lag. Jessica versuchte sich zu erinnern, welche Richtung sie vor dem Sandsturm eingeschlagen hatte. Sie konnte nicht an Ort und Stelle verharren und darauf hoffen, dass irgendjemand sie fand.

Tom ritt mit klopfendem Herzen an den Außengebäuden der Farm vorbei. Die Sonne, die sich gen Westen neigte, hüllte das Land in ihren goldenen Schein, die wenigen verbliebenen Wolken glichen dunklen Streifen auf einer Leinwand und versprachen einen atemberaubenden Sonnenuntergang. Aber an diesem Tag hatte er keinen Blick für die Schönheiten der Natur. Noch bevor er die Hälfte des Weges zur Bohrstelle zurückgelegt hatte, bereute er bereits, Jessica mit Brennan allein gelassen zu haben. Er wollte ihr vertrauen, doch er konnte weder ihre Tränen vergessen, als er sie das letzte Mal geliebt hatte, noch ihren Anblick in den Armen des Nebenbuhlers. Sollte sich Brennan immer noch auf Eden Downs aufhalten, würde er ihn umgehend zum Teufel jagen und seiner Frau sagen, wie sehr er sie liebte. Er betrat das Haus von der Rückseite und eilte über die Veranda in den Salon, wo er verdutzt stehen blieb, als er ihn verlassen vorfand. Zu der Schlussfolgerung gelangt, dass seine Frau vermutlich den Sonnenuntergang genoss, ging er auf die Veranda an der Vorderseite. Aber auch sie war verwaist, und Tom eilte zu dem Gästezimmer am anderen Ende, das Brennan zugewiesen worden war. Ein flüchtiger Blick verriet ihm, dass der Mann abgereist war, doch die Erleichterung, die er im ersten Moment empfand, wurde gleich darauf von einem Verdacht verdrängt, der seine Eifersucht aufs Neue entfachte und ein ungutes Gefühl ihn ihm hervorrief.

Es war ungewöhnlich, dass Jessica seine Ankunft nicht bemerkt hatte und zu seiner Begrüßung herbeigeeilt war. Vielleicht, so dachte er, war sie gerade dabei, sich umzukleiden, und fand es unschicklich, das Schlafzimmer in halb entblößtem Zustand zu verlassen. Aber warum hatte sie ihm dann nicht einen Willkommensgruß zugerufen? Sich insgeheim davor fürchtend, was er vorfinden könnte, wollte er gerade im Schlafzimmer nachsehen, als Lally aus dem Salon auftauchte, um ihn zu begrüßen. Ihre Miene war bedrückt, und böse Vorahnungen verstärkten das ungute Gefühl, das er empfand.

»Wo ist meine Frau, Lally?«, verlangte er zu wissen. Angst verlieh seiner Stimme eine besondere Schärfe.

Die junge Frau biss sich auf die Lippe, als zögere sie, zu antworten, und mied seinen Blick. »Weg.«

»Was heißt weg?«

»Auf und davon, mit Mr. Brennan. Sie haben die Farm einen Tag, nachdem Sie zur Bohrstelle geritten sind, verlassen. Nachdem sie die Nacht zusammen verbracht haben, in Ihrem Bett.«

»Das ist nicht wahr!«

Seine Stimme war rau, die Haut trotz ihrer Bräune aschfahl. Grob stieß er die junge Frau beiseite und lief ins Schlafzimmer, riss die Kommodenschubladen und Schränke auf, um festzustellen, dass Jessicas gesamte Habe verschwunden war. Lally sah schweigend zu, bis er in einem Anfall von Wut und Verzweiflung einen Stuhl nahm und gegen die geschlossene Verandatür schmetterte, wobei das Glas in tausend Scherben zersprang, die den Boden übersäten.

»Nicht, Tom!« Sie rannte zu ihm und schlang die Arme um ihn, während er mit wildem Blick nach etwas anderem suchte, woran er seine Wut auslassen könnte. »Hör auf! Damit bringst du sie auch nicht wieder zurück.«

Sie umklammerte ihn mit aller Kraft und presste ihm die Arme gegen die Seiten, bis sie spürte, wie die Anspannung des rasenden Zorns langsam aus seinem Körper gewichen war. Dann führte sie ihn wie ein Kind in den Salon. »Komm, du brauchst eine Stärkung. Ich mache dir einen Drink.«

Einer reichte nicht aus, und auch nicht ein Dutzend. Stetig und methodisch leerte er eine Flasche nach der anderen, bis ihm das Glas aus der Hand fiel und auf dem Boden zersprang, sein Kopf auf den Tisch sackte und er in einen Zustand dumpfer Betäubung hinüberglitt, der alles Denken und Fühlen auslöschte.

Jessica hatte jedes Gefühl für die Richtung, in die sie ging, und jedes Zeitgefühl verloren. Sie wusste, dass sie sich hoffnungslos verirrt hatte und sich möglicherweise sogar von der Farm entfernte, aber sie ging entschlossen weiter. Die Erinnerung an den armen Tropf, dessen Skelett sie während des Ritts von Blackall entdeckt hatten, war immer noch lebendig und quälte sie. Die Vorstellung von ihren eigenen sterblichen Überresten im Sand, dem Verfall preisgegeben, rief Übelkeit und ein trockenes Würgen hervor, das an ihren Kräften zehrte und ihre Kehle noch mehr austrocknete. Wie lange konnte ein Mensch ohne Wasser überleben?

Sie stolperte über einen Ast und fiel nach vorne auf das Gesicht, lag keuchend im Sand, bis sie wieder Kraft hatte und sich auf Hände und Knie hochstemmte. Zwischen ihren zu Schlitzen verengten, geschwollenen Augenlidern hindurch starrte sie auf den Himmel, dessen kupferner Glanz ihre Pupillen wie Nadelstiche durchbohrte. Sie schloss die Augen, wandte den Kopf von dem Abendrot ab, weg von dem schmerzenden Licht. Als sie die Augen wieder öffnete, sah sie die Baumreihe zu ihrer Rechten und blinzelte kurz, um sich zu vergewissern, dass es kein Trugbild war.

Ein Lachen stieg gurgelnd in ihrer Kehle auf. Jessica rappelte sich hoch, dann lief sie stolpernd und taumelnd auf den Flusslauf zu, von dem sie glaubte, dass er ihre Rettung sei, weil er gewiss Wasser mit sich führte.

Am späten Nachmittag setzte der alte Mann seinen Weg gemächlich fort. Obwohl damit zufrieden, allein zu sein und das Ödland des Outback zu durchstreifen, vermisste er die alten Zeiten, bevor der weiße Mann ins Land gekommen war, wenn sich der ganze Stamm auf einen *walkabout* begab. Nun gab es kaum noch jemanden, der dem geheiligten Brauch seines Volkes entsprach und sich auf die Wanderschaft begab: Entweder waren sie an den Krankheiten des weißen Mannes zugrunde gegangen oder lebten verwahrlost am Rande der Städte, verloren den Verstand vor Gier nach einem Zug aus der Opiumpfeife des gelben Mannes.

Die Liebe zum Tabak war das einzige Laster, das der alte Charlie übernommen hatte, und er musste zugeben, dass die Kleidung des weißen Mannes dazu beitrug, seine mürben Knochen vor der eisigen Kälte zu schützen. Dennoch war es ihm lieber, hier draußen alleine und unter freiem Himmel zu leben als in einer Hütte. Sein Sohn hatte ihm vorgeworfen, er sei dumm, doch der alte Mann fand, es sei eher andersherum. Er war schließlich sein eigener Herr, konnte kommen und gehen, wie es ihm beliebte. Sein Sohn musste den Befehlen seines weißen Herrn gehorchen, seine Pferde reiten und sein Vieh zusammentreiben.

In der Nähe befand sich ein ausgetrocknetes Flussbett, dort würde er sein Nachtlager aufschlagen. Er war nur noch einen Steinwurf entfernt, als seine Augen, die immer noch scharf waren, die Spuren entdeckten. Sich wundernd, wie es jemanden in diese abgelegene Gegend verschlagen haben konnte, folgte er langsam der Zickzacklinie bis zur Baumreihe. Nach der Größe der Fußabdrücke zu urteilen, hätten sie von einem kleinen Jungen stammen können, aber als er die Person entdeckte, die sie hinterlassen hatte, sperrte er vor Staunen Mund und Nase auf. Wie kam eine weiße Frau in diese Einöde?

So schnell ihn seine alten Beine trugen, lief er zu ihr; ein einziger Blick genügte, um ihm zu zeigen, dass sie mehr tot als lebendig war. Er wusste nicht, wie lange sie schon umhergeirrt war, aber er war ziemlich sicher, dass sie kein Wasser gefunden hatte. Er stieg ins Flussbett hinab und begann, mit einem kräftigen Ast ein Loch zu bohren. Als der Ast beinahe gänzlich in der Erde verschwunden war, stieß er auf Wasser. Mit einem zufriedenen Grunzen tauchte er einen kleinen Blechnapf – eine der Gerätschaften des weißen Mannes, die ausnahmsweise brauchbar war – in das Loch und schöpfte das kühle, frische Nass.

Die Frau war ohne Besinnung, das kostbare Wasser rann ihr nutzlos über das Kinn, als er versuchte, den Napf an ihre Lippen zu halten. Er stellte ihn auf den Boden und hockte sich neben sie auf die Fersen, tauchte einen Finger hinein und presste ihn gegen ihre Lippen. Er versuchte es mehrmals vergeblich, bis es ihm endlich gelang, sie mit sanfter Gewalt zu öffnen, woraufhin er ihr ein paar Tropfen in den Mund träufelte. Zu seiner Verwunderung rann es an den Mundwinkeln wieder hinaus. Mit gerunzelter Stirn flößte er ihr erneut Wasser ein, doch dieses Mal hielt er ihr den Mund zu. Er grunzte zufrieden, als er sah, wie sie schluckte. Nachdem er ihr auf diese Weise mehrmals kleine Mengen an Flüssigkeit verabreicht hatte, stellte er den Napf beiseite und machte sich daran, Feuerholz zu sammeln. Die nächtliche Kälte setzte seinen alten Knochen zu, und die Frau brauchte gewiss Wärme.

Stunde um Stunde saß Charlie in der Dunkelheit, beobachtete die Frau und stand dann und wann auf, um ihr ein wenig Wasser einzuflößen.

Als Jessica die Augen öffnete, erschrak sie beim Anblick des verwitterten schwarzen Gesichtes, dem der flackernde Schein und die Schatten des Feuers einen finsteren Ausdruck verliehen. Dann spürte sie die Feuchtigkeit an ihren Lippen. Ohne nachzudenken, griff sie nach dem Blechnapf, um den Inhalt auf einen Zug zu leeren. Doch der alte Mann eilte herbei und nahm ihr das Gefäß mit einem Kopfschütteln aus der Hand.

Jessica hätte am liebsten lautstark protestiert, aber ihre Kehle war ausgedörrt, und sie brachte kein Wort heraus. Ohnmächtig sah sie zu, wie er auf die andere Seite des Feuers ging, wo er sich auf den Boden legte, allem Anschein nach, um zu schlafen. Jessicas Augen fielen ebenfalls zu.

Als sie das nächste Mal aufwachte, war helllichter Tag, und der alte Mann hockte vor der Feuerstelle, stocherte in etwas herum, das auf den glimmenden Scheiten lag. Er warf ihr einen raschen Blick zu und grinste, wobei seine gelb verfärbten Zähne sichtbar wurden, dann ahmte er die Gebärde des Essens nach. Sie sah, dass es sich um eine ungewöhnlich große

Eidechse handelte, die auf den Scheiten lag. Nach geraumer Zeit zog er sie aus der Asche und häutete sie, dann riss er ein Stück Fleisch heraus und brachte es ihr.

Vor Ekel schaudernd, beäugte sie es, bevor sie sich der beharrlichen Aufforderung des alten Mannes und dem schmerzlichen Hungergefühl beugte. Kaum hatte sie in das seltsam schmeckende Fleisch gebissen, würgte es sie auch schon, und sie hätte es ausgespuckt, wäre nicht die Entschlossenheit in den schwarzen Augen gewesen, die sie unerbittlich anblickten. Sie kaute langsam, schluckte Bissen für Bissen mühevoll hinunter, die wieder hochzukommen drohten, sobald sie in ihren Magen gelangten. Dann wurde ihr der Blechnapf mit Wasser in die Hand gedrückt, den sie dankbar entgegennahm. Sie trank bedächtig, bis sich ihr Magen beruhigt hatte. Als er ihr ein weiteres Stück Fleisch anbot, lehnte sie kopfschüttelnd ab.

Sie hatten kein Wort miteinander gewechselt, und sie fragte sich, ob der Alte überhaupt die Sprache des weißen Mannes verstand. Ihre Kehle schmerzte immer noch, so dass sie nur ein heiseres Krächzen hervorbrachte, deshalb blieb sie an den Baumstamm gelehnt sitzen und gab ihm mit Blicken zu verstehen, wie dankbar sie für das Wasser und die Nahrung war. Von letzterer erlaubte ihr Magen ihr lediglich, winzige Portionen auf einmal zu sich zu nehmen. Am Nachmittag, als sie spürte, dass ihre Kräfte immer mehr nachließen, gelang es ihr, die Worte »Eden Downs, Hilfe« auszustoßen.

Zu ihrer Verwunderung blickte der alte Mann sie lediglich an und schüttelte den Kopf. Von abgrundtiefer Verzweiflung übermannt, drehte Jessica den Kopf zur Seite und schloss die Augen. Es gab keine Hoffnung mehr, der Tod war unausweichlich.
Charlie Tree schlurfte zu ihr, vergewisserte sich, dass sie noch atmete. Tief beunruhigt kehrte er auf seinen Posten als Wächter zurück. Er wusste, dass die weiße Frau bald sterben würde, wenn er keine Hilfe herbeiholte. Aber seine alten Beine bewegten sich dieser Tage nur noch langsam, bis er Eden Downs erreicht hätte, würde es längst zu spät sein. Und die Frau war viel zu schwach, um auch nur einen Schritt zu gehen. Er konnte nicht viel tun, außer bei ihr zu bleiben, damit sie in ihren letzten Stunden nicht allein war.

Tom tauchte langsam aus der Tiefe seines trunkenen Schlafes auf, sein Kopf fühlte sich an, als sei er unter die Hufe einer ausbrechenden Rinderherde geraten. Jemand hatte ihm die Stiefel ausgezogen und ihn mit einer Decke zugedeckt. Lally vermutlich. Stöhnend stand er auf und stapfte auf unsicheren Beinen in die Küche, auf der Suche nach einem oder mehreren Bechern Kaffee, heiß und stark. Verständnisvoll und mitleidig nötigte Lally ihn, am Tisch Platz zu nehmen, während sie Kaffee kochte, dann erbot sie sich, nachdem er den zweiten Becher getrunken hatte, ihm ein Frühstück zu machen.
Der Gedanke an Essen drehte ihm den Magen um, und er schüttelte den Kopf. Von Verzweiflung über-

mannt, stützte er die Ellenbogen auf den Tisch und vergrub den Kopf in den Händen.
»Sie war mein Ein und Alles, Lally«, erklärte er gequält. »Aber ich habe es ihr nie gesagt. Vielleicht wäre sie noch hier, wenn ich ihr gesagt hätte, dass ich sie liebe.«
Lally kam an seine Seite, strich ihm tröstend über das zerzauste Haar. »Aber sie hat dich nicht geliebt, Tom, damit musst du dich abfinden. Kaum hattest du ihr den Rücken gekehrt, stürzte sie sich auch schon in die Arme ihres Liebsten, fest entschlossen, dich zu verlassen.«
Er sprang auf und starrte sie mit lodernden Blick an, so dass ihr Herz auszusetzen drohte.
»Um Himmels willen, was soll das? Musst du mir auch noch das Messer im Leibe umdrehen? Reicht es nicht, dass sie fort ist?«
»Ich wollte dir nur die Augen öffnen, damit du erkennst, dass du ohne sie besser dran bist.«
»Man könnte fast meinen, du wärst froh darüber.«
Unfähig, seinem Blick standzuhalten, senkte Lally die Augen, doch es gelang ihr nicht, den heimlichen Groll in ihrer Stimme zu verbergen. »Bevor du sie hierher gebracht hast, stand zwischen uns alles zum Besten, und jetzt wird alles wieder wie früher werden.«
»Das glaubst du doch selbst nicht.« Mit einem Ausruf des Abscheus eilte Tom aus der Küche und verließ das Haus. Arbeiten bis zum Umfallen war das einzige Mittel, das Linderung versprach.
Am Nachmittag kehrte er ins Haus zurück, machte

aber einen großen Bogen um die Küche. Er sah sich außerstande, weitere Bemerkungen von Lally zu ertragen, auch wenn sie noch so gut gemeint waren. Im Schlafzimmer, das ohne die Spuren von Jessicas Anwesenheit schmerzhaft verwaist wirkte, hielt er inne und betrachtete düster ihr Kopfkissen. Er stellte sich vor, wie sie dort lag, die Arme über dem Kopf, ein sinnliches Lächeln auf den Lippen, während er in den Anblick ihres Körper versunken war. Dann wurde das Bild von einem anderen verdrängt, wie sie sich auf demselben Bett in Brennans Arme schmiegte, und er drehte sich so hastig um, dass er dabei den Nachttisch umstieß.

Er stellte ihn wieder auf und bückte sich, um das Deckchen vom Boden aufzuheben; dabei fiel sein Blick auf einen Gegenstand, der unter dem Bett verborgen lag. Plötzlich stockte ihm der Atem. Mit zitternder Hand zog er das schmale Buch hervor, ging in die Hocke und starrte es an. Einen Moment lang entging ihm die Bedeutung seines Fundes. Als ihm endlich die Wahrheit dämmerte, schien sie so ungeheuerlich, dass er sie kaum zu glauben vermochte. Langsam stand er auf, marschierte ohne Unterlass auf und ab, während seine Gedanken zu tausend Begebenheiten zurückwanderten, jede für sich ein scheinbar unbedeutendes Bruchstück, aber von erschreckender Schlüssigkeit, wenn man das Bild zusammenfügte.

Er erwachte aus seiner Erstarrung, rannte aus dem Schlafzimmer und die Veranda entlang in die Küche. Als er sie leer fand, lief er zurück, zu Lallys Kammer,

stieß die Tür auf, ohne anzuklopfen. Sie beugte sich gerade über eine Truhe und ließ den Deckel mit einem leisen Aufschrei zufallen, als er in den Raum stürmte.
»Wo ist Jessica?«, herrschte er sie an.
Sein Blick sagte ihr, dass mit ihm nicht zu spaßen war, und erschreckt stammelte Lally: »Ich habe dir doch gesagt, dass sie mit ihrem Geliebten fort ist.«
»Du lügst!« Er fuchtelte mit dem Buch unter ihrer Nase herum. »Jessica wäre nie ohne dieses Buch gegangen, egal wohin.«
Ihr Gesicht wurde mit jedem Wort blasser, und sie dachte fieberhaft nach. »Ich gebe zu, dass ich dir nicht die ganze Wahrheit gesagt habe. Er hat sie gezwungen, ihn zu begleiten. Deshalb hat sie das Buch wohl vergessen.«
Der Schlag kam unerwartet, und sie fiel auf das Bett.
»Sag die Wahrheit, verdammt! Brennan mag ein Mistkerl sein, aber ein Entführer ist er nicht. Und wenn ich es aus dir herausprügeln muss, Lally, du sagst mir sofort, wo Jessica steckt.«
»Das würde jetzt auch nichts mehr nutzen«, fauchte sie. »Es ist zu spät.«
Er bemerkte, dass sie einen unruhigen Blick zu der Truhe hinüberwarf. Seine Augen verengten sich, dann drehte er sich blitzschnell auf dem Absatz herum und riss den Deckel hoch. Er zuckte erschrocken zurück, als er sah, was sich darunter verbarg. Mit aschfahlem Gesicht holte er die Überreste des grauen Kleides hervor, das Jessica am Hochzeitstag getragen hatte. Seine Stimme war rau vor Angst.

»Ist das dein Werk?«
»Ja!«, zischte sie. »Ich habe ihre Kleider beseitigt, genau wie sie und dein Kind.«
»Mein Kind? Jessica erwartet ein Kind von mir?«
»Das hast du nicht gewusst, Tom, oder? Du siehst, sie hatte ihre Geheimnisse vor dir. Du hättest sie nie in dieses Haus bringen dürfen, um meinen Platz einzunehmen. Ich habe dir einen Gefallen getan, als ich sie dir vom Hals geschafft habe.«
Er starrte sie in ungläubigem Entsetzen an. »Du musst den Verstand verloren haben. Hast du Jessica umgebracht?«
Sie lachte, ein bösartiges Lachen, das ihm einen Schauer über den Rücken jagte. »Das war nicht nötig. Inzwischen ist sie von allein gestorben, verdurstet.«
»Großer Gott, was hast du getan?«, krächzte er. Sein Hals war wie zugeschnürt, er brachte die Worte kaum heraus.
Aber Lally antwortete nicht. Sie stand stumm da und lächelte. Ein hinterhältiges, triumphierendes Lächeln.
Mit dem Schrei eines verwundeten Tieres stürzte sich Tom auf sie, seine starken braunen Finger schlossen sich um ihren Hals. Vor Wut und Kummer wie von Sinnen, presste er seine Daumen gegen ihre Luftröhre, bis ihre Augen hervorquollen und der ohnehin wirkungslose Griff ihrer Hände erschlaffte. Dann stieß er sie beiseite, so dass sie auf den Knien zu Boden fiel.
Sie hielt sich mit den Händen die schmerzende Kehle, rang nach Luft und schluchzte.

»Ich – habe sie – auf die – Westweide – gebracht.«
»Wann?«
»Vor zwei – Tagen.«
Tom schloss die Augen, von Verzweiflung übermannt. Die Westweide war Ödland, dort gab es nirgendwo Wasser. Selbst wenn Jessica noch lebte, würde sie nicht mehr viel länger durchhalten. Es war keine Zeit zu verlieren. Er beugte sich zu Lally hinunter, half ihr grob auf die Füße. Seine stahlharten Finger bohrten sich in ihre Schultern, sein Blick war eiskalt vor Hass.
»Wenn ich zurückkomme, bist du aus Eden Downs verschwunden, Lally. Sollte ich Jessica nicht lebend finden, werde ich dich mit bloßen Händen erwürgen, das verspreche ich dir.«
Eine Stunde später brach der Suchtrupp auf, ritt in scharfem Galopp nach Westen. Harry Grimm begleitete ihn mit zwei seiner eingeborenen Viehhirten. Es bestand wenig Aussicht, Jessica vor Einbruch der Dunkelheit zu finden, aber zumindest waren sie an Ort und Stelle, um mit der Suche zu beginnen, sobald der Morgen graute.
Die Schatten des Nachmittags waren lang, als sie ihre Pferde im Schritt gehen ließen, während sie den Boden und die Umgebung nach Spuren absuchten. Plötzlich zügelte einer der Hirten sein Pferd und beugte sich im Sattel vor, um den Boden genauer in Augenschein zu nehmen. Tom schlug das Herz bis zum Halse.
»Hast du ihre Fährte entdeckt?«
»Nein, Boss, aber der alte Charlie war hier.«

»Wann?«

»Vor zwei, drei Tagen, würde ich meinen.«

Tom blickte zum Himmel. »Es dämmert bereits. Harry, Sie reiten mit Billy in derselben Richtung weiter. Jimmy und ich folgen dem alten Charlie. Vielleicht weiß er etwas, und wenn nicht ... Er versteht sich hervorragend darauf, Fährten zu lesen. Wenn einer von uns etwas entdeckt, feuert er zwei Schüsse ab.«

Die Männer trennten sich, Tom und Jimmy folgten den Spuren des alten Mannes, bis es zu dunkel war, um etwas zu erkennen. Erst dann erklärte sich Tom einverstanden, das Nachtlager aufzuschlagen. Verzweifelt lag er da, hellwach, blickte zum sternenübersäten Firmament empor und betete, dass Jessica diese Schönheit noch zu sehen vermochte. Er hatte keine Gewissensbisse, weil er Lally so grob behandelt hatte. Es gab Augenblicke im Leben, in denen es verzeihlich war, wenn ein Mann die Beherrschung verlor. Hätte er versucht, vernünftig mit dieser Wahnsinnigen zu reden, wäre die Wahrheit nie ans Licht gekommen. Während der ganzen schlaflosen Nacht betete er, dass sie Jessica noch lebend fanden.

Beim ersten Morgengrauen stand Tom auf und blickte sich um. Am Horizont, im Süden, erspähte er eine schmale Linie, wie von einem Wasserlauf. Sein Blick wanderte weiter, um mit einem Ruck zurückzukehren. Eine dünne Rauchsäule stieg spiralförmig über den Bäumen auf. Er weckte Jimmy mit einem lauten Schrei und rannte los, um den Sattel auf sein Pferd zu werfen.

Der alte Charlie hörte die donnernden Hufe im Halbschlaf. Als er sich mühsam hochrappelte, hatten die Reiter sie bereits erreicht.
Toms übergroße Freude, als er Jessica auf dem Boden entdeckte, machte umgehend der Angst Platz, als er sah, dass sie sich nicht regte. Er sprang vom Pferd, kniete sich neben sie und schloss sie in seine Arme. Der ferne Klang seiner Stimme, die ihren Namen rief, in Verbindung mit der Wärme seines Körpers, an dessen Vorhandensein es keinen Zweifel gab, belebten Jessicas Sinne, so dass sie aus ihrem Dämmerzustand erwachte. Ihre Lider zuckten, und als sie ihre Augen öffnete, sah sie, dass seine in Tränen schwammen, bevor sie an seine Brust gedrückt wurde.
»Gott sei Dank, Liebste, wir haben dich rechtzeitig gefunden.«

## *Epilog*

Die Angst krampfte seinen Magen zusammen und machte es Tom unmöglich, still zu sitzen. Er stopfte seine Pfeife, zündete sie an, klemmte sie zwischen die Zähne und begann, auf der Veranda hin und her zu marschieren. Der rotgoldene Schein im Osten kündigte den Anbruch eines neuen Tages an, der so heiß zu werden versprach, wie ein Tag im Januar nur sein konnte. Seine rastlose Wanderung führte ihn in die Nähe des Schlafzimmers, nur um schleunigst umzukehren, als er Jessicas Schmerzensschrei hörte; er war unfähig, den Gedanken zu ertragen, dass sie litt.
Zu lebhaft war die Erinnerung, wie er sie, dem Tode nahe, gefunden hatte. Er hatte sie auf seinem Pferd nach Hause gebracht, an seinen Körper gepresst, damit sie seinen Herzschlag spüren konnte. Mit grimmiger Miene, ohne sich seiner Tränen zu schämen, hatte er versucht, sie durch reine Willenskraft am Leben zu erhalten. Eine Woche lang hatte er in der Angst gelebt, sie trotzdem zu verlieren, und selbst als sie sich auf dem Weg der Genesung befand, wusste niemand zu sagen, ob das ungeborene Kind Schaden genommen hatte.
Toms Dankbarkeit gegenüber Charlie Tree kannte keine Grenzen, und er fand keine angemessenen Worte, um sie zum Ausdruck zu bringen. Geld besaß für den alten Mann keinerlei Bedeutung. Tom er-

teilte allen Bewohnern von Eden Downs die Anweisung, den alten Charlie ungehindert seiner Wege ziehen zu lassen und ihm jeden Wunsch zu erfüllen. Niemand wusste, was aus Lally geworden war, aber man munkelte, sie habe sich auf den Weg nach Norden gemacht, zum Carpentariagolf, einem Landstrich, in dem Recht und Gesetz nichts galten.

Obwohl es schien, als habe sich Jessica in den letzten Monaten bester Gesundheit erfreut, hatte die Hebamme vor zwei Wochen Quartier in Eden Downs bezogen, um ihr beizustehen, und nun war Jessicas Zeit gekommen. Tom ging in die Küche, auf der Suche nach einer Tasse Kaffee, obgleich er das Bedürfnis nach etwas Stärkerem hatte. Es gelang ihm nicht, den Gedanken an das junge Mädchen und den Säugling zu verbannen, die auf dem kleinen Friedhof begraben lagen. Die Vorstellung, Jessica doch noch zu verlieren, war für ihn ein Grauen, und er wusste, sollte er wählen müssen, würde er sich für seine Frau und nicht für das Kind entscheiden.

Mrs. Adams machte sich bereits in der Küche zu schaffen. Ihr pausbäckiges Gesicht nahm einen mitleidigen Ausdruck an, als sie sah, wie besorgt er war.

»Keine Bange, Tom. Der jungen Missus wird nichts geschehen.«

Die blassblauen Augen blitzten vor Aufregung, und Tom rang sich ein Lächeln ab. Sie war ein Schatz, nahezu unbezahlbar. Nachdem sie Jessica gesund gepflegt hatte, blieb sie im Haus, als Wirtschafterin. Eine mütterliche Frau, der die Freude an eigenen

Kindern versagt geblieben war, erwartete sie nun gespannt die Ankunft des neuen Erdenbürgers.
Tom hatte seinen Kaffee getrunken und wollte die Küche gerade verlassen, als ein Schrei ihn erstarren ließ. »Was war das?«
»Der Schrei eines Neugeborenen, ohne Frage«, erwiderte sie lachend, aber ihre Worte gingen ins Leere. Tom war bereits die Veranda entlanggerannt und ins Schlafzimmer gestürmt; beim Anblick seiner Frau, die im Bett lag, einen Säugling im Arm, blieb er abrupt an der Tür stehen. Sie lächelte ihn erschöpft an.
»Komm her und schau dir deinen Sohn an, Tom. Siehst du, er hat schwarze Haare, genau wie du.«
Langsam näherte er sich dem Bett, und mit einem wissenden Lächeln verließ die Hebamme auf leisen Sohlen durch die andere Tür den Raum. Tom betrachtete staunend das winzige Gesicht, erfüllt von einem Glücksgefühl, wie er es nie zuvor erlebt hatte. Dieses Bündel war ein perfekter kleiner Mensch, war sein Sohn. Dann richtete sich sein strahlender Blick auf die Mutter des Kindes.
»Habe ich dir eigentlich jemals gesagt, wie sehr ich dich liebe?«
Jessica lächelte nachsichtig. »Das hast du, Liebster. Viele Male.«